動物城市

LAUREN BEUKES
羅倫・布克斯——著　張家綺——譯

媒體、名家一致讚譽！

◎恐怖大師史蒂芬·金、科幻大師威廉·吉布森、《控制》作者吉莉安·弗琳推薦作家！

◎榮獲出版人週刊二〇一一年最佳圖書、亞瑟克拉克年度最佳科幻小說獎、二〇一〇年約翰尼斯堡大學最佳創意作品入選提名！

細緻又華麗的詞藻描繪，令整個魔幻的世界映在讀者眼中，無法忽視。而動物與人類之間的相互依存關係，讓人深陷作者打造的這座迷人卻又腐敗的城市裡。這是本探險內心底層罪惡的天才之作！

——知性藝人／林涵

本書以奇特的世界觀帶來獨特的謀殺案，閱讀的時候腦海中總有一股嘈雜的轟轟音樂聲搭配著，不停地推著我往下一頁邁進。兇手是誰？怎麼做的？為什麼這些人身邊總有隻無法離開的動物？好多疑問，不讀完不痛快！

——愛書部落客／栞

本書既能一針見血地刺入嚴肅議題，亦能穿插笑點讓讀者們忍俊不住，為這種傳統巫術與現代科技結合的奇言妙語喝采！這裡有代表西方文化的俠盜獵車手與梅根福克斯、也有屬於非洲國度的巫醫與靈魂搖滾。真實與虛幻交融，著實過癮！

——愛書部落客／喬齊安（Heero Chiao）

布克斯宛如奇幻大師傑夫．努恩（Jeff Noon）與推理小說名家雷蒙．錢德勒之綜合體。我愛這部小說，它的規模是如此浩瀚！

——英國小說家保羅．寇內爾（Paul Cornell）

我完全無法放下這本書！它是如此詭譎驚悚，又生動有趣，充滿了性格鮮活的角色。

——南非作家麥可．尼寇（Mike Nicol）

作者創造出充滿生命力的魔夜蜃景，迸發繽紛創意，難怪獲選為本年度克拉克科幻小說獎得主。

——《紐約時報書評》

作者帶領讀者走上刺激的旅程，輕快結合敘事手法和修辭，幾乎隻手將「都會奇幻」次文類，拉回其極具開創性的原點。

——《出版人週刊》

本書以機智筆調與人文精神描寫二十一世紀——肆無忌憚的南非大都會，充滿野性與享樂之氣息，與豐富的城市細節。《動物城市》讓羅倫．布克斯一躍成為南非最有想像力的文學新星。

——Women24網站

《動物城市》充滿教人驚艷的文字遊戲，富有想像力的場景情境，以及黑暗嘲諷的人性交鋒，令人不可自拔地沉醉其中！

——Boing Boing

緊張刺激、環環相扣，猶如雲霄飛車，將你拋入半空中、旋轉甩動後再翻轉，最後將你遠遠拋向另一側，令你興奮地喘不過氣，卻上癮地想要一玩再玩！

——Exclus1ves 網站

如果文字可比擬成子彈，羅倫．布克斯無疑就是神槍手！

——Fables 作者／比爾．威林漢（Bill Willingham）

藉由作者的細膩文字、對街景親暱的描述，我們才得以穿越這座瘋狂之城。本書喚醒吉卜林、布蘭達法西、科瑞多穆特瓦，並且召喚出日本動畫、神祕博士和強尼卡許最深沉傷痛的哽咽歌聲，這位精明的女作家為約堡的日常生活，帶來一股貨真價實的魔力！

——《時報即時消息》

羅倫．布克斯是聰明絕頂的作家。《動物城市》的角色別具態度、對話明快犀利，她運用生動的意象，既創新又吸睛，恰到好處地結合流行文化知識與奇幻！這也是為何《動物城市》如此美好的同時，也教人不安，時常縈繞心頭。

——MiniMonologues 網站

作者詼諧奔放的文字如同魔法，創造了一個引人入勝的故事，角色別具異國風情，既殘酷又美麗，約翰尼斯堡彷彿處處醞釀、潛伏著危機。本書就是如此迷人！

——SciFi & Fantasy Books

目錄

導讀／城市的野靈魂——布克斯與《動物城市》

文◎王寶翔（「卡蘭坦斯蓋普恩基地」站長、科奇幻書迷、專職譯者）

※本導讀包含極少數劇情內容。

我寫這篇文章時，已經讀了羅倫・布克斯的三本小說：《我會回來找妳》、新作《破碎怪物》（*Broken Monsters*，麥田即將出版），然後才回到她的這本成名作《動物城市》。我想就這三本書的特性，以城市的角度切入本書。

讀過這些書的讀者或許會注意到一個現象，那就是布克斯從未明白解釋書中的幕後力量是源自何處：比如《動物城市》的「罪影」、《我會回來找妳》的「屋子」，以及《破碎怪物》的「夢」究竟是什麼。不過我後來讀到一篇訪談，文中的詢問者提到布克斯書中的城市自成一個角色，這讓我想到：假如把書裡的城市都看成一個隱藏角色，那麼讀起來可能就更有想像空間了。

當然，布克斯的小說不僅僅是關於城市：她揉合犯罪與幻想文學，運用魔幻、有時怪誕的藝術風格，文筆現代、活力十足又不落俗套，將不同的元素混搭出全新的火花，這些都值得讀者們一探究竟。她對於當代網路文化的精準掌握，也很教人佩服。

許多科奇幻作家們都寫過城市，並用幻想文學的手法包裝它們。威廉・吉布森的《模式辨認》（*Pattern Recognition*）以冷漠的文筆在九一一後的紐約與倫敦探討網路論壇藝術圈，布克斯說這本書對她影響甚大；保羅・巴奇加盧比的雨果獎作品《曼谷的發條女孩》擺在浩劫後的曼谷舊城，而多次英國科幻協會獎得主伊恩・麥當勞（Ian McDonald）的小說《苦僧之屋》（*The Dervish House*）則設定在近未來的土耳其伊斯坦堡。尼爾・蓋曼和史蒂芬・金本人的作品，也經常發生在現實或根基於現實的城鎮裡。

《動物城市》中的約翰尼斯堡，與現實最大不同之處在於「動物化」。布克斯在訪問中說：「我不認為科幻是關於科技，而是關於人……關於被扭曲過的現實。」這些動物化人士（殺了人而獲得一隻「遊靈」動物，並因此被賦予某種魔力）深受歧視與排斥，故集中住在城內稱為「動物城市」的地區，令人想到南非科幻片《第九禁區》的外星人集中營，反映當地今日仍然存在的種族主義。許多動物人士如同無法離開的外星人，只能留下來度日，甚至還得逃離自己不堪的過去。我們透過女主角銀子受託尋找失蹤流行樂手的旅程（她的魔力是尋找失物），便能見識到這座南非大城的各種面貌：發展快速的現代都會，不計手段的生存，貧民窟跟富裕人士的豪宅，網路與巫術。這當中則是五顏六色、形體各異的動物們，融入這座色彩斑斕又危險的城市。

城市繼續在布克斯的其他小說扮演要角：《我會回來找妳》藉由能讓人時光旅行的屋子，帶讀者一窺芝加哥的不同年代，以及城裡超越當代的閃亮女性；《破碎怪物》則搬到塗鴉聖城底特律，「夢」似乎是城市的靈魂，它布置的兇案場就像這座城的地下藝術，既怪誕又引人入勝、令人難以喘息。也許《動物城市》的罪影有著類似的來源（儘管動物化是種全球現象）？

至於布克斯的首本小說《Moxyland》則是關於開普敦的反烏托邦國度與線上世界，政府全權掌控科技，人們反抗大企業，頗有尼爾．史蒂芬生《潰雪》頹廢洛杉磯的影子。

《動物城市》在二〇一一年贏得英國兩大科幻桂冠之一的亞瑟．克拉克獎，而在英國科幻協會獎則輸給前面提到的《苦僧之屋》。（附帶一提，《苦僧之屋》也是一本非常傑出的小說。）本書亦入圍世界奇幻獎，布克斯也在同年贏得坎貝爾獎新人作家獎，使她一度在國外科幻圈贏得可觀的注意。不過布克斯自承，她從未有意識要特意當主流科奇幻作家；而從《動》到《我》、《破》的創作路線便能看出來，她的作品雖交織幻想與犯罪文學，風格與路線卻一脈相承，很難界定她究竟屬於哪個類型。你可以盡情享受布克斯的小說，但你並不需要任何科奇幻的底子。至於犯罪小說——嗯，台灣已經出了很多很多犯罪小說。科奇幻元素是讓本書與普通犯罪小說真正與眾不同之處。

總之，布克斯是位值得關注的新生代作家，本書也適合那些想嘗試新穎、令人耳目一新之創作的讀者。不管你想用什麼角度或文學類型看待這本書，都盡情享受它吧！至少這不會是少男少女在幻想世界談情說愛、拯救世界的廉價戲碼了。

第一部

1

在動物城市，不發問是基本禮貌。

晨光的色彩猶如採礦場的硫磺，自約翰尼斯堡的天際灑落，透過窗戶打亮我獨一無二的蝙蝠俠信號。當然，也可能只是提醒我該裝窗簾了。

我舉起手遮掩雙眼，早晨在手心裡破碎，再也無法拼湊完整。我扯開被單，快速地從床上爬起。貝瓦一動也不動，只有那雙長繭的雙足，活像滿是節疤的浮木，暴露在羽絨被外。這樣的一雙腳，訴說著一個故事。它們說，主人一路從金夏沙徒步而來，胸前還綁著貓鼬。

而這隻貓鼬，現在就像一顆毛茸茸的逗點，蜷在我的筆電上，LED燈光在牠鼻子下規律地搏動；牠對於我的電腦是非請勿入的禁區，似乎毫不知情。可以這麼說，我很重視我的工作，而我的工作呢，則說不上全然合法。

我握著筆電兩側，將它靠在書桌邊緣微微傾斜，傾到約三十度角的時候，貓鼬開始從電腦上滑下。牠突然驚醒，腳爪慌亂地想攀住電腦，滑落的瞬間，在半空中扭曲身體，最後以腳著地，然後弓起牠有條紋的肩膀，對著我齜牙咧嘴，我也嘶聲回應。貓鼬突然發覺有跳蚤在咬牠，立刻轉過頭處理。

我留下貓鼬在原地捲曲起側身，彎腰閃過其中一圈掛在天花板上的繩索，這是我能用來布置出最接近亞馬遜叢林藤蔓的材料，然後踩過腐朽亞麻油地氈走到櫥櫃前。稱它做「櫥櫃」算比較好聽的說法，正如把這個潮濕房間稱為「公寓」也是一種美化的說法：這裡地板嚴重傾斜，管線系統時好時壞。樹櫃說穿了不過就是開放式的箱子，上頭釘著一塊用來防塵的布料，保護我的衣服和——當然囉，我的樹懶。我拉開俗麗的向日葵拼布，樹懶在牠的棲木上，像是披掛在鐵衣架的變形毛大衣，懶洋洋地對我眨了眨眼，早晨時分牠一向比較散漫。

樹懶的毛皮和爪子上附著一股青苔味，以及乾淨的泥土香，不若由樓梯井衝上來的垃圾和黑黴悶臭味兒。極樂高地公寓幾年前被判為危樓。

我伸手越過牠，取出一件復古海軍藍白領洋裝，搭配牛仔褲和寬褲，萊姆綠圍巾包裹住小綹鬈髮，鬈髮正巧覆蓋著我破相的左耳——就稱我是「巧扮美少女戰士的葛麗絲・凱莉」吧。這比喻與其說是我的品味高，還不如說是我預算高。我過去為了治裝，在精品上可是花費了龐大資產，但這都過去了，過去式。

「來吧，夥伴，」我對樹懶說，「別讓我們的客戶等太久。」樹懶打了個不贊同的噴嚏，伸了伸毛茸茸的長臂膀，攀上我的背，動來動去地，最後才就定位置。過去我會為此感到不耐，但現在這變成我們兩人之間的例行公事。

剛起床的我還沒攝取咖啡因，所以那不斷重複的尖銳聲響，過了好一陣子才刺穿我的耳膜——原來是貓鼬專注抓著前門的聲音。

如牠所意，我旋開兩道門栓，喀嚓一聲打開刻有魔法的掛鎖，該設計可能在預防擁有「遊靈」的不良份子，蒙混溜進屋裡吧。門應聲而開，貓鼬從我的腳踝間擠了出去、飛也似地衝過走道，往公用動物便盆跑去。那裡一點也不難找，便盆是全公寓最臭的地方。

「妳真的該裝個貓咪活板門。」貝瓦總算清醒，以手肘撐起身子，將手指遮在眼上，瞇眼看著我，因為從龐特大樓射出的刺眼光線已移到他那側的床邊。

「為什麼要？」我說，用腳撐開門，等待馬上會回來的貓鼬。「你要搬進來住？」

「妳是在邀請我搬進來？」

「我只是說，別在這裡過得太舒服。」

「哦，沒有別的意思了嗎？」

「還有，別耍小聰明。」

「別擔心，親愛的，妳的床這麼凹凸不平，要舒服也很難。」貝瓦懶洋洋地伸個懶腰，露出肩膀上的疤痕，那塊自喉嚨蔓延到胸前，有如塑膠般燒傷的皮膚。他只會用班圖族的林加拉語叫我「親愛的」，如此一來也較容易忽略。「妳要做早餐嗎？」

「要去送件。」我聳一聳肩。

「今天有什麼樂子？」他喜歡聽別人遺失了什麼東西。

「鑰匙串，還有那個寡婦的戒指。」

「哦，對，那個瘋婆子啊。」

「是露迪茲奇太太。」

「就是她，」貝瓦重複一次：「就那個瘋婆子嘛。」

「動作快，我得出發了。」

貝瓦做了個鬼臉：「可是還好早。」

「我不是跟你開玩笑。」

「好吧，好吧，」他踢掉裹在身上的棉被，爬下床，拽起地上的牛仔褲，套上一件抗議短衫——從中央衛理公會慈善活動取得的二手衣。

我從塑膠杯撈出露迪茲奇太太的戒指，為了去除揮散不去的水溝味，已經泡了一整夜的清潔劑，再以水龍頭的水流清洗。戒指以白金材質搭配多顆藍寶石，中間環繞著灰色細帶，僅有輕微刮傷。就算有樹懶幫忙，我也還是花了三小時才找到這該死的小玩意兒。

當我一觸摸到戒指，立即感覺到一股拉扯——像是有人要拉走我手中的線頭，我愈是集中力道去拉，那股拉力也愈大。樹懶緊緊抓住我的肩膀，牠的爪子掐緊我的鎖骨。

「好了，放輕鬆，你這小老虎。」我縮了一下。要是我的動物是隻老虎，也許情況就會簡單一些，但我們兩人都沒得選。

貝瓦已經著裝完畢，貓鼬在他的腳踝邊不耐地繞著八字形的圈子。

「那我們晚點見囉？」他說，我催促著他快出門。

「也許吧。」我不由自主地微笑，貝瓦傾過身親吻我時，樹懶卻用牠的手臂拍走他，宣示牠的主權。

「我真不曉得是誰比較糟糕，」貝瓦邊抱怨邊閃躲，「是妳，還是妳這隻猴子？」

「絕對是我。」我說，然後在他離開後鎖上門。

極樂高地樓梯間漆黑的牆面仍帶有一絲「罪影」的氣味，像是聚酯在微波爐裡燒焦的味道。黃色的封鎖膠帶原封不動地維持著樓梯樣貌，還有一個禁止破壞現場的符咒，彷彿警察還會回來偵查。即使在「動物城市」的好日子裡，動物人士之死仍然是不會有人留意的。多數房客被迫使用太平門來略過這層樓，但還有更快到達一樓的方法。我的才能可不只是尋找失物而已，還包括走捷徑。

我快步躲進歷經大火而成空屋的六一五號房，隨即再鑽進地板上的洞，往下直達五二六號房。五二六號房則因任何有價值的東西，像是屋裡的地板、管線和設備，遭人拆解變賣，而變成破屋。

說到這裡，有個毒蟲無意識倒臥在門口，胸前還窩著個毛茸茸的髒東西，他的呼吸又淺又急促。我跨過他的時候，寬褲碰到破碎的燈泡而嘎吱作響。我們那個年代吸的是古柯鹼，沒本事的話就只有靠鎮定劑。我跨過通往金大樓的走道以及逃生梯，說是逃生梯，其實也不太方便逃生。在我推開樓梯間的雙扇門那刻，眼前一片漆黑，說明了那個毒蟲身邊的燈泡從何而來。

「噢，挺有情調的嘛？」

樹懶咕噥地回應。

「好啊，你就儘管說風涼話吧，但你可別忘記，我要是摔下去，你也躲不掉。」我說著，雙腳踏入黑暗。

樹懶跨坐在我的背上，像是騎著牠專屬的「銀子牌機車」，雙爪抓緊後，往左，往右，往下，再往下，往下走了兩層樓後，終於走到燈泡還完好無缺的地方。小偷很快就會以找到毒品吸食管的速度，再度找到新的偷拆對象，這不就是貧民窟的生活？所有釘好的東西都可以重新拔起利用。

經歷過樓梯間的幽閉恐懼症後，重新回到平地街道著實讓人鬆了一口氣。現在還是清晨，街道仍稱得上寧靜，一台市政府的道路清潔車軋軋地前進，往柏油路面噴灑清水，洗滌淨化夜晚的罪惡。有個罪惡份子正巧後退閃避灑水，一隻髒兮兮的麻雀在她高跟鞋邊跳躍，險些就被她踩到。

她目光掃到我的當下，立刻拉起牛仔外套，遮住赤裸的胸脯。她的動作太快，我來不及分辨那胸部是荷爾蒙注射，抑或是魔法變出來的作品。當我們錯身而過，我可以感覺到這個變性人遺失的物品，如薄霧般化作十幾條細束緊緊抓住我，猶如擦過海葵觸手。我努力不去看，卻還是瞥見失焦相片般的朦朧影像。我腦中捕捉到一個金色菸盒或名片夾、裝著棕色大麻藥粉的塑膠現金袋，但袋子已幾近全空，還有一雙鑲有閃閃亮片的紅色高跟鞋——道道地地是在秀場穿的鞋，像《綠野仙蹤》裡的桃樂絲長大成人從奧茲帝國回來，變身脫衣舞孃所穿的那雙。樹懶下意識緊張地僵直身子，我拍拍牠的手臂予以安慰。

「夥伴，這不關我們的事。」

牠太敏感了。我的天賦，或者說詛咒——隨你喜歡怎麼叫，其實是種困擾，因為每個人都曾經遺失物品。走進公共場所就有如踏入糾結的花式翻繩遊戲，好似有人從精神病院丟出線團，命令精神病病患捆繫起所有東西。某些人身上的失物線索輕薄如絲，猶如蜘蛛網，隨時都可能被風吹走；某些人則像拖曳著沉重的鋼纜。尋找失物的要訣，就在於找出該拽哪一條線。

有些失物再也找不回來，像是青春，或童真。或者，很抱歉，露迪茲奇太太，貧民窟進駐之後的房價亦然。戒指呢，反倒是小事一椿。另外還有像遺落的鑰匙、情書、心愛的玩具、不知放到哪兒去的相片，以及丟失的遺囑，有次我甚至找到消失的房間。但我偏好簡單的差事和小東西。畢竟，我自己上一次找到的重要物品，就是那可憎的毒癮。瞧瞧我現在變成什麼模樣。

我停下腳步買份「營養早餐」，也就是跟辛巴威小販買大麻，他正拉起街邊小攤的搭架，擺放好大木箱裡的吸食器、零食和零售菸草，他的老婆則從兩個紅藍格紋的大袋子裡取出珍藏的廉價服飾和拋棄式電子用品。這種袋子在這一帶可說是無所不在，像在發送難民身分申請書——來，這是你的臨時身分證，這是你的救濟院文件，還有這個，別忘了你漂亮的破爛編織塑膠行李袋。

我點起一根黃金雷名頓香菸，它的價格是史岱文森香菸的一半，整座城市充斥著廉價的假貨。樹懶在我耳邊發出喀嚓喀嚓的聲響。「好啦，一根，讓我抽一根菸就好。我又活不了那麼久，不會得肺氣腫啦。」或者說，相較於遭「罪影」吞噬，死於肺氣腫不是那麼吸引人。

樹懶並未加以回應，但我可以感受到牠的怒氣，牠在變換姿勢時，故意砰砰地大力踩著我的背。我出於報復，從嘴角吐出白煙，衝著牠不滿的毛臉噴去，牠激烈地打起噴嚏。

此時路上交通開始川流不息，計程車載著第一批通勤族，飛馳駛過街頭。我也好好把握機會稍微宣傳起來，將廣告單夾在停在《真相日報》辦公室外的一排汽車雨刷底下。你要起得夠早才能製造新聞。

我在好幾處刊登了廣告：市立圖書館、超級市場，夾在大力推薦清潔婦和二手除草機廣告單之間，張貼於希爾布羅區的廣告牆上，上面貼滿了廣告，宣傳神奇的愛滋療法、廉價墮胎手術和預言。

你弄丟了重要的私人物品嗎？
幫忙尋找失物，價格實在。
不接受找毒品和武器、不尋人。

我拒絕在大眾市場和網路上張貼廣告，這樣才叫做「命運」，讓廣告找到它們該找的對象。就像露迪茲奇太太週六上午，把我叫去她居住的奇拉尼公寓。

身為一名見多識廣的老太太，當她看見樹懶披掛在我肩膀上時，眼皮連眨也沒眨一下。「妳肯定就是登廣告的那個女孩吧。來吧，請進，喝杯茶。」她不等我回應，就把一杯油膩膩的伯爵茶塞進我手中，然後轉身沿著她破舊的走廊，走進同樣破舊的客廳。

公寓的前身曾為裝飾藝術風格，現在卻不幸屈服於不當翻修。露迪茲奇太太也未嘗不是。她的皮膚帶著透明甘油皂般的亮澤，眼睛微凸，也許是因為努力想做出表情，牽動因注射過多肉毒桿菌或雷射治療而僵硬的眼周肌肉造成的效果。她將橘色薄髮弄成半屏山造型，硬得像烤布蕾上的堅硬焦糖。

伯爵茶喝起來像用流浪漢襪子濾出來的混濁馬尿，但我還是喝了，只因為樹懶對我嘶聲警告，不讓我把茶悄悄地倒入沙發旁的異國風塑膠蘭花盆栽。

露迪茲奇太太單刀直入地說：「我要找我的戒指。昨天在購物中心有人持武器行搶——」我打斷她：「如果戒指是被偷走的，就不在我的管轄範圍了，那屬於截然不同類型的魔法。」「妳可以先讓我說完嗎？」老太太沒好氣地說道。「警衛大喊警告動物幫派入侵商場時，我當時人在停車場，所以我趕快躲到一輛藍色的福斯Golf汽車後方，摘下身上所有珠寶首飾，我知道你們這些人——這些犯罪份子是怎樣的。」她很快又加了一句：「我無意冒犯動物化的人。」

「我了解，」我回應。事實上，我們全都是犯罪份子；舉凡殺人犯、強暴犯還是毒蟲，都是地球上的渣滓。中國根據既定原則處決動物人士，因為身邊有靈獸，可說是罪證確鑿。

「妳摘下戒指後發生什麼事了？」

「問題就在這，戒指根本拔不下來。臭老頭過世之後，戒指我可戴了整整八年。」

「妳丈夫嗎？」

「其實戒指是用他的骨灰製成的，壓製熔入這條超級細帶上的白金，這個戒指無可取代。總之，我曉得他們拔不下戒指時會怎麼做，我鄰居的表親遇到搶劫時，搶匪用鋒利的彎刀切斷她的手指頭。」

我完全可以猜到接下來的發展。

「所以我就使用護手霜，讓戒指鬆脫，接著戒指就掉下來，滾到車底，滑入惡臭的老舊排水溝蓋，直接掉進排水管！」

「掉進排水管。」我重複道。

「我剛不是說了嗎？」

「可以借我妳的手嗎？」我說，伸手握住露迪茲奇太太的手。也許有些豐腴，卻是隻漂亮的手，但手上的皺紋和粉狀質感，背叛了她精雕細琢的臉龐。顯然肉毒桿菌對雙手起不了作用，或是太過昂貴。「是這隻手指嗎？」

「是的，親愛的，就是一般人戴婚戒的那隻手指。」

我閉上雙眼，按了按老太太的手指，力道可能有些大，隨即捕捉到戒指的影子，一圈模糊的銀色光暈，位於某處潮濕陰暗的工業區。我並未太努力搜尋確實位置，這種聚焦就像堵車一樣，通常會帶來偏頭痛。我抓住從老太太身上鬆脫的線索，直奔城市的深處，在城市最深的地底。

我睜開眼睛，看見露迪茲奇太太仔細地研究我，好像想要看穿我的頭顱，看見腦袋裡運作的齒輪。在她一頭蓬髮後方，有一組瓷器雕像正在展示櫃裡盯著我瞧，有可愛的牧羊女、天使、嬉鬧的貓咪，還有一排佛朗明哥舞者。

「就在排水管裡，」我聲調平坦地說。

「我以為我們剛剛已經說過了。」

「我討厭排水管。」暫且稱之為充滿熟悉感的輕蔑吧。你一定很難相信，有多少失物都會移居到排水管。

「真不好意思喔，愛乾淨小姐，」露迪茲奇太太厲聲回道，但由於她無法牽動臉部肌肉，嚴厲的程度也略為削弱。「這份工作妳到底接不接？」

我當然接了。這說明我後來怎麼從露迪茲奇太太皮夾裡，取得五百蘭特的訂金，之後交件時會再拿到五百元尾款；也說明我怎會到奇拉尼購物中心下的排水管，讓自己浸泡在小腿高度的化糞池污水裡。雖然排泄物屬於另一條管道，所以不算真正的排泄物，只是經年累月的霉垢雨水、垃圾、腐敗物、老鼠屍體和用過的保險套，讓排水道飄散著一股特殊的香氛。

我敢發誓，在以漂白劑清洗之後，我依舊隱約聞得到這股味道。一千元賺得值得嗎？差得遠了，但問題是，使用我們擁有的「遊靈」不像工作，而更偏向天職，對於糾纏不休的鬼魂，或鬼魂附帶送上門的東西，你是沒得選。

我先到手機通訊行送一串鑰匙，或該說位於這門戶緊閉的商家樓上的小公寓。老闆是喀麥隆人，對於能夠一早順利開店，他心存感激，還承諾要給我通話折扣的福利。這時一個穿著粉紅色小熊裝的幼兒，透過老闆腿間的縫隙偷偷窺視，伸出短胖的小手想抓取鑰匙。我猜想先前應該就是這名女嬰，坐在嬰兒車裡啃這串鑰匙，然後笑嘻嘻地往正處尖峰時段的車陣裡一扔。這份工作只值五十元，較接近我日常奔波的工作內容。以我的經驗而論，露迪茲奇太太這類案子實在是少之又少。

我走過花園鎮的帝國路，行經約翰尼斯堡教育大學，引來來往車輛挑釁的喇叭聲，我以中指回禮。他們若因為集中於近郊，過著沒見過世面的生活，從沒機會見識動物人士的樣貌，也絕不是我的錯。至少奇拉尼社區尚未設柵欄警衛，注意，我說「尚未」。

距離露迪茲奇太太家的街口還有一小段距離，只要過了牛津街，遠離馬路的喧囂就到了。交通繁忙讓我頭疼了起來，像是腦中有隻白蟻正啃蝕著太陽穴，也就在這個時刻，剎那間教人措手不及地，我的感應斷線了。

樹懶焦慮地尖叫，使勁抓住我的手臂，牠長長的爪子抓得我滲出血珠。「我知道，夥伴，怎麼會？」我一邊說一邊跑了起來，用力抓住口袋裡冰冷的金屬指環，彷彿這麼做可以銜接起感應。我可以感覺到微弱的脈動，但線索已經鬆散。

我們不曾遺失過線索，儘管曾有失物再也找不回來的情況。像某個想成為小說家的傢伙，即使他的稿紙被風吹進埃瑪仁索水壩，但我還是可以感應得到他與飛散稿紙之間的強烈線索。而現在這種感覺，卻像臍帶漸漸乾枯死去。

露迪茲奇太太住處的街角，停了一台救護車和警車，閃著紅色和藍色交織的燈光，打亮骯髒的米色牆壁。樹懶忍不住低鳴。

「沒事的。」我說，感到有點窒息，其實我知道大事不妙。我走近圍觀的群眾，猜想自己可能正在顫抖，因為有人突然抓住我的手肘。

「親愛的，妳還好嗎？」

我顯然是不太好，因為我竟然能夠在人群中漏看這兩個人——一個背著巨大黑翅的瘦高天使，還有一個身材矮小的男人；男人牽著一隻瑪爾濟斯犬，毛色染成荒謬的橘色，以搭配他脖子上的圍巾。就是這男人突然抓住我。他戴著名貴的眼鏡，西裝線條俐落得有如他用剃刀刮過的髮根。而這隻狗則從狗鏈的那頭給我一個百無聊賴的眼神，無精打采地晃著尾巴。你大可以任意評論我的樹懶，但至少我不是和一支機械式的馬桶刷作伴，或是一隻禿鷹，我是從牠的醜陋禿頭推測的。禿鷹在那女人肩膀後腦袋一起一落，用喙嘴戳弄著翅膀下的胳肢窩。

女人則處於難以界定年齡和性別的群組，年約三十二到五十八歲之間，留著像做過化療的頭髮，一綹綹黑髮垂掛在頭皮上，眉毛則像修拔過度般稀疏，或許她是刻意扮醜吧。她腳上蹬著馬靴，灰色緊身長褲塞進馬靴裡，上身穿著一件白襯衫，衣袖捲起，最後胸前以橫掛的皮革帶子襯托，帶子上的挽具則用來支撐她背上巨鳥的重量。

「你知道發生什麼事了嗎？」我問那位牽狗的男人。

「一樁謀殺案，」他用手遮住嘴，刻意大聲地低語回答。「是二樓的老太太，死狀悽慘，但我聽說她恐怖的屍身保存完好。」

「他們說了什麼嗎？」

「還沒。」那女人回道。她的嗓音出人意料，就像爵士歌手般低沉醇厚，帶著東歐口音，可能來自俄羅斯或塞爾維亞。一聽到她的聲音，巨鳥突然停下理毛的動作，把長脖子繞過女人的肩膀，脖子上長著一個猶如洩氣睪丸的肉垂。牠把滿是皺紋的頭垂到她胸前，弓身將尖銳的長喙彎向她的腰後。原來牠不是禿鷹，而是一隻禿鸛。她溫柔地把一隻手放在禿鸛長有雜色斑點的頭頂，像是安慰孩子或愛人般地撫摸牠。

「你怎麼知道是謀殺案？」

瑪爾濟斯男冷笑了一聲。「妳知道很多人的『遊靈』和他們身上的動物不相關嗎？」他說。「但就亞密拉來說，卻是相關的。她會被腐肉的氣味吸引過來，多半都是謀殺現場，但她也不排斥連環交通事故，對吧，寶貝？」

禿鸛女微笑表示同意，如果她嘴邊那一抹微彎稱得上微笑。

醫護人員從公寓冒出來，手裡抬著擔架，上頭躺著已封起的灰色塑膠屍袋。他們高舉起擔架，送上救護車。「借過。」我邊說邊穿越人群。醫護人員放好擔架後，關起救護車的雙扇門，用手勢示意司機把燈關掉。承載屍體的救護車不再需要趕路。但我非問不可。

「那裡面是露迪茲奇太太嗎？」

「妳是她的親戚嗎？」醫護人員貌似不悅地說。「除非妳是親戚，否則這裡就沒妳的事了，來自動物城市的女孩。」

「她雇我幫她做事。」

「噢，恐怕沒那麼簡單，妳在這裡等一等，警察需要問妳幾個問題。」

「你可以告訴我發生什麼事了嗎？」

「這麼說吧，親愛的，她不是壽終正寢。」

救護車疾聲呼嘯駛回道路，帶著露迪茲奇太太一起走了。我緊抓住口袋裡的戒指，用力到上頭的藍寶石都壓印進掌心。樹懶緊緊依在我的脖子上，藏住自己的臉，我真希望能夠安慰牠，一切安然無恙。

「真是爛差事，」瑪爾濟斯男帶著同情的口吻咂著嘴，「最好這事與妳有關。」憤怒突然朝我席捲而來。「你和警察是一夥的嗎？」

「天啊，不！」他笑了，「對這位女士來說很不幸，」他邊說邊朝禿鸛女的方向點點頭，「追著救護車又沒生意。」

「很抱歉妳痛失朋友，我們深感遺憾。」禿鸛女說。

「不用遺憾，」我說，「我只見過她一次。」

「妳幫老太太做什麼工作？方便我問嗎？祕書、跑腿、看護？」

「我幫她找尋失物。」

「妳找到了嗎？」

「我從沒失手過。」

「這真是太巧了，棒呆了！哦，我不是說妳雇主剛剛過世很棒，這樣說太壞心了，別誤會我，我的意思是說，其實呢——」

「我們正在找某樣東西，」禿鸛女突然插嘴。

「正是如此，謝謝妳。」瑪爾濟斯男說。「而如果這是妳的才能，我猜這是妳的才能吧？也許妳可以幫上忙。」

「你們在找什麼東西？」

「呃，我剛剛雖然說是東西，但其實是個人。」

「不好意思，我沒有興趣。」

「但妳都還不知道細節。」

「我不需要聽細節，我不協助尋人的。」

「這對我們意義重大。」禿鸛女背後的巨鳥伸展翅膀，露出深色羽翼上的白色箭形圖案。我發現牠的翅膀折彎了，腿也只剩損傷扭曲的殘肢，怪不得她得背著牠。「絕對比妳之前的工作值錢。」

「拜託啦，妳的客人不是才剛走嗎，請原諒我如此坦白。不然妳有何打算？」

「我不認識你們——」

「是我怠慢了，抱歉，這張給妳。」禿鸛女從胸前的口袋掏出一張堅硬的名片，以兩隻手指夾著名片遞了上來，她的指甲修剪得乾淨無瑕。名片上的字運用浮凸印刷技法，白色僵直的無襯線字體在白紙上寫著：「禿鸛與瑪爾濟斯採購公司」。

「你們從事什麼樣的採購？」

「凡是妳想得到的都有，十二月小姐。」禿鸛女說。

樹懶的喉頭後方發出一聲咕噥，彷彿我需要牠提醒眼前的情況詭譎。很明顯的，他們知道一些關於我的事。我伸出手想捕捉他們的失物，想知道任何有關他們的訊息。

瑪爾濟斯男是一片空白，這樣的人堪稱少數。他們要不是異常地謹慎，就是什麼都不在乎，這讓我打從心底發毛。我上一回碰到完全沒有失物的人，是極樂高地公寓的清潔工，她後來往空蕩蕩的電梯井一躍而下。

禿鸛女失物的影像在我腦中反而異常清晰。絕對是腎上腺素強化了我的對焦能力——腦中的荷爾蒙受遊靈感召而倍增。我從未如此清楚地看過失物，真的很奇妙，就像有人把我原本塗了凡士林般的柔焦焦距，換成狗仔隊用的高畫質放大鏡頭。

我可以明確辨識出她失物的種種細節：一副棕色皮質的駕駛手套、經年累月顯得柔軟褪色，其中一只手套還掉了一顆手腕上的釦子；一本外觀粗糙的書本，缺了幾頁，其餘書頁因濕氣而膨脹，書本封面則被撕去一半。我還認出墨黑色的樹枝、標題為「一棵樹——」的碎紙片。還有一支手槍，深色而粗短，像是七〇年代三流科幻片裡出現的道具，影像清晰到可讓我辨別出側邊的字體：「維特」。

瑪爾濟斯男渾然不知我正暗中翻閱他們的失物，他推了推我，對我咧嘴微笑，他那隻上過色的瑪爾濟斯狗也跟著微笑，快活地從兩排利齒間吐出粉紅色的舌頭。「我們真的需要妳幫這個忙，甚至可以說，沒有妳我們辦不到。酬勞真的非常、非常優渥。」

「我該怎麼說呢？我不喜歡別人知道我在做什麼工作。」

「是妳自己登廣告的。」禿鸛女趣味盎然地說。

「而且我不喜歡妳的態度。」

「哦，別理會亞密拉，她看起來刻薄，其實只是害羞。」瑪爾濟斯男說。

「我也不喜歡小型狗，所以謝了。就我所知，你去幹山羊屍體，還比較實在。」

瑪爾濟斯男拱起眉頭，說：「哦，妳這話可真噁心，我會記得的。」

「那個要收好，」禿鸛女指指那張名片，「也許妳會改變主意。」

「我不會的。」

但我終究改變主意了。

2

寄件人：李文斯頓傳教所 [eloria@livingstone.drc]
寄件日期：二〇一一年三月二十一日上午08:11
收件人：未公開收件者
主旨：瓶中信

敬啟者：

我叫愛洛莉亞·班加那，我住在剛果共和國，今年十三歲。他們殺了我父母時，也給了我選擇。我可以選擇當雛妓，或假裝成男孩，到鈳鉭鐵礦場工作。

很幸運地，以我的年紀來說，我的個頭算小。大部分人都以為我才九歲或十歲。所以我選擇到礦場工作，因為我可以爬進狹窄的空間裡，用我的小籃子和鏟子淘礦，雖然大多時候我用我的手指挖。有時手指會因為挖土而裂開流血。

他們說鈳鉭鐵礦可以製造手機，我不懂泥土怎麼能做出手機，甚至是電腦和遊戲機。你們使用的科技都靠泥土生產，很有趣，不是嗎？

我表哥菲力普說，他在金夏沙玩過遊戲機，他說一直按著按鍵，就可以打架，按著按鍵可以走路、踢腿或揮拳，他說遊戲機很無聊。

菲力普比較喜歡踢足球，我曾和他一起踢過足球，其實也不是真正的足球，而是一種叫做

「三罐」的遊戲，因為我們只有罐子可以踢。遊戲規則很類似足球，也許哪天我可以教你。我們現在已經不踢三罐了，反叛軍說沒有這種時間，我們是來工作的，不是來玩的。我的表哥菲力普在試著逃跑的時候，被他們從背後射殺。他死了，我真的好難過，我們都好害怕。

我每淘到一公斤的鈳鉭鐵礦，就可以賺到美金七分錢，反叛軍用磅秤量，可是他們會作弊。傳教所的梅爾西亞修女說，鈳鉭鐵礦其實比他們付的錢要貴上一百倍，她說他們在奴役我們。

我有時候很難懂她說的話，因為她來自美國。她也幫我翻譯這封信，因為我講的是法語，而我的英文不太好。她幫了很多忙，人也很好。她教我使用電腦，也幫我修補衣服，有時候給我柳丁吃。

也許你在想，為什麼我要寫這封信給你？梅爾西亞修女說，我們需要喚醒世界，讓大家看看這裡發生的事情。她要我們告訴你，別擔心，我們不要你的錢，只是需要你的協助。

梅爾西亞修女工作的孤兒院，是我現在住的地方，全都多虧泛榮耀教會的神職人員拯救了我。但我們現在有個問題。反叛軍切斷了我們的電話線和通訊，我們只剩下一支偷偷藏起來的手機，還可以用它的無線通訊網路寄發電子郵件，只要反叛軍一不注意，我們就可以爬上山頂寄信。

這就像是封瓶中信，我們把信丟入大海，希望有人能找到它。

但這不是真正的問題。孤兒院的負責人吉訶德神父遭反叛軍綁架，他們要我們付二十萬美元，才願意毫髮無傷地釋放神父。

吉訶德神父很勇敢，也很聰明，他把孤兒院的錢鎖在他美國的銀行戶頭裡，反叛軍沒辦法拿到錢，但我們用手機上網也同樣拿不到。

我們有密碼和認證（梅爾西亞修女說你看得懂意思），她說見義勇為的好心人會願意協助我們。

我們需要錢餵養其他孩子（這裡也有嬰兒和小孩，有些人受傷生病），還有付贖金贖回吉訶德神父。

拜託你，可以幫幫忙嗎？如果你能進入吉訶德神父的戶頭，就可以電匯一些錢給我們。梅爾西亞修女說，我們不是要你白白幫助我們，她說為了感謝你願意冒險協助，我們會付八萬美金給你。她要你直接寫信給她：dogood@livingstone.drc

梅爾西亞修女說，我們得祈禱這封信，能找到一個善良、仁慈、堅強的好人，而我祈禱這個人就是你。

愛洛莉亞．班加那敬上

3

偵訊室裡除了我和查巴拉拉警官外，只有兩樣東西。一樣是露迪茲奇太太的戒指，另一樣則是沉默的十二分三十秒。我一直在數秒。一隻鱷魚，兩隻鱷魚，七百五十一隻鱷魚。

她忘了我蹲過牢房。七百六十六隻鱷魚。如果你夠聰明，就知道坐牢只不過是耐性競賽。我可以在必要時刻等待，我可以等，好似與他人毫無關聯地等。七百七十四隻鱷魚。樹懶反而焦躁不安，牠在我耳邊緊張地呼氣，左右挪動自己的臀部。八百隻鱷魚。

我應該要緊張才對，緊張最痛恨的就是真空狀態。八百二十六隻鱷魚。緊張會讓人不假思索，說出任何話來打破沉默。八百三十九隻鱷魚。除非緊張正忙著進行其他有意義的事情，例如數秒。八百四十二隻鱷魚。

警官的臉完美精確地擺出中立的表情，好像3D製圖繪成的臉，等著動畫師牽動她臉部的肌肉。八百六十隻鱷魚。她盯著我，讓我有大好機會得以研究她。她有張渾圓的臉蛋，臉頰像是蘋果，眼睛下方大大的眼袋看似準備長久定居。她的頭髮編成好幾束辮子，以一個髮夾固定於腦後，這種髮型對部落警察不太實際，但她是警官，不是巡邏兵。她的鼻子上有個疤痕，看得出過去曾經穿過鼻洞。八百八十四隻鱷魚。也許她在下班後還會戴鑲鑽鼻環，也許她過著另一個祕密人生，私下兼職龐克搖滾樂手，或是就讀哲學系博士班夜間部。九百零二隻鱷魚。

她身穿海軍藍色西裝，領口還沾有一道食物的髒污，我猜是番茄醬。九百一十一隻鱷魚。也可能是血。或許她進來之前，曾於另一間灰色偵訊室裡，毆打另一名嫌疑犯。九百二十二隻鱷魚。我本可以感應她的失物，但警察局充斥著各種防堵魔法的設備。我說的正是「亞聲」，一種人類耳朵聽不見的低頻音波，即便如此，它仍會於人體內產生共鳴，科學家用此解釋鬼屋或通靈經驗，通常是由平凡的抽風機或教堂風琴低音產生。九百三十二隻鱷魚。這都是世界改變以前的事了，就我們所知，現在的世界很脆弱。只消一名阿富汗軍閥，帶著身穿防彈衣的企鵝現身，所有科學和宗教思想皆可拋諸窗外。九百四十八隻鱷魚。

查巴拉拉警官俯身越過桌面，拿起戒指，漫不經心地在指間滾動。九百五十三隻鱷魚。她深吸一口氣。九百六十一隻鱷魚。投降。

「我看不出它有這個價值。」她說。樹懶受到驚嚇似的打了個嗝，像是牠剛剛在打盹。這也並非不可能，牠一天要睡十六個小時左右。

「妳這麼覺得？」我有點惱怒地清了清喉嚨。

「的確可以拿到好價錢，如果有證明書，可能可以賣到五千蘭特，但假設妳沒有證明書，意思就是說妳眼前這個戒指，在當鋪的標價最多不超過八百蘭特。妳真的這麼缺錢嗎，銀子小姐？」

她在指節間來回撥著戒指，那種高中生用來騙女生的低俗伎倆。

「真不知道露迪茲奇『先生』會做何感想。」

「對什麼的感想？」

「被拿去當鋪啊，這樣會有報應的，他晚上可能會纏著我不放吧。」我的頭靠向樹懶，

「我被纏得難道還不夠嗎？」

「妳在說什麼？」

「戒指啊，這是用死人骨灰做成的。多做點功課吧，警官。」

她眨了眨眼，但就那麼一下。「好吧，妳原本打算怎麼處理這枚戒指？」

「物歸原主，這就是我的工作，我已經在她住家外告訴過你們，說過好多次了。」

「犯罪現場到處都是妳的指紋。」

「我兩天前去過她的公寓，她還泡茶給我喝，真的難以入口。妳要告訴我她怎麼死的嗎？」

「不如妳來告訴我吧，銀子。」

樹懶用牙齒輕刮我的肩膀，這是牠的暗示動作，就像在桌下踢人那般。我的專長就是不遵守社交禮儀。

「好吧。」這麼一說，讓樹懶用力咬了口我的肩膀，我甩開牠。「讓我想想，她死於現場嘛，就在她的公寓裡是吧。是槍殺嗎？」我腦中浮現側邊印有維特字樣的復古型號手槍，不過這個假設太荒謬了。「還是刺殺？遭鈍物重擊？被走味的餅乾噎死？」

查巴拉拉警官在指間來回彈著戒指，最後握於掌心。然後她把手伸進自己的袋子裡，取出一個警察記錄用的牛皮紙板，放在桌面上。過一會兒之後，她翻開本子，露出幾張相片，她將相片攤開來展示，等待我的反應。「妳來告訴我啊。」她又說了一次。

前門邊的走廊有一只羊毛拖鞋，拖鞋的拇指處有一道血跡，血跡呈弧線狀劃過牆壁及一幅睡蓮圖畫。

牆上有一塊血痕，似乎有人跌倒，想靠著牆壁撐起身子，因而抓花血痕。

浴缸裡有一件黑色雨衣，蓮蓬頭的水流開到最大，水窪裡泡著塑膠雨衣和血水，粉紅色的液體痕跡自浴室洗手台邊流下。

展示櫃翻覆於地，地板上還有拖曳過的血痕，有人曾試著爬走。

瓷器雕像的碎片散落一地，真的到處都是。小天使的粉嫩臀部飛散到客廳，牧羊女小波倒在廚房磁磚上，就在她的小羊碎片周圍，身首異處地溫柔微笑著。

露迪茲奇太太坐在地板上，倒靠在沙發邊緣，雙腳打開呈八字形，頭向後倒向一側，呈現一種不舒服的角度。要不是她的皺紋和傷口，她看起來就像經過一夜狂歡，飲酒過度、爛醉如泥的少女。她身上的寬鬆絲質襯衫被鮮血浸濕，襯衫遭到劃破的地方有道開口裂痕，露出膚色的胸罩和深長的血紅切口。她腳上只剩下一只拖鞋，沒有拖鞋的那隻腳上，塗著深紫色的指甲油。她的眼睛還睜著，像牧羊女小波一般冷冽地發亮。烤布蕾般的髮型已經被沙發扶手壓得半塌了。

「我大膽猜測應該不是壞掉的餅乾。」我說。也不是槍殺。查巴拉拉從齒縫吐了口氣，往門的方向瞥了一眼。

「這個，」她說，用手點了點一張相片，「可不是常見的搶劫案。猛刺七十六刀？肯定有私人恩怨。」

「有東西遺失嗎？」

「我們正在和她的管家確認，她還是不敢置信。為什麼要問？妳還有其他想交出來的東西嗎？」

「電視機？DVD播放器？其他珠寶？」

「妳口袋裡可是有她的戒指呢。」查巴拉拉警官洋洋得意地笑了。

「不是我幹的。」我說。

她拉長沉默的時間。九十七隻鱷魚、九十九隻鱷魚、一百二十八隻鱷魚。最後她終於開口。「我們不是不清楚妳的背景，銀子。」我身子往後倒，背部靠在廉價的塑膠灰椅上。這種話我早就聽過了，比廢話更無意義。她在試探我，說明她已經沒有其他證據。

「警官，這種猜測不合法。」

「合法的事情交給動物保護人士去談。」

「是防止虐待動物協會。」

「什麼？」

「動物保護人士啊，貓、狗、拉車的馬、實驗室小白鼠、絕育計畫。我知道妳並不是故意說出歧視性的言論，警官，這可會讓妳留下永久紀錄的。」

「我只是說妳以前殺過人。」

「庭上的用字是共犯。」

「妳背上的動物可不是這麼說的。」

「牠是樹懶。」

「牠是『罪惡』。妳知道過去十一年來我也用武力壓制過多少人嗎？」

「猜對的話有星星貼紙嗎？」

「三個，但都未致命。」

「妳應該多花點時間練練槍法。」

「好警察從不射殺奪命。」

「妳是說妳自己是好警察嗎？」

她兩手一攤。「我身邊有毛茸茸的動物嗎？」

「也許妳的良知失常了，有很多研究，針對反社會人士、精神病患——」

「妳和我之間的差別是什麼？」她打斷我，戒指像驚嚇盒裡的玩偶般突然蹦出，出現在她的指縫間。「就是『罪影』不會找上我。」

戒指在她掌中一陣輕彈後，恰到好處地擺放回桌子中央。我把時間讓給她。一隻鱷魚。說出最後一句話全要看時機。兩隻鱷魚。

「別擔心，警官。」我說，「妳還有很多時間可以慢慢搞砸。」

等我離開玫瑰河岸警察局，明亮耀眼的日光已離我遠去。警察留下戒指，沒收了我皮夾裡的五百蘭特做為「證物」，然後逼我簽一堆沒完沒了的表格。

露迪茲奇太太公寓的監視錄影機，清楚地記錄我進出的行蹤。週六上午十一點零三分到達，簽字報到，十一點四十一分離開。今早七點三十六分重返。在街上經過激烈爭執之後，我手上銬著塑膠手銬，於八點十九分坐上警車離開。

但真的，一切多虧我的犯罪紀錄，我才能獲得釋放。因為他們的檔案中，記載了我的資料。

編號：銀子・萊特休・十二月 #26841AJHB
身分證號碼：7812290112070
動物化日期：二〇〇六年十月十四日（詳見案件 SAPS900/14/10/2006 玫瑰河岸　參見：山多・十二月謀殺案）
能力：追蹤失物

意思就是說，我的故事經證實無誤。但迷人的查巴拉拉警官，仍堅持要貝瓦過來簽口供書，以證明我早晨六點三十二分的去向。也正是這個時間點，監視錄影機突然奇異地失常，露迪茲奇太太的鄰居通報聽到尖叫聲，然後繼續睡回籠覺，他們以為露迪茲奇太太只是終於耳聾了，才把電視音量轉到最大聲，而尖叫聲只是電視裡的暴力場景。查巴拉拉警官只有告訴我這麼多，然後就把我扔出警察局。

這些人真是群混帳。

4

「警視檔案」蔓德拉卡茲．馬不索的罪案觀察（《真相日報》二〇一一年三月二十二日）

鼠輩入侵購物商場

嘩，各位。夢幻之城又驚傳噩耗。奇拉尼購物中心週五遭搶，昨天同一幫歹徒跑到東城商場！無人喪命，但信不信由你，看到歹徒拿著AK步槍走來走去，顧客無一不嚇得屁滾尿流。這群黑幫離開前衝進一間珠寶店，掃空收銀台的現金，購物中心警衛則在一旁無所事事。好吧，也許可以理解，因為目擊者指出，他們看見歹徒隨身攜帶一頭獅子，讓我懷疑是否動物人士真不需通行檢查系統！

讓我們跳到林登，分享一個結局完美的故事吧（可謂難得）。一位年輕媽媽昨天自托兒所回家的路上被劫車，但歹徒突然心生憐憫，在通過幾個紅綠燈後，把小嬰兒放在路邊，嬰兒還安好坐在安全座椅上，天可憐見，幸好搶匪偶爾還有良心。

但歹徒的鼻子似乎不太好。在希羅町的某修車廠裡，價值上百萬蘭特的南非鮑螺腐敗發臭。該修車廠主人遭鄰居抱怨時，被逮個正著，本來應該具有強力催情作用的海生黏液生物——還是受保護的品種！——現在卻發出陣陣腐爛惡臭。稟報中國三合會幫派吧，他們還要將一桶桶發臭的海產送去中國呢。

焦點拉到高級的桑頓區，巴法納隊的凱貝羅．農古妻沙，不僅在球場上是叱吒風雲的前鋒猛將，下了場也一樣兇悍。他交往多年的名媛女友昆妮．穆古達瑪尼，週二對這位年輕足球員提出施暴控告，她的臉上青一塊紫一塊，腫脹的臉蛋就是她提出控告最有力的證物。看來昆妮又需要重新整鼻了。真可惜妳挑男人的品味不能也整一整！

5

人們其實很樂意跳入圈套，你只要搬出看似可行的說法即可。「支持無能政府首長的可憐遺孀，從腐敗國家的公共經費中抽取兩千五百萬元」的說法已經陳腐過時，連我媽都不會買帳。而從我過往的經驗得知，我媽可是很容易受騙上當的。我拂掉筆電上的貓毛屑和跳蚤卵，翻開電腦螢幕，看看網路上有沒有魚兒上鉤。

我儼然是以時事博取同情的詐騙高手。河堤毀損導致一名老太太的私宅淹水，她因亟欲脫手無價古董，而以超低價格出售；來自車臣的難民剛逃離俄羅斯的大屠殺，身上帶著祖傳的鑽石；索馬利亞海盜剛轉性信奉耶穌，為了用幾百萬元贖罪獲得赦免，決定出清他的火箭發射器。

這些全部與時事相關，都深植於現實世界之中。諷刺的是過去我從不看新聞，但撰寫生活專題的記者，確實也不需要看。普通人更不需幫犯罪組織撰寫詐騙郵件，藉此還清買毒品欠的債，也不必對另一半隱瞞自己的兼職內容，只因知道對方絕對無法認同。

總共有兩千五百八十一封待回覆信件。週一寄出四萬九千八百一十二封信之後——這數字已扣除上萬封經詐騙過濾器彈回的郵件，有如此高的回覆率已經算不錯。總共有一千九百零六封「不在辦公室」的回應，至少證明那些郵件信箱是活帳號；十四封惱怒的郵件，內容從「去你的，詐騙集團」到「換個詐騙方式吧」都有。還有兩百九十二封以日文漢字回應，一百三十七封法文，一百零二封德文，六十四封阿拉伯文，四十八封西班牙文，十二封烏都文，全部有待我丟到翻譯軟體解碼。這會兒就只剩下六封候選，兩封謹慎地表示感興趣，剩下四封則是全然的困惑。我全部轉寄給浮尤，他是我的捕手。如果大家曾認真讀完這該死的郵件，就會知道應該直接回覆他。

畫面上突然出現奇異的景象，害得郵件在自動篩選時卡住。那是兩行生硬的句子，讀起來像胡言亂語，又像一首詩，或者是胡言亂語的詩句。

> 你用餐的時候，是在飛機上用餐。
> 塑膠叉子，會在你身上留下印記。

沒有連結，沒有回覆地址，這封訊息毫無重點，讓我頓時緊張起來。

還有一封來自牙醫的郵件，好心提醒我要做半年一次的檢查，請和琵蕾小姐聯繫預約。我三年半前入獄之後，再也沒去看過牙醫，這顯然是「立刻與我聯絡」的暗號，著實讓人感到憂心，因為照理說我下週才需要回報。我連上了Skype即時通，看見浮尤早就在線上。他可能正在用其他視窗與「客戶」交談。

>> Vuyo: 什麼事？

他立刻就回覆了，回答一向簡短。浮尤當然不是他的本名，恐怕只是他工作上使用的其中一個假名。

我喜歡幻想他藏身於大型網路咖啡廳，就在迦納阿克拉或奈及利亞拉哥斯喧囂的市場邊，像是四一九詐騙集團的血汗工廠。但事實上，他可能就像我一樣，身處一間破舊的公寓裡，甚至有可能就在我隔壁。單打獨鬥，為的就是小心分散風險。

>>Kahlo999: 嗨，哈囉，你還好嗎？我收到一封奇怪的信，沒有回覆地址，提到叉子，我轉寄給你。

>>Vuyo: 不要轉寄！妳不知道那是什麼啊。可能是病毒或邪惡巫術。

>>Kahlo999: 或是關於餐具的訊息。

>>Vuyo: 妳又不知道。寄件者有可能是其他犯罪組織的對手，或者警察。點選這裡。

>>Kahlo999: 你讓我下載的是什麼？你也知道，我挑色情片的口味很特殊。

>>Vuyo: 抵擋病毒、間諜軟體、惡意軟體、巫術的專利防火牆。還有，快刪掉那玩意兒吧。

>>Kahlo999: 那牙醫健檢是怎麼回事，大老闆？我牙線用得還不夠嗎？

>>Vuyo: 我要妳去面談，下午兩點，到蘭特俱樂部，身分是法藍希絲。客戶要見她。

我的心涼了一半。法藍希絲是象牙海岸營區的一名難民，二十三歲，如果我們愚弄的天真對象是男性，她就風情萬種、善於調情；如果對方是女性，她就是貞潔的基督徒女孩，大致上是這樣的。大多角色設定都稍有彈性，視扮演人員而定，不過法藍希絲大概只有一個面向。反叛軍進攻之後，她就逃命尋求庇護，然後卡在難民營動彈不得，而現在呢，她無法動用父親的財產，進退兩難。也就是說，絕對不是我的情況。

>>Kahlo999: 抱歉，這不包含在合約裡。

>>Vuyo: 沒得商量。

>>Kahlo999: 那我們來談報酬。

>>Vuyo: 會從妳的總額扣除，別擔心，我有紀錄。

>>Kahlo999: 要是我也能有份紀錄的話就好了，並不是我不相信你喔。

>>Vuyo: 妳別忘記妳在和誰打交道。

>>Kahlo999: 剝削我的人，幫我付清那攤爛毒品債的傢伙，賤價收購然後再變賣利用。

>>Vuyo: 爛毒品？妳的毒品很昂貴耶。

>>Kahlo999: 你知道高品質的毒品值多少錢嗎？十五萬蘭特還是便宜的，所以這樣吧，我們現在是什麼狀況？我的爛毒品價值多少？

>>Vuyo: 五萬五千七百六十四元又一十八分蘭特。

>>Kahlo999: 利潤嗎？

>>Vuyo: 哈，不是，妳總共還欠我們九萬四千二百三十五元又八十二分蘭特。

>>Kahlo999: 這怎麼可能，我都已經幫你釣上幾個蠢蛋了？

>>Vuyo: 非常有可能。妳別忘了加上利息。正常是百分之四十五，但妳有員工折扣，所以才算百分之三十四。而且不是上鉤的魚都算數，要裝進水桶裡的才算。

>>Kahlo999: 去你的，浮尤。
>>Vuyo: 這筆交易可以賺進五千蘭特，如果妳做得好，就給妳百分之十。
>>Kahlo999: 如果我沒辦法呢？
>>Vuyo: 妳肯定可以的，妳根本就是專業級的。妳的毒販告訴過我們妳編造的故事：哭訴媽媽得到癌症、奶奶過世、付錢買古柯鹼的途中遭搶。這對妳而言根本是小意思。
>>Kahlo999: 我是說，如果我沒辦法接這個案子呢？
>>Vuyo: 我就得在妳的總額上加入罰金，百分之二十，再加上原本的利息。所以總共是……讓我算一下。
>>Kahlo999: 我懂你的意思了，多謝哦。
>>Vuyo: 下午兩點到蘭特俱樂部。穿好看點，但不要穿太好。
>>Kahlo999: 難民式的時尚。
>>Vuyo: 這樣才對。還有，妳的新故事進展非常好——鈳鉭鐵礦那個，總部很滿意。
>>Kahlo999: 我能說什麼？工作滿意度大增。
>>Vuyo: 打起精神來，貪婪是壞東西，這是他們活該。

我內心覺得自己也是活該。

離線後，我刪除那封叉子的郵件，但是已經先複製下來存在Word文件檔。我把防火牆的安裝圖示靜靜留在文件夾，並未安裝。我了解組織的運作模式，誰知道他們的防火牆還會做什麼？

蘭特俱樂部是約翰尼斯堡版的美國夢遺跡，過去著名的殖民者——塞西爾・約翰・羅茲，曾時常與其他惡劣的殖民東家聚集於此，坐著商討分配鑽石田、決定殖民帝國的命運。過去這裡可是有權有勢大人物的集散地，不是浮尤這種微不足道的騙子會來的地方。他現在就在環繞室內的弧形長吧檯邊等我。我之所以會猜想他就是浮尤，是因為他是這裡面打扮最得體的人，穿著西裝和像是閃亮皮革鯊魚的尖頭鞋。

硬擠出午餐休息時間來喝酒的客人，也和俱樂部一樣，帶有相同的殖民懷舊鄉愁；俱樂部裡裝飾搭配水晶燈、鍍金扶手、大人物的諷刺畫、高掛著鹿頭標本，以及刻畫獵狐狸的褪色油畫。相較之下，浮尤比較像是從油畫裡逃跑的狐狸，之後再照原路折返突襲廚房。我一直都想像他是如黃鼠狼般瘦弱的男人，因長年在電腦前蜷曲身子而姿態不良。但實際上他身材健壯，有著游泳健將的肩膀、寬闊的顴骨、留著整齊的山羊鬍、面帶自在的微笑。他就是個普通的帥哥，耳垂上的紅寶石耳針，似乎暗示著他的危險品味。這讓他更能夠把你詐騙到一滴不剩。

我伸出手來，他用兩手握著我的手，好像我們已經是舊識，而不只是網路上的老友而已。

「我猜您就是巴齊先生？」我說。

「法藍希絲，很高興見到妳。」他回應。我不應該驚訝他說話比打字還要動聽，或者說我也不該驚訝他竟是南非人。敲詐有錢的外國人可不是西非人和俄羅斯人獨享的樂趣。

「巴柏夫婦正在樓上等我們，他們很高興終於能見到妳，」他流暢地說，彷彿波浪形吧檯另一側的那些矮胖銀行家正豎起耳朵聆聽。但他在陪我走上豪華階梯時，在我身邊輕聲叮嚀：「姿態放低一點，記得妳是難民，不是妓女。」

「巴齊先生！你的意思是說你不喜歡我的洋裝嗎？」這件白色寬鬆連身洋裝，可是我衣櫃裡最樸素的一件衣服了，但我又加上沉重的珠飾點綴，搭配南非傳統手工藝編織的頭巾，難民的味道就完全跳躍出來了，紅色、藍色和白色交織的藤編提袋裡，鼓鼓地裝著心情格外暴躁的樹懶。

「我是說，態度柔軟一點。」浮尤警告我。他也是埃茲克爾．巴齊先生，阿克拉銀行的財務主管。

「可以具體一點嗎？是像嫺靜的非洲公主，溫柔、驕傲卻謙遜，亟欲奪回她的王座？或像是被民兵輪姦後的倖存者般柔弱？」

「意思是叫妳別亂開玩笑。管好妳的嘴巴。」

「你知道你是因為我的寫作技巧才雇用我，而不是我的演技吧？」

「照我說的做就是了。除了我特別問妳問題之外，其他時候別輕易開口。妳看過那些郵件了沒？」

「看過了。」這些傢伙還真是可憐。

我們走進一間廣闊的圖書室，裡面是一櫃又一櫃的書籍，書皮像是從未展開過。有一對快邁入老年的中年夫婦正焦慮地等待著。巴柏太太坐著，腿上擺著一本雜誌，但我猜她應該一字未讀，因為它攤開在雙面的全開廣告，宣傳著某環境改革經濟體制的三週年會議。巴柏先生則背對我們站著，手指撥弄著一個直立的西洋棋棋盤。

「親愛的，我覺得這些應該是象牙做的。」他把白色主教棋遞到巴柏太太面前，他的子音拖長，帶著平板的美國中西部口音。

「你永遠都不曉得非洲藏了哪些寶藏。」我盡可能以優雅尊貴的席巴女王語調說道。

「噢！」巴柏太太看著我說，「噢！」然後起身，用力地給了我一個擁抱，接下來忽然痛哭失聲。我尷尬地站在原地，維持優雅嫺靜，就像是痛失王位和至親的女孩，因暫時無法取得財產，所以需要仰賴巴柏先生和太太的金錢協助，才能讓日子好轉。

「我的朋友，」我輕聲低喃，「我的朋友。」

巴柏先生沉重地坐了下來，手上還握著主教棋，表情震懾。我輕輕地掙脫巴柏太太熾熱的擁抱，卻只引得她用力握住我的手，然後我設法帶著她往沙發坐下。

「所以，如你們所見，她終於來了，」浮尤說，「正如我告訴你們的——安然無恙。」

「我們原本不能確定，也不知道，畢竟經過這麼多——」巴柏太太的句子還來不及說完，就轉為顫抖啜泣。

「妳跟照片裡看起來不一樣。」巴柏先生說，堅定的懷疑閃過他的眼睛。他們已經給浮尤超過八萬七千蘭特的費用，包括許可證明、護照申請費用、賄賂腐敗政府官員的賄賂金，以及匯率手續費，現在還被要求再加十四萬一千蘭特，他表示懷疑確實情有可原。

「是的，」我沉著地回應，「我經歷了太多事情了。」巴柏太太拍拍我的手，我把頭輕靠在她的肩膀上、閉上眼睛，彷彿難以言喻所經歷過的慘痛遭遇。我的袋子裡傳來輕蔑的叫聲，我故意充耳不聞。

「你帶錢過來了嗎？」浮尤問。

「呃，帶是帶了，只是——」巴柏先生不安地扭動身體。

「你為什麼這麼不乾脆呢？不乾脆是懦夫的行為！你是懦夫嗎？傑瑞，再過三天，你銀行就有兩百五十萬美元入帳了。」

「只是……這是我的退休金。」

「還有我們所有的積蓄。」

「看看你眼前的這個女孩，傑瑞。你看看她！你看到的一切都是你成就的，你把她從地獄深淵救出來，你和雪柔做的可是好事，改變人一生的好事。」浮尤用雙手捧起傑瑞的臉，搖晃他的臉加以強調，像是介於傳教士和大企業領導的信心喊話。「這裡，正如你要求的，這是儲備銀行的證明。一切都按照程序進行，就快完成了，傑瑞。」

「就快完成了，傑瑞。」雪柔重複道。她眼神掃向我，下巴又開始抽搐。我可以想像自己的微笑，像是用釘書針釘住，頭部微微低傾，似乎我也正情緒澎湃。整件事情是如此荒誕，但我體內的邪惡因子，卻讓我沒有因此而受良心譴責。就像我小時候逃過父母的責罵一樣，他們真的相信我胡亂編造的狗屁故事，包括車子在路上拋錨、新聞學研究所入學需要繳學費等等，其實我根本沒有註冊。

傑瑞眼睛盯著證明書，這幾份完美偽造，甚至具備儲備銀行印章全像翻拍的證明。「當然，但我需要律師先幫我驗證。」他說，但他顯然只是在虛張聲勢，金錢誘惑的氣味太強烈了，像嗚嗚茲拉喇叭高聲鳴叫著，壓過懷疑的微弱聲音。

「當然了，這是必要的，」浮尤說，但他英挺的臉刻意透露出一絲憂慮。

「怎麼了，巴齊先生？」

「請別這麼客氣，我們都是朋友了。叫我埃茲克爾就好。」

「怎麼了，埃茲克爾？」

「只是這麼一來，就會有所延誤。」

雪柔咕噥了一聲。

「多久的延誤？」

「不會超過幾個禮拜，最多兩個月。」

「等等，請暫停一下，我們已經經歷夠多程序了。這是我們在世上僅存的東西，我們的退休金、儲蓄，我甚至得向我兒子借錢！你明不明白我們搭飛機過來要花多少錢？這已經是第三次了！」

「巴柏先生，你們真的非常有心，只是接著就是空窗期了，現在已經是迦納的納稅年度終了，政府在調節時期會凍結所有銀行交易。」

「我從未聽過這麼該死的蠢事！」

「傑……傑瑞。」雪柔說。

「全都是迦納的錯。」浮尤聳聳肩。

「那我們該怎麼做？」

浮尤早已料到這一步，假裝眼睛突然一亮地說：「我知道了，銀行有不記名債券，我可以發出與你現金存款等值的不記名債券，過戶要花上一個月的時間，不過好處是政府的調節時期無法干預，所以不會有問題的，我們可以直接進入最終交易。」

「我不確定，聽起來挺複雜的，也許我們應該再等等。」

「等待是最可怕的了，」我恍惚出神地說。

「怎麼了，親愛的？」雪柔握了握我的手。

「不知道他們是不是會殺了我們。他們可能會玩弄我們，有時候隨機帶走女孩，有時會要我們選，逼我們選下一個受害者，然後他們故意帶走另一個女孩，但你也只能這樣活下去，帶著背叛他人的罪惡感活下去。」

「噢，親愛的。噢，親愛的。」雪柔再度哽咽，她的手掌摀住嘴巴，「噢，老公，你能想像嗎？要是是我們家的曼蒂該怎麼辦呢，噢！」

「我只想跟你們說謝謝，」我說，眼睛注視著我緊緊扣住、放在膝上的雙手。

「噢，」雪柔說，「老公。」

「好吧，」傑瑞投降地說，「不記名債券是吧？」

「只要三天的時間，然後兩百五十萬就會過戶了，」浮尤說。

當這兩個男人在交換一大袋現金，把錢換成來自不存在的銀行裡虛構的不記名債券時，我為我們兩人點了茶。

「我可以問問你們打算怎麼運用這筆錢嗎？」我問雪柔。

「買一棟房子，給我們和孩子住，阿曼達和賽蒙，還有他們的家人。我的意思是，兩百五十萬美元，都足以在加州馬利布置產了，可是我們想待在奧羅拉，接曼蒂從芝加哥回來住，這樣一來就可以和孫子團聚了。等等，我這裡有照片。」

雪柔拿出手機，給我看一張快照，是個一臉倒楣相的嬰兒，嘴邊掛著唾液。還有一個微笑的小女孩，綁著兩束馬尾，臉頰上有一塊草莓形狀的胎記。「這是亞奇，然後這是貝琪，都是曼蒂的孩子。還有賽蒙，賽蒙和他的伴侶打算領養孩子。」

「好可愛喔，」我把手機遞還給她。

「親愛的，那妳呢？」

「我想我會努力展開新生活，還是待在這個國家比較好。」

「還打算開孤兒院嗎？」

「哦，對，孤兒院。嗯，我們看了幾個地點，有一間舊的養老中心可以改建，那地方真的不錯，有一個大庭院，庭院裡有一棵桑樹、游泳池，離植物園也不遠，會很棒的。」我腦中想的是我成長過程中居住的房子。

「能夠忽然重獲希望和可能，感覺應該很好吧？」

「對啊。」

接著陷入一片沉默。

「妳是克服重重障礙，才得以離開難民營的嗎？」

「拜託，雪柔，這太沉重了，我沒辦法說下去，」我把臉埋進手掌中加強效果，從手指縫隙，我看見我的袋子又開始蠕動。我用鞋子戳了戳樹懶，要牠別再鬧了。

「噢，當然，」她的手臂繞上我的肩膀，把我拉向她，給我一個姿勢彆扭的擁抱，然後撫著我的背。「好了，好了，」她說，「沒事了，沒事。」

「都解決了，」傑瑞開懷地漾開笑容，好像肩頭剛卸下沉重負擔。懷疑的重量可一點也不輕。

「要我幫妳提那個袋子嗎，法藍希絲？」我還來不及阻止他，他就提起我的藤編袋。「哇，妳裡面都裝了些什麼？妳所有的身家財產嗎？」

「傑瑞！」雪柔反感地低喊。

「噢，抱歉，我不是那個意思……」這時樹懶的頭忽然冒出來，暴躁地低吼抱怨。

傑瑞驚嚇地扔下袋子，幸好離地面只有幾公分的距離，但樹懶卻彷彿墜落維多利亞大瀑布般痛苦地慘叫。

「我的老天爺啊！那是什麼東西？」

「傑瑞．巴柏！你很清楚那是什麼！噢，法藍希絲，親愛的，妳應該告訴我們的。」站在她身後的浮尤，從她肩後瞪了我一眼，像在說「妳給我收拾殘局」。

「因為我……真的太羞愧了。」我低聲說道。

「好了，親愛的，沒什麼好羞愧的，這又不代表妳是壞人，妳只是曾經做過錯事罷了。」她狠狠瞪傑瑞一眼。「親愛的，妳是個好女孩，妳是好女孩。」淚水又湧上她的雙眼。

我們目送雪柔和傑瑞開著他們租來的白色大眾汽車，離開停滿寶馬和奧迪車的停車場，然後開心地揮手道別，直到他們轉入下一個路口。

「妳是個好女孩，」浮尤模仿雪柔說的話。

「閉嘴，浮尤。」

「我們應該再幹一筆。」

「我要收百分之二十。」

「也許下一次吧。」

「我只幫這麼一次，我的演出可是獨家的，不重複上演。」

「好像不是這麼一回事喔，我手上可是握有妳的九萬四千二百三十五元又八十二分債務。」

「我會努力寫出新故事。」

「我會加倍妳的利息。」

「我才不在乎。」

「妳說妳哥哥叫什麼名字？」他狡猾地問，「死掉的那個？」

「你去死。」

「還有妳那個男朋友？那個很帥的老外？叫做貝瓦，是嗎？當心啊，銀子。別忘記上次妳惹上幫派時發生了什麼事。」

浮尤坐進一輛寶馬車，我記住他的車牌號碼，百分之百是假號碼，但我本來就擅長記下無用資訊。我敲了敲他的車窗，他把車窗搖下：「什麼事？」

「送我一程。」

「自己去買車。」他說，輪胎一擺，揚長而去。

6

麥克哈撒酒吧到了下午三點，氣氛就已經熱絡無比，顯示這一帶欠缺休閒設施。但在充滿酒吧和教堂的區域，麥克的酒吧之所以受歡迎，必須歸功於兩件事：奈及利亞風味炸雞以及周遭景色。該酒吧位於前身為購物商城的建築二樓，這一帶過去可是城市的心臟，充斥奢華的飯店、餐廳、戶外咖啡廳和有天窗的購物中心，內部滿是高級奢侈品。連動物城市都曾有前世。

幾年前曾出現過一番討論：想要重新復甦此地帶，並改建成中產階級社區，而引發連續好幾個月的屋舍回收潮。紅螞蟻傭兵團戴著紅色安全帽、手持大錘和手提式擴音器進攻，眼睛閃閃發亮的房東也樂見地產榮景，蓋起低樓層的矮建築。但不速之客總能想出法子回來占用土地。我們是一票有進取心的人，而且本就背負某種名聲反而讓我們更肆無忌憚。

麥克的酒吧就坐落於曾是大型展示窗的位置，正好可以俯瞰街景。展示區仿造美國梅西百貨公司打造，旋轉陳列著刺激買氣的流行與生活用品，空間廣闊到足以容納一輛為聖誕節而陳設的雪佛蘭敞篷車，聖誕老人戴著太陽眼鏡、身穿夏威夷花襯衫坐在車上。

麥克的酒吧還保留幾尊人型模特兒，以利製造氣氛。缺了兩條手臂的男模特兒穿著熨得平整的燈芯絨褲、萊姆綠毛衣背心，戴著一頂軟呢帽；女模特兒三聚氰胺製的臉坑坑巴巴，正好搭配她身上遭蛀蟲啃過的白色迷你裙洋裝，以及一雙搖擺舞靴。兩人都無奈地擺出過時的復古姿勢。可是店內老顧客的穿著並不比它們好。

我在門邊的圍欄放下樹懶，牠擺盪著身子，晃上一根掛有燈飾的枯樹枝，那裡已經擠了不少動物。一隻遲鈍的松鼠將剩下的巧克力迅速塞入嘴裡，對樹懶發出不滿的啾啾聲，然後跳上更高處，經過一隻正在理毛的八哥鳥，以及一條閒適地繞著樹枝交叉點的非洲樹蛇，牠就和那些人體模特兒一樣木然。

「別靠太近喔，夥伴。」我警告樹懶。即使有不成文的行為準則，但動物畢竟還是動物，動物之中也可能有混帳。貓鼬窩在滿是木屑的角落裡，牠微睜開眼睛，然後假裝繼續睡覺。

貝瓦和他的兩個夥伴，室友艾曼紐和無賴迪尼士，就在足球桌邊，也就是他們的老位置。我到吧檯邊點了一杯湯尼水（這是我最近喝過的飲料中，最接近琴湯尼調酒的一杯），然後走到他們旁邊，找到角落的雅座坐了下來。冷氣長年失修，他們點的啤酒已開始滲出水珠。迪尼士的長尾猴坐在桌上，身邊圍繞著兩組七百五十毫升的空酒杯，手上把玩著杯墊，杯墊是從約一九八七年開張的卡爾登飯店偷來的。

電視上強力播放著劣質的曠課饒舌樂，汗流涔涔的身軀不斷抖動，畫面穿插切換至逼真的城市大火場景。巨大的火球點燃拉斯維加斯的天際，歌手穿著豹紋背心，戴著粗獷的鍊條，在女孩間穿梭來回，還有一隻鬣狗在他身邊漫步。畫面擷取鬣狗怒吼的特寫，露出一口黃牙，此舉動太過戲劇化，害女孩們也化為火球。所幸她們不以為意，火焰舔舐她們擺動的緊繃腹部，火苗延燒至她們臀部的弧線，臀部在用噴漆噴出的熱褲下若隱若現。

「這不會是真的吧？」我指著電視說，算是在打招呼。

「妳在說笑吧？」艾曼紐感到詫異。他是個貼心的盧安達孩子，年僅二十歲，靠打零工度日，身邊沒有動物，但這裡也並無規定非得有動物不可。動物城市很寬容，或大家的絕望早已心照不宣。

「艾曼紐，饒了我吧，我都三十二歲了，怎麼會知道這些東西？」

「啥？銀子！妳怎麼可能不知道史鏻哲？」

「這是什麼怪名字？聽起來好像金屬成分。」

「妳傷害到我了，妳說的話真的好傷人。」

「你還沒見識過我認真傷害你呢，艾曼紐。」

「是的，都是真的！」他以防備的口吻說，「子彈射穿那位黑人的臉，不過他硬是撐過來了。子彈擦過他的頭顱側邊，擊碎他的下巴骨，醫生得幫他縫好，整組重建。」

迪尼士加入，搖晃著他手中的啤酒，啤酒不小心潑濺灑出酒杯邊緣。「妳知道嗎，鬣狗的下巴比獅子還強勁。一口咬下，可通過頭顱直到骨髓。」長尾猴看見溢出的啤酒為之振奮。牠丟下杯墊，身體向前傾，仔細研究汁液。

「頭顱沒有骨髓。」貝瓦說，我發現他們都已經有些醉意。

「你懂我的意思的。」迪尼士喃喃低語。長尾猴的手掌抹了一下灑出來的啤酒，把手高舉到臉前，先仔細端詳，然後才舔了一口啤酒，後勁讓牠全身輕微顫抖，隨後牠又舔了舔手掌，粉紅色的舌頭尋覓著汁液。我剛說他們有點醉而已嗎？

「聽好了！」艾曼紐說，「史鏻哲不會逆來順受，對吧？他離開醫院，醫生在他的腦袋裡裝上各種金屬零件，所以他算是半個機器人，然後他去找那些對他開槍的黑人報仇，他在一間中南部的脫衣舞酒吧找到人，直接從前門走進去，然後砰！砰！砰！」艾曼紐佯裝手裡拿著一把槍，正準備轟爆這些王八羔子。他手中的槍似乎是大到他得用兩手才握得穩。

「他單槍匹馬撂倒所有在場的人，一共大概八個，有一半甚至還來不及反應，另外一半才伸手摸到手槍，可能剛站起身而已，然後就被轟爆了。脫衣舞孃全部光著身體衝出酒吧，一邊尖叫，沾得渾身是血！」

「這麼一說，我好像在哪兒看過這部電影。」

艾曼紐臉上的笑容立刻垮了下來，就像被人踹到的小狗，在路邊蹦蹦跳跳，然後不小心跌入排水溝，可憐地哀鳴起來。電視上的史鏻哲和他的鬣狗，已經轉變成南非浩室音樂兒童版雙人組，一男一女，非常迎合青少年的口味。

「銀子，不要這麼像憤世嫉俗的老傢伙。」貝瓦的口氣聞起來彷彿已灌下三輪、甚至四輪的大杯啤酒，「我很抱歉，艾曼紐，我以後都不帶她出來了。」

「哈，你『帶』我去過什麼地方嗎？抱歉啊，艾曼紐，我不是故意要對你的偶像不敬。」

我搥了搥他的手臂，要他別生我的氣。艾曼紐的情緒看似不再那麼低迷，事實上似乎已完全原諒我，為了表示我已獲得赦免，他打算拿更多史鱗哲真人真事的精采故事好好款待我。他大吸一口氣，正打算大聊特聊時，我立刻打斷他，手臂宣示主權般摟住貝瓦：「你們幾個還有大事要談嗎？還是我可以把這傢伙帶走了？」

「妳在急什麼啊，小銀銀？」迪尼士愛幫人亂取綽號，也最喜歡蹚各種渾水。他頭上戴著羊毛無邊便帽，嘴巴永遠都微張，讓他看起來很蠢。但如果你低估他的話，蠢的人就是你了。

「留下來再陪我們喝一杯。」他說。

我高舉我的湯尼水，「有了，多謝，小尼尼。還有，別再胡鬧了。」我又補上一句，因為我感覺到昆蟲般的腳拂過我的太陽穴。他的長尾猴傾身向前，繃緊神經，突然擺脫酒精影響露出專注眼神。表示這隻動物在幹活了。

「別胡鬧什麼？」他語帶無辜地說，好像他真的未對我伸出魔法觸角，但滑溜溜的感覺此刻卻瞬間消失了，長尾猴失望地向後靠。牠白了迪尼士一眼，然後又回頭把玩啤酒。

「是妳喝多了，小銀銀。」迪尼士說，因為艾曼紐並沒有加入他，一起耍耍派對小技，所以他只好轉移注意力。

迪尼士是良善的相反詞，他的「遊靈」會偷取片刻的幸福，像海綿般恣意吸收。當然關於他的魔力，他會刻意說謊。很多動物人士對自身的特異才能，都會抬出推托之辭掩飾。如果你問他，迪尼士會告訴你，他的才能是翻找、搜尋資訊，坦白說，這確實也是他常做的事。他在街上挖消息，再賣給任何願意付錢買消息的人——但他的告密行為與魔法並無關聯。

你可能會認為若你是缺乏血清素的吸血鬼，你會想獨享這份快樂，但這不是迪尼士會做的事。就我所知，貝瓦是他唯一的朋友，或者說，至少他是唯一在清醒時，還能忍受迪尼士超過二十分鐘的人。

「你懂我的，迪尼士，我是派對動物。講到動物，我覺得你那隻真的喝多了。」長尾猴翻轉酒瓶狂飲。

「該死。」迪尼士說，伸手想捉住酒瓶，但取走之前長尾猴已先行搶回去，連帶打翻另外三杯酒，以及我沒喝完的湯尼水。艾曼紐大叫一聲跳起，在混亂之中閃避打翻的飲料，把椅子也一併撞倒，接著就聽到玻璃杯應聲而破的聲音。迪尼士怒吼著，一邊責罵愚蠢的長尾猴，一邊要麥克送來抹布清理殘局——還有要求店家免費請大家喝一輪，因為要不是這張桌子和酒吧裡其他劣等家具全都搖搖晃晃，也不會發生這種事情。但麥克不接受他這番論調，回應的音量大到連酒吧的光頭葡萄牙保鏢卡洛斯也前來關注。艾曼紐聰明地利用機會上廁所，或去買下一杯酒，默默淡出混亂的場面。

這場災難給予我和貝瓦充分的私人時間，讓我們能像成人一樣好好對談。

「妳還好嗎？」他問，聰明纖細如他，察覺到我明顯的暗示，卻不夠聰明到分辨朋友和室友的狀況，不過也無所謂。

「每一天都糟糕，但今天是糟糕透頂。」

「露迪茲奇太太怎麼了？」

「她死了，嚴格說來是遭謀殺身亡。我人就快到現場時，感應突然就……萎靡了。」說到此，我感覺到腸子又打結了，就像心臟病迷失了方向，莫名跑到腸子裡作祟。

「妳就是在那裡被——」

「被警察拘留，三個小時，爛透了。哦，他們要你接下來幾天到警察局，說明我今早的行蹤。」

貝瓦不發一語，心不在焉地用手指撫摸喉嚨上的傷疤，這片肌膚就像芭比娃娃的塑膠一般，在他短衫的領口下方發亮。

「對不起，貝瓦，我知道很麻煩，」他的拇指畫著小圈圈循著脖子往上，一路摸上下巴，我終於失去耐性：「是你文件的問題嗎？我以為你的居留期在上週已經通過延長了。如果你覺得麻煩的話，我可以去找其他男朋友幫忙。」

貝瓦虛弱無力地笑了。在過去，「其他男朋友」的說法可能還較有說服力，但有了樹懶之後，我就實行單一伴侶制度，乖到當我看見防治愛滋病宣導人員以香蕉示範使用保險套時，都特別顯得情色。

「我接到一通電話。」他說。

「誰打來的……？」但其實我知道，我很清楚知道是誰打來。

「別裝了，銀子，我太太，家人打來的。」

那種感覺隨即再度湧上，一天內竟發生兩次，好像腸子的心臟病發作了，那是一種痛徹心扉的糾結。樹懶從酒吧遠處望了過來，吱吱地詢問我怎麼了。我只是輕輕地搖了搖頭。

「太好了，貝瓦，你一定很……」這之後可以填上的詞太多了，但沒有任何詞句可以形容我當下的感受，彷彿蘭姆酒加上硫酸，兩者特調而成的飲料一般，正灼燒著我的胃，燒出一個大洞。誰會料到呢？誰料得到過了這麼久她竟然還活著？至少我沒有料到，因為我從不尋人的。

「嘿，誰死啦？」迪尼士問，他指揮艾曼紐擺好剛從吧檯拿來的啤酒。迪尼士把其中一杯推向我。

「你不應該像亂撿菸蒂一樣亂插話，當心燙到手指頭。」我怒斥他。

「貝瓦告訴妳他太太打來啦？」迪尼士狡猾地問，他可真是謹言慎行呢。「好消息，對吧？」

「難以置信，」我說，心臟病已經轉移到正確的位置了，就像胸前開了朵毒花似的隱隱作痛。「太棒了，我還有事情要處理，貝瓦，我們晚點再聊。」

我傾身給他一吻。他的雙唇甜蜜而有發酵味，不知道這是否將成為另一件我得放棄的東西。

7

在回家的途中，沉重的自動砲火聲猶如微波爐裡的爆米花，逼得我和一群意識到危險的路人，躲進附近的購物商場避難。

警察不常使用自動武器，所以應該是幫派爆發衝突，或是發生武裝份子劫車事件。運鈔車通常會在高速公路上遭搶，因為高速公路的空間寬闊，可以讓歹徒更加迅速逃離現場，但幫派近來在市中心的行動，可說是愈加大膽。砲火一向是動物城市的夜間音景，像是鄉間的蟋蟀叫聲一樣。但最近卻逐漸演變成白天的慣例。

我們神經緊繃地等待砲火聲結束，就在「派餅先生」派餅店、「時髦婦人」平價鞋店，和「去旅遊」旅行社之間等候，後者顯然太認真看待自己的營業內容，因為它真的就這麼「去」了。櫥窗上貼了數張「出租」的標示、泛黃褪色的異國景點海報，以及「最優旅遊行程！」廣告字樣。

中庭的電梯門冷不防地打開，送出一名手提藥房袋子的老太太，大家還費了一番功夫，才成功阻止她步出中庭、陷入外頭正猛烈的砲火。大家說服了半天，她最後總算放棄，嘴裡一邊低聲喃喃抱怨，一邊走回電梯裡，彷彿下一次電梯門打開，會帶她到不同的地方。

我和貝瓦的相遇，是發生在極樂高地公寓的電梯內。那時電梯尚能使用，我也還會穿著寬鬆的連帽上衣掩蓋樹懶。當時我才剛從太陽城出來——是監獄，不是那個賭場。太陽城指的是迪可魯夫監獄，裡頭既沒有滑水道，也沒有歌舞女郎，我在那裡當了三年的政府貴客。這全都是監獄系統的疏忽，如果他們教你實用的求生技能，例如踢腿或搖晃乳房，從良之後的效果會比較好。

這些日子以來，他們都稱囚犯為「客戶」。語意已經說明一切。「客戶」統一享用流質的無味食物，就算客戶有五十七位，也一樣睡在只適合裝下二十位客戶的房間，統一到晦暗的水泥中庭運動，聽見外面的世界嘲笑我們，而我們與外界的距離，只有一片護欄網和砲台之隔。在政府資助的強制假期結束後，客戶仍舊會被踢回街頭，接受等同於零的支持，只有負擔過重的假釋系統，而系統根本無法追蹤你的身分，更別提你現在該做什麼事。

我並沒有打電話給我的父母，自從二〇〇六年那個春天的夜晚，我們就從沒有過具意義的對話，當時他們在醫院救護車停車場發現我，陰影退散後，樹懶就像是我個人的恥辱記號，蜷曲在我的腿上。

我會進入動物城市是無可避免的結果，不過一直到見過第五個租屋業者後，我才明白狀況。他們全躲在筆記板後方對著樹懶冷笑，然後告訴我，他們在郊區沒有適合我的房子——問我試著找過希爾布羅區嗎？

想要重新展開人生，極樂高地起初不是最明確的選擇；我尋覓過其他更好的地區，但當我詢問極樂高地的警衛是否仍有空房，他很樂意帶我參觀六樓的房間。看到鐵絲網和碎玻璃窗，以及透過走道或自製的走道橋，銜接聯繫起一棟棟建築物，形成一個廣大的貧民區，頓時讓我有種欣慰的感覺，也讓我安心地想起監獄，只是在這裡，我可以隨心所欲地打開門窗。

我帶著錢包裡的幾張舊鈔票，還有背上的樹懶，在當天下午就搬進去了。第一天我幾乎完全躲在公寓裡，試著釐清人生的下一步。在監獄裡，你只需要讓高音喇叭控管你的每一天，他們說什麼，你就做什麼，像是彈珠台遊戲裡的彈珠，慢動作地滾動著。我想念高音喇叭。

等到我提起勇氣踏出公寓時，已經是傍晚了，而且還是多虧樹懶哭著要吃飯。太陽城的餐廳供應半枯的樹葉、死蟲、乾草或生內臟，全看你的動物有什麼樣的飲食需求。監獄就是有這點好處，出了監獄，親愛的，一切都要靠你自己了。你必須自己找到枯葉和稀湯。

我帶上極樂高地破舊刮損的塑膠鑰匙卡出門。這張鑰匙卡用於打開極樂高地不靈光的十字轉門，轉門竟然也令人欣慰地與監獄一模一樣。然後我鎖上公寓的門，把樹懶裝進我的連帽上衣裡面，牠驚慌地抽起鼻子。

「你運氣真差，夥伴。」我說。我還沒適應在公共場合讓人目睹我帶著樹懶，仍舊會在意他人的眼光，即便「他人」也帶著自己的動物。

電梯等了好一會兒還是不來。可以看得出來，電梯最近才剛經過整修，嶄新的鐵門閃閃發亮，跟框住電梯、快要掉漆的雙色牆壁形成對比。我才正想要換走樓梯時，電梯門忽然滑開了，裡面有一群帶著動物的男人。

在太陽城，有時我會順道參加新耶穌復活教派的禮拜。如果你撐過整場傳教行程，包括會後一對一的諮詢時間，他們就會提供你像樣的餐點，包括五大類基本食物。他們說動物是我們罪行的具體展現，這個論點只比「動物是女巫的同類」好一些，他們說因為如此，動物會讓我們在與世隔絕的鄉村中受到酷刑和焚燒。耶穌復活教派的布道已夠像酷刑了，他們不斷重複地說，動物是對我們的懲罰，我們必須終其一生背負於身，就好像《天路歷程》[1]裡的傢伙，一直背著自己的罪孽。而因為我們自己是害蟲，所以我們吸引到的也是害蟲，是最低下的階層。他們說所有人終能獲得救贖，但我還沒遇過任何人的動物曾經奇蹟般地消失，就像《天路歷程》裡的那袋罪孽。至少在「罪影」找上他們之前不會。

但電梯裡的這群人攜帶動物的模樣，卻不像是背負重擔，至少站在前頭那個胸前有燒傷疤痕的巨人就不像是。他的疤痕一路從脖子竄入他的短衫底下，一隻貓鼬躺在特製的嬰兒背帶裡，掛在他的胸前。他們背負動物的方式，跟一般男人背負武器實在沒兩樣。

貓鼬對我齜牙咧嘴地低吼，也許因為如此，我稍微遲疑了一會兒，然後才走進電梯，電梯內的人應該也注意到了。我在門關上後，轉身面對電梯門，背對著人群還有他們的動物，不過我還是可以從發亮的鋁質門上，看見他們扭曲變形的倒影，就像遊樂園的廉價哈哈鏡，以中世紀荷蘭畫家博斯怪誕詭譎的畫風呈現。

「妳難道不害怕嗎？」那個巨人開口，聲音悶塞低沉，「不怕和我們這些『動物』一起搭

譯註1：《天路歷程》（*The Pilgrim's Progress*）由英格蘭基督教作家約翰・班揚（John Bunyan）於一六七八年出版，為寓言詩體裁之小說。

電梯？」

「你們才應該害怕跟我一起搭電梯，」我駁斥他，連轉頭都懶了。

從電梯門的倒影中，我可以看到巨人的臉，因為咧齒而笑而顯得膨脹，脹大到幾乎要吞噬掉他整張臉，然後他大笑出聲。其他男人也微笑了，雖算不上咧嘴大笑，但也足夠讓他們此後都閉上嘴，不再騷擾我，尤其在我不再藏住樹懶之後。

下一次遇見他，已經是幾週後的事了。嶄新的電梯已經故障，而我正從太平梯拽著攜帶式發電機上樓，拖著這笨重的黃色混帳東西，一次一格艱辛地登上樓梯，金屬每發出一聲碰撞，樹懶就忍不住縮一下。

「那是要做什麼用的？」巨人跟在我背後上樓時友善地詢問。他穿著一件保全公司的深色卡其制服，制服在他身上顯得略小，上面有個名牌徽章，是斯巴達鋼盔的形狀，寫著「哨兵保全」以及「艾力亞斯」。他並沒有提議要幫我忙，我還挺感激的。理論上來說挺感激的。

「工作。」

「妳是太過正直，所以不幹偷電這種勾當？」

「我是太過害怕自己會觸電而死，」大多住戶會在公寓間非法接電，粗製濫造的電線連通各樓層，甚至連通各棟建築物——看起來就像殘破馬戲團裡的鬆垮鋼絲。

「我可以幫妳找外快，幫別人的手機充電，很多人都懶得下樓去通訊行。」

「我也懶得跟很多人打交道。謝了。」

「好吧，」他說，然後從我旁邊擠過爬上樓梯，一面吹著口哨，一面甩著他的警棍上樓。

我獨力花了二十分鐘，才把發電機扛上樓。

第三次遇到他，是他來敲我公寓的大門，是的，他就是那麼厚顏無恥。當我拉開門，他就站在門口，手臂下夾著一個電爐，貓鼬則繃著臉掛在他的胸前。

「我知道妳不喜歡很多人，」他說，「那一個人如何？」

「要看是誰，」我說，「那個人想要什麼？」

「我有電爐。」

「我看得出來。」

「還有晚餐的材料，」他指了指腳邊的購物袋。「而且我沒地方可以用電爐。」他咧嘴而笑。

「你是太過正直，所以不幹偷電這種勾當？」

「我不是個好小偷，但是個好廚師。」

結果證明他不是個好廚師，我也不是。

他意外地很容易相處。我的遊靈很惱人，大多數的遊靈皆然，但我是在感應到他人失物的線索之前，就如此憤世嫉俗；失物的線索從人群身上散射，就像擋風玻璃的破洞周圍的裂痕。他身上卻不具任何線索。他也有失物，可卻顯得異常微弱模糊，也沒有任何感應。我知道他過去曾遭遇可怕的事情，所以才會得到貓鼬，但他好端端地帶著這傷痛，像是穿著一件經過幾番洗滌、陳舊柔軟的襯衫。而後來證實，這一切都不是巧合。

我後來也發現他的名字不叫艾力亞斯。有個叫艾力亞斯的保全人員生病，他只是幫忙代班。其他時候，貝瓦也忙得不可開交，從事各種奇奇怪怪的工作，各種在路邊執行的工作如保鏢、工人、修理工、承包商，舉凡合法的工作，或大多數合法的，他都願意做。勾引女人不列在他的履歷表上，他是如此申明的，至少在他遇到我之前不是。

事實上，還是我先吻他的。

「我沒料到妳會如此主動，」他訝異地說。

「總比被動好吧。」我說。在我的掌心底下，他傷疤的質地就像玻璃紙一樣。

「傷疤在體外一定很好吧。」我說。

「我可不是唯一一個。」他說，用手撫摸我左耳上子彈劃過形成的傷痕。但他直到一月才跟我提到他老婆和小孩的事，在我們開始上床的四個半月之後。

我們當時正在樓下的食物攤瀏覽器皿，他突然投下一顆震撼彈，說他的岳母曾經開過水果攤。

「現任太太？」

「可能還是，我不知道。」

「你竟然完全沒提你有老婆。」我以為我說話的音量適中，但事實上卻相當大聲，大聲到足以提振所有街角小販的精神。連街角那名挺拔的年輕毒販，以及他那眼睛大到不像話的眼鏡猴，都伸長脖子想一探究竟。樹懶只是默默低下頭，牠最討厭我在街上大呼小叫、引人側目。「也許你應該告訴我你有太太，貝瓦。」

「是妳不問的。」貝瓦沉著地回答，他從水果攤拾起一顆芒果，在手中左轉右看，輕輕地壓了一下，檢查成熟度。

「我以為男女交往有規則的，不該觸碰過去式，也不應該過問。」

「為什麼？」

「因為跟我無關，我也不想知道。」

「但現在妳卻突然想知道，這是我的錯嗎？」他換了一顆芒果，然後遞給我，水果攤老闆則故做鎮定，努力不讓自己的下巴掉下來。「妳覺得這顆怎麼樣？」

「我覺得這顆的頭已經爛掉了。」

「知道與否對妳很重要嗎，親愛的？」我知道標準答案，道德手冊指出，我應該要說「當然」或者是「你怎麼能問這種問題」，但我一向不是值得信賴的騙子，也不是什麼好人。

「我想也是，」他說，「這改變不了什麼，銀子。」他轉過來想親我，但當我把頭抬高，他卻把芒果塞到我嘴邊。

「笨蛋。」我說，抹了抹嘴唇，主要是想藏住我的笑意。

「是姦夫。」他露齒而笑。

「我不知不覺成為共犯了！」

「妳昨晚可是很有知覺的。更何況在剛果，一夫多妻可是合法的。」

「我剛剛已經叫過你笨蛋了嗎？」

「這是我應得的。」這次他真的親了我，我付了十二元買下芒果，然後躲進他的手臂下方，逼得樹懶心不甘情不願地挪動身軀。

「我們是不是很老掉牙？」

「大家不都是一樣嗎？」他說。

我晚一點才獲知完整的故事，不過也只有片段，像是閃光燈底下的幾個畫面。上一次他見到家人的時候，他們往森林裡狂奔，像鬼魅般在樹林間飄忽移動。接著「解放盧安達民主力量」

叛軍組織，用來福槍槍托將他打倒在地，並在他身上澆下煤油點火。

這已經是五年多以前的事了，他寄信給遠房親戚、朋友、救援組織、難民營，找遍社群網站，也就是那些使用假名、出生編號和描述工作內容做為線索，祕密進行的難民臉書社團。上面不放任何臉部照片，以免被迫害他們的人利用，這些團體就以這種方式在臉書上幫大家協尋自己的親人。可是卻毫無斬獲。他的太太和三個孩子就此憑空消失，猜測是已經死亡，永遠都找不回來了。

我全然沒能察覺的原因為何？我以為他很安全正常、也很適應環境的原因又是為何？他的遊靈能抑制減弱他人的魔力，他就像環境噪音裡的靜電，也像毛茸茸的雪能消除其他頻率，但只有在干擾到他的時候才會出現。他對魔法有種天然的抵抗力。別小看這能力，如果幫派和政府有辦法合成他的遊靈，他們就會追捕他，他在申請難民資格時，對內務部官員撒謊，將自己的才能列為「魔咒」，他確實也施展了他個人魅力的魔咒，才得以逃過一劫。

我本來以為無所謂，但現在他的太太再也不僅是悲慘過去的陰影，所以現在很有所謂。過去式的鬼魂總是會回過頭找上你。

購物商場裡，刺耳的砲火聲終於休止，由數個警笛聲取而代之。躲藏的人群漸漸疏散，有的甚至開始買起派餅先生的嗆鼻肉餅。誰說犯罪對生意沒好處？我也想買一塊餅吃吃，卻盯著「去旅遊」旅行社的招牌看得出神，或應該說是他們的特價列表。

旅遊景點是一長串了無新意的異國地點：尚西巴、巴黎、峇里島，超優特價！不包含機場稅。

他們尚無主打的有：哈拉雷、雅穆索戈、金夏沙。這些地方都需要特殊的旅程安排。

不包含邊境官員賄賂費用。

尖銳的爪子抓門聲吵醒了我。我已經分不清時間，只稍微記得，我是在閱讀三個月前的《你》雜誌時睡著，頭條幸災樂禍地報導著南非小聯盟名人的醜聞，以及司空見慣的道德淪喪故事。這本雜誌已經在我們這層樓傳閱過好幾回，大家為的是爭睹一則香艷刺激的故事：「禁忌之愛！我的動物羅曼史」，內容有關某位銀行家與從良的幫派份子雙雙陷入愛河的故事，她的戀人有隻銀背胡狼。還有段短文寫著：「除了我父母之外，克服過敏就是我最大的挑戰！」這就是小報新聞的最佳文筆了。

室內燈光炙熱發燙，這對我的發電機有害無益，我在腦海中記下購物清單：汽油；還有順便買食物，買什麼都行。我不小心絆了一跤，邊低聲詛咒邊打開門。

貓鼬立定坐在先前放著墊子的地方，我在購物清單加上一筆。這已經是半年內第三次失竊了。也許這次應該買個魔法防盜墊子，公寓對面有個裁縫師，他正好擁有這方面的才能，跟公園站的相反，公園站所販賣的，充其量只是一份安心。

貓鼬邁開腳掌走向走道尾端的太平梯，牠暫停腳步，滿心期待地回頭望向我。

「你認真的？」我問，我只穿了一件短衫、內褲和一雙襪子，外頭冷得我直打顫。

貓鼬又坐了下來，靜靜等著。

「好吧，等等，我馬上就去。」我關上門，套上我那件內襯已裂開的黃色皮外套，樹懶帶著睡意含糊地咕噥幾聲。

「沒問題的，夥伴。我想我可以單獨帶回爛醉如泥的白痴男友。」樹懶同意地發出咀嚼聲，然後繼續睡回籠覺。

我扣上外套的釦子，當下決定要跳過牛仔褲不穿。外套只能遮到我的大腿，但足以遮住不雅觀的地帶。我一定會後悔的，也會後悔打赤腳。因為貝瓦不是在走廊另一頭而已，他是在樓梯的最底部，整個人像個醉醺醺的牛仔垂掛在樓梯上。報童帽瀟灑地斜掛在他的眼睛上方，懷裡還抱著一瓶啤酒。他抬頭看向我，我從他布滿血絲的眼睛得知，他從今天下午一路喝到現在。

「鞋子不見啦？」他帶著消沉的嗓音含糊地說。

「難免會發生，」我說，不值得花時間解釋。

「我猜應該是被禿走了。這裡的東西都會被禿。」

「而我猜你一定是喝醉了，要我扶你上床嗎？」

「泥的床。」

「你確定想要明早六點就被龐特大樓的陽光曬醒嗎？」

「那我就射下太陽。」

「或者買窗簾，來吧，大個兒，」我靠著圍欄將他撐起，然後我們小心翼翼地上樓，總共上了六層階梯，貓鼬蹦蹦跳跳地跑在前面。

我才剛打開門，貓鼬就衝進房裡，直接跳向我溫暖的筆電，這次我不跟牠計較，主要因為我正忙著一次一步蹣跚地移動著貝瓦。

我試著把他放上床，但突然發覺把床墊拖到地上，然後把他扔上去會容易得多。

「我想跟泥談談。」他說，四肢攤開躺臥在床上，倒下時驚險地閃過牆壁。

「有得是時間。」我說，我往鋼杯中倒了些瓶裝水，因為房東又停水了。我將水杯傾斜往他的嘴邊送，他嚥了口水。我幫他蓋好被子，另外放了一個垃圾桶在他床邊，方便他嘔吐用，然後脫掉我骯髒的襪子，爬上床躺在他的旁邊。

「泥的腳好冰。」他抱怨道。

「至少沒被人偷走啊。」

就在這個時候，發電機劈哩啪啦作響，發出最後一聲嘆息，接著瓦斯就消耗殆盡，直接讓我們陷入黑暗之中，省下我起身關燈的動作。

8

來真的：線上紀錄片資料庫

軍閥與企鵝：戴寬・百牙未揭露的故事（二〇〇三）

觀眾評比：7/10（17,264人投票）

導演：珍・史蒂芬

沙瑪拉・卡雅

作者：珍・史蒂芬（旁白）

妮柯萊・伍德

訪談對象：戴寬・百牙

古爾・阿哈・百牙
「鬥士」拉喜德・多斯坦上將
亞爾・史都華代理下士
瑪帝亞斯・偉姆思
布里格帝亞・強・查非
〔等等……〕

影片長度：一百八十分鐘
語言：英語／達利語／普什圖語，含字幕
發行公司：倫敦聯盟映像
發行國家：英國
影片級別：成人／未分級
影片類別：政治／文化／歷史
影片比例：1.85:1
音效：杜比光譜錄製
拍攝地點：阿富汗、巴基斯坦、紐約、倫敦、關塔那摩
播出日期：二〇〇二年十月九日（英國）ＢＢＣ１頻道
二〇〇三年三月十四日（美國／全球）
得獎紀錄：二〇〇四年奧斯卡金像獎最佳紀錄片
二〇〇三年日舞影展

二〇〇三年國際紀錄片協會
二〇〇四年英國演藝學院電影獎
二〇〇四年金尼獎
二〇〇四年金色大門獎
〔等等……〕

概要：軍閥。精神象徵。病源者？戴寬·百牙的生與死。

劇情介紹：（內有劇情透露）戴寬·百牙由紐約電影系學生，搖身一變為騎著機車、攜帶機關槍的阿富汗軍閥。九〇年代後期他開始惡名昭彰，不是因為他走私鴉片的聲譽，或他對付塔利班和北大西洋公約組織軍隊的殘酷手段，而是他那隻隨侍在側的企鵝。

軍閥攜帶一隻身穿防彈衣的南極企鵝，如此不協調景象的謠言在英國軍隊間傳了開來，於是調查記者珍·史蒂芬在阿富汗海曼德省的鴉片田找到百牙，連續兩年跟隨他到沙漠和高山藏匿，試圖揭露這個男人與這隻企鵝的祕密。

本紀錄片追蹤戴寬·百牙的生與死。他本是對抗成吉思汗的伊朗宗族，之後卻遭人誤認為是惡名昭彰的病源者，感染當時稱為「動物園瘟疫」的病毒，之後此症改稱為「後天非共生靈獸現象」。

百牙曾在數個公開場合上，被拍到餵食他的企鵝吃肉條，據他所言，是從敵人身上取下的肉塊。據聞他可以在未碰觸肢體的情況下折磨他人，謠言愈演愈烈，更有人說這是種黑魔法、基因改造、好萊塢特效，或者以上皆是。

他的企鵝在一次塔利班突襲中遭刺殺身亡後，他也在公共場合遭「黑雲」（波斯文為Siah Chal）謀殺，整個過程在全球的電視轉播放送，這更是此現象第一回經攝影機捕捉，引來全球恐慌，許多國家因而建起隔離營，某些國家甚至執行死刑。

加拿大空服員基蓋·杜加，被控為美國愛滋病擴散的核心人物，拿他與百牙相比確實有失公平，事實上百牙只是一種流行現象下知名度最高的人物，而這種現象與疾病毫無關係。

起初眾人質疑阿富汗的動物現象，屬於這位迷人放縱的反社會者個人異常的怪癖。但後來有些理論推測，動物現象在阿富汗盛行，是因為巴基斯坦於一九九八年在鄰近的查蓋丘進行核武測試而造成核輻射餘波。

而今根據新幾內亞、馬利和菲律賓的人類學報告，動物化的案例最早可追溯至八〇年代中期。經過溯源揭露，最早的紀錄實際上是澳洲惡名昭彰的惡棍凱文·瓦倫。他於一九八六年攜帶他的「寵物」沙袋鼠，至布里斯班銀行行搶失敗，遭警方開槍制伏。百牙是在這事件發生後的十二年，被揭露具有動物化身分，因此百牙實際上並非眾人宣傳的病源者。

百牙到底是什麼人？

本片探討的主題，不只是在塔利班領導的阿富汗這個動盪國度裡，圍繞著百牙打轉的懸案，亦探討他周遭的動物化現象以及本體性的「轉變」。

主要訪談對象包括隨軍記者、聖戰戰士領導人、英國軍隊、塔利班士兵和百牙的親人。本片清晰描繪百牙於「轉變」中，所扮演的公眾核心角色。

引言：「我為什麼要從美國的電影學院歸國？（大笑）因為我父親要我回來。因為這是我的家鄉，在這裡我就是超級巨星。有一萬八千人聽從我的指令，人們尊敬我，整個村莊的人都來向我進貢。因為在這裡要殺要操，全由我決定。」——戴寬・百牙

「就把牠當作我的吉祥物吧。這麼說吧，你有你的幸運兔腳，而我有我的企鵝。你把幸運兔腳安全收藏在口袋裡，我則讓我的企鵝穿上特製的護身防彈衣。」——戴寬・百牙

「我不知道，這只是你理想浪漫派的想法，所謂的紈袴子弟、魔術師軍閥根本就是天大的錯誤。他是毒販、強暴犯、殺手、被寵壞的混帳，擁有私人軍隊和一肚子的部落花招。」——亞爾・史都華代理下士

觀眾評價：（一二一八則）

二〇一〇年三月二十日

用戶名稱：JodieStar1991　10/10

棒呆了！

太了不起的影片了！！！讓我對動物人士感到慾火焚身！！！我找到免費的動物人士色情影片網站！！！快來看看！！！自己點進來瞧吧！！！http://zoo.Ur78KG【三個評語】

〔十六名觀眾中有十二名認為以下評論有幫助〕

二〇一〇年二月十四日

用戶名稱：Rebecca Wilson 7/10

觀點清楚描繪飽受折磨（及折磨人的）指標人物

珍．史蒂芬「爭戰四部曲」的第三部曲（以色列／賴比瑞亞／阿富汗／緬甸），恐怕也是最痛苦的一部，其毫不保留近距離地刻畫一位男人，遭人謾罵、崇拜和不斷遭逢誤解的過程。

公眾對於媒體稱之為「轉換」的反應，在這件事之上，百牙的角色可說是具有相當的代表性，這點是再清楚不過了。大家看到一個浪漫的人物、一名電影學院中輟生轉變為自由鬥士，但同時也有些人認為他神祕未知。在動物化達到臨界點之前，曾有段時間，百牙成為人類道德問題的象徵。

企鵝對他而言，就像《木偶奇遇記》裡的小蟋蟀嗎？還是他肩膀上的惡魔？這個問題是影片所閃避未提的，或者說是百牙在本片中避而不談的話題，只要話題轉到企鵝身上，他就會小心翼翼應對，讓觀眾更希望製片能……（更多內容……）**（九個評語）**

（五百二十七名觀眾中有一百二十六名認為以下評論有幫助）

二〇〇九年十二月二十八日

用戶名稱：Patriot777 0/10

饒了我吧

各位請用腦袋好好思考吧，非共生根本就是非人，這個名稱已經說明了一切：

動物人士、動物化、非共生，管他現在網路流行哪個詞彙。總之就是非人，意指著世界末日的到來。只不過是假裝為非共生族群爭取權益，實質上卻對好公民進行祕密戰爭。

聖經〈申命記〉曾提到：可憎之物不得帶入家中，否則你必如該物當毀滅。厭惡憎恨它吧，因為它是當毀滅之物。〈出埃及記〉亦有提到：行巫術者，不許留他存活。

還需要我繼續說下去嗎？靈獸，來自地獄的罪影，可憎之物的毀滅。上帝是仁慈的，但只對真正的人類。非共生是罪犯，是社會的渣滓，他們連動物都稱不上，他們只是東西，而且只會……〔更多內容……〕**〔一〇三一個評語〕**

〔九百三十六名觀眾中有七百二十名認為以下評論有幫助〕

二〇〇九年十二月二十三日

用戶名稱：TuxBoy　10/10

食人企鵝最讚！

就這樣。**〔一百一十八個評語〕**

〔更多評價……〕

推薦影片

如果你喜歡這部影片，「來真的」認為你可能也會喜歡：

- 轉換（二〇〇一）
- 動物寓言天使（一九九八）
- 動物學：中國監獄到芝加哥黑社會的觀點（二〇〇七）
- 白色圖騰（二〇〇三）
- 川流不息（二〇〇六）
- 卡洋軍閥（一九八九）
- 黃金羅盤：以本體轉換出發看普曼的奇幻文學（二〇〇五）
- 伸出魔爪：動物化權利運動的崛起（二〇〇八）

9

「哇！我可以說我真的很訝異妳打來嗎？」

瑪爾濟斯男以飛快的速度，於帝國路上駛著七〇年代的金色賓士，時速大約超過限速五十公里，瑪爾濟斯犬就坐在他的膝上，腦袋探出窗外，舌頭隨著風飄動拍打。他們堅持要來接我，要是讓我自己搭計程車的話，大概只需要一半的時間就可到達目的地。

「嗯，我們還以為要追妳到天涯海角呢。」禿鸛女的聲音從車子後座傳來。她的鳥伸展了翅膀，隨即又重新折了起來，羽毛刮著車頂。這輛車並非專門用來運載靠腐肉維生的禿鸛，牠需要足夠空間，才得以完全伸展翅膀。車上有股難聞的氣味，一種香甜而腐臭的味道，從皮革間淡淡地散發出來，混合著瑪爾濟斯男柑橘基調的古龍水。他注意到我臉上抽搐的表情，用嘴形對我說「鳥口臭」，一邊皺起鼻子。

樹懶從喉嚨後方發出抱怨的咕噥聲音，牠的爪子像貓咪一樣，覆蓋壓住我的手臂。這就是我不能玩撲克牌的主因，因為誰都不會比這隻毛茸茸的巨大動物，更能在瞬間毀掉你的詐牌伎倆。當車子駛過帝國路，闖過另一個黃燈時，我盡可能若無其事地抓緊門把。樹懶的臉埋進我的脖子旁，我專注盯著報紙頭條公告，以轉移注意力抗拒暈車。「貪污案延宕」。「流浪漢遭活活燒死」。「機場現場逮獲毒品」。

「我還是不喜歡小型狗。」我說。

「不要緊，」瑪爾濟斯男口吻極為爽朗地說，「反正妳不是幫我們做事。」

「我可能不會幫任何人做事，我只是先來看看狀況。」

「妳真的很難纏，我喜歡。」

我們的車抵達一個有柵欄警衛的社區，然後停在吊桿之前。穿著制服的警衛口袋裡有隻老鼠，牠從警衛制服的「哨兵武裝保全」標誌上方，探出粉紅色鼻子抽動著。動物人士在保全業滿吃香的，特別是「哨兵保全」，實際來說，他們是城裡規模最大、也是最明理的武裝保全公司。

瑪爾濟斯犬背上的毛豎起。當警衛低下頭，穿過車窗查看車內情況時，瑪爾濟斯犬乍然跳了起來，然後開始瘋狂吠叫。老鼠對瑪爾濟斯犬眨了眨眼，鬍子抽動了一下，卻完全沒有退卻的意思。

「坐下，小乖乖！我很抱歉，皮耶，你也知道牠興奮的時候就是這副德性。」

「我是約奧，瑪茲布克先生。不過無所謂。」

「天啊，我很抱歉。我應該要記得像你這樣的大帥哥才是啊。我保證以後不會忘了你的名字。」他仔細打量警衛：「你不會碰巧愛唱歌吧？」

「馬克。」禿鸛女的聲音尖銳而低沉。

「當然不會了，我在想什麼。當我沒說，菲力普——還是約奧，都可以啦。你可以幫我轉告虎倫先生，我們已經到了嗎？麻煩你盡一下工作職責好嗎，親愛的？」

「好的，先生，」警衛不慌不忙地向後退了一步，透過無線電對話，然後升起吊桿，讓賓士車通過。他工作的方式與動作中，帶有一種不連貫流暢的感覺，說明他過去曾在軍隊服務。這就是非洲，總是有許多戰爭、許多失業的退役軍人。

車子越過吊桿和地上的減速帶，即使不必要，瑪爾濟斯男仍舊強而有力地催使馬力，駛進綠意盎然又腐敗的郊區中心。橡樹、藍花楹樹和榆樹遮蔽起的郊區，是全世界最大型的人造森林，至少他們是這麼說的。

人行道側邊的綠草經過仔細修剪，仔細到比色情片明星的體毛還整齊，延伸至十公尺高的圍牆，而圍牆的頂端則裝設了電籬笆。高牆之後什麼事情都可能發生，在牆內的你卻一無所知。也許這就是這堵圍牆的用意。

「虎倫，歐狄．虎倫？搞音樂的那個大人物？」

「音樂製作人，正是。」禿鸛女糾正我。

「跟莉莉．諾本伏有關的那個。」

「真是慘痛的損失。」

「有點類似霍華・休斯的故事。」

「他的情況很獨特，」禿鸛女說，優雅地半聳肩頭，鸛也模仿她的動作，就像她動作慢半拍的鳥類連體嬰妹妹。

我們轉進一個死胡同，經過一塊空曠的土地，這塊土地價值至少五百萬，卻野草蔓生。車子最後停在一面較矮的赤褐砂石牆邊，牆上爬滿了常春藤，是真正的常春藤。我們可以從鐵製大門後瞥見綿延起伏的草坪，草坪盡頭就是英國建築師貝克爵士設計的石屋了。石屋的歷史肯定可追溯至二十世紀初，後方升起一座崎嶇的小山丘或小山，小山丘在這一鄰區突起，彷如一顆帶有毛髮的疣，長在一張極具個性的現代臉龐上。

「以及一樣失物。」我強調。

「一個走失的人。」禿鸛女糾正我。

「那個人是……？」

「喔，親愛的，耐心是美德，美德是優雅——」禿鸛女以活潑輕快的東歐腔調，重複唸著老舊的韻文，聽起來挺奇怪的：「優雅是個從不吃臉的女孩。」

「是從不洗臉。」瑪爾濟斯男不假思索地糾正她。他們兩人協調的鬥嘴，猶如手足或交往已久的情侶。禿鸛女不理他，他繼續說道：「他是個很了不起的人，親愛的，妳會喜歡他的。」

「他沒有小狗嗎？」我說。

「絕對沒有小狗。」瑪爾濟斯男按下遙控器，鐵製大門敞開，我們隨即駛進寬敞遼闊的庭園住宅。

我們的車駛近房屋一側，那兒有個剛剛蓋好的嶄新車庫，可以容下四輛汽車，與斜對角的貝克爵士石屋形成醜陋的對比。車庫某扇大門正敞開，露出一台保養得當、有著木頭嵌板的深藍色戴姆勒。虎倫開的車顯然挺有格調，說來也有意思，因為就我所知，他其實不太外出。一名戴著司機帽的彪形大漢正在沖洗輪胎邊緣，在看到我們接近時，他站了起來，示意瑪爾濟斯男把車停在左側，然後他提起水桶，闊步走進車庫，沿路潑濺出肥皂水。

「很友善的傢伙。」

「友善並非他的職務需求，」禿鸛女說。她打開後車門跨出腳，把鸛鳥光禿的頭頂摟在胸前，以避免牠撞到車門框。

瑪爾濟斯男坐在車上，用兩根拇指敲著方向盤的邊緣：「妳們先去，等約翰拿水桶出來，我要問問看他能否幫我清洗打蠟賓士。」

「他的名字是詹姆斯。」禿鸛女說。

「隨便啦，我等一下跟上。」

「入口往這邊走。」禿鸛女領我繞過車庫旁，然後走向延伸至房屋的私人車道。仔細近看，房子像是無人打理的空屋，鋪石縫隙間叢生葉片尖刺的雜草和蒲公英，讓鋪石看起來都歪歪斜斜。車道兩側綿延的草坪枯槁乾黃，有隻孤單的朱鷺正在巡邏走動，用牠的喙嘴四處戳弄雜草，找尋地上的蟲子。靠近花園底端有個網球場，網球場的圍籬上出現好幾個破洞，水泥上也有裂痕。網子自中線垂下，彷若老運動員鬆垮的啤酒肚。昨日、今日、明日的氣味濃濃擴散於空氣中，紫白色的花朵已經接近花期尾聲。樹懶從喉頭後方發出低沉的嘀咕聲，我懂牠的意思，這裡有種被遺棄的感覺。

我竭盡所能用話語刺探禿鸛女，而且我真的十分好奇。「『採購』到底是什麼意思？幫公司行號挖角？採購稀有古董？人質談判？」

「可以是任何妳想要的東西。其實與妳的工作性質非常相近，十二月小姐。」鸛的喉頭發出咕嚕聲，喉嚨的囊袋抖動。

「喔，拜託，你們前三次接的工作是什麼？」

「保密是我們對客戶的保證，我希望妳的工作也是？」

「有錢能使鬼推磨，」我同意。「所以妳不打算給我提示嗎？」

「我們就像是專人服務，工作需要什麼，我們就做什麼。虎倫先生的樂手巡迴演出時，我們會隨身護航，也幫他談生意，最近一次的對象是一名德國經銷商，我們陪這位音樂人回到柏林。」

「聽起來比較像經紀人，而不是『採購』。」

「在此之前，我們自西班牙走私一批十七世紀的十字架，混在裝滿磁磚的容器裡。」

「真的嗎？」

「也許是。也或許我只是對妳撒謊，故意讓妳興奮罷了。妳要怎麼查證？」

她用手指按了門鈴，大門是深色厚重的木頭，以彩色玫瑰教堂玻璃窗裝飾。屋內傳出顫抖的鈴聲和回音。過了一會兒，門打開了，裡頭站著一位女人，她身穿主教般鮮紅色的套裝，留著一頭俏麗的短金髮。她看到我們似乎很開心，好似剛剛嚥下日光般，對我們燦爛微笑：「哦，嘩！喂！妳們真的好早耶，歐狄正要完成一樣工作。」

「卡門是虎倫先生的徒弟之一。」禿鸛女回應我詢問般挑起的眉毛。

「喔，對喔，不好意思。」卡門說，對我露出發亮的白牙齒，「妳是媒體工作者嗎？」

「不再是了。」

她立刻失去興致，不過她的陽光笑容只遲疑了片刻。「進來吧。如果妳們想去露台的話，我隨後替妳們奉茶。」

她踩著閃亮的紅色厚底高跟鞋，喀噠喀噠地轉過身，引領我們走進屋子。屋內看來陳舊，很難與如此年輕漂亮的女生輕盈走動的畫面相連。木質地板上的褪色波斯地毯，讓卡門的高跟鞋頓時啞然失聲。家具的風格威風跋扈，以沉重的柚木和香槐鐵路枕木打造。樹懶抱我抱得更緊，我嗅到一絲惡臭的礦物味兒，就像花瓶水放了一週的味道。

我們經過餐廳，看見一個可以容納十二人的香槐桌，頭頂則是一個巨大的水晶燈，看起來就像反轉過來的婚禮蛋糕。塵埃穿透層層常春藤和花玻璃，了無生氣地在陽光底下繞著圈子旋轉。有人在桌底落下巧克力葡萄乾，讓它們在那兒變成化石。

「虎倫先生才剛搬進來嗎？」

「喔，不是的，他已經在這裡住很久了，」卡門說，「不過我知道妳在想什麼，妳一定想，這裡似乎不是很酷哦。」

「我正是這麼想。」

「我知道，對吧？起初來這裡試唱的時候，我也覺得奇怪，但也許這就是歐狄的哲學吧？跟音樂大有關聯。」

「相對於？」

「形象、浮華眩目、迷人，所有會『干擾』的東西。」

走道上排滿一列加框的獎牌和獎座、黃金唱片、白金唱片、音樂頒獎典禮、MTV頻道以及柯拉琴音樂獎證明，上面寫滿了許多名字，連我這種不聽音樂的人都很熟悉：跳魚、狼偵探、亞瑟蓋、克雷柯特拉、莫羅、薩克思·祖庫都、莉莉·諾本伏、果子雙人組、諾克司。年分有一九八一、一九八六、一九八八、一九八九、一九九〇、一九九二、一九九五、一九九八，然後突然跳到二〇〇三、二〇〇四、二〇〇五、二〇〇八。

「中間怎麼有一段空白？」

「虎倫先生還有進行其他生意。」禿鸛女說。

「而且他之前生了一場病，」卡門加入話題，「但不用擔心，他現在已經康復得差不多了。」

我們途經書房，書房裡設置了一間影片編輯室，周遭圍繞著排滿檔案和珍奇古物的書櫃。繼續往前走，走道的盡頭是間絕對復古的休息室，打開玻璃門就是明亮的露台，俯瞰著游泳池。休息室裡有一個蛋形吊籃椅，以及一個沉甸甸的銀色茶几，上面僅有輕微刮傷，茶几旁有一組巧克力色的低矮皮沙發圍繞擺放。兩個低調設計的細長喇叭，湧出蜜糖般的節奏藍調音樂。

「我們到了，」卡門推開玻璃門，走進泳池畔的露台。她屈身拂去鐵製椅座墊上的樹葉，椅子十分講究，排放在藤蔓棚架下，搭配一張成套的桌子。美麗的景觀遠眺小山，上頭種滿灌木叢和水分充沛的蘆薈。小山的山腳下，有一棟碉堡式的低矮建築，建築有著玻璃拉門，這棟絕對不是貝克爵士的原創作品。

「神奇的魔法就是在那裡施展的，」她的手以銷售模特兒的架勢朝著碉堡揮動。「魔加錄音室。如果妳誠心要求，歐狄可能會帶妳去參觀。」她迷人地眨了下眼睛。「馬上回來！」然後又喀嗟踩著高跟鞋，走回陰涼幽暗的室內。

泳池的形狀為龐大老式的方形，貼滿馬賽克磁磚，還設有兩個古典仕女的人工噴泉，仕女從水甕中倒出水來。但磁磚已經剝落，天青石色也褪為單調的青色，氣味不佳的池水呈現污濁的綠色，腐爛的樹葉布滿泳池表面。苔蘚爬滿兩位仕女的身上，它們的衣袍折邊和手肘彎曲處堆積青苔，就像失控的面膜般模糊了它們的面孔。像是有人吃掉它們的臉。

我聳了聳肩頭讓樹懶爬上桌面，牠肚子朝下攤開四肢，長爪子勾住桌面的鐵製花飾。禿鸛女彎著身軀往一張精巧的椅子坐下，將身體向前傾，重量才不會落在背後的鸛身上。

「妳讓妳的鸛鳥先生下來過嗎？」

「牠是母的。只有在我睡覺的時候，我才會放牠下來。」

「牠的腳怎麼了？」

「牠和另一隻動物打架，最後落敗。但不是妳想的那種激戰。」

「我不是這麼想的。我很訝異這類事情不常發生，草食和肉食動物總混在一起，也許應該加以隔離才對。」

「嗯。」她回應，注意力移到別處。

「那本書是什麼？」我只是想找話題聊。但鸛忽地抬起頭來，眼睛越過牠的鳥嘴望著我。

「書？」禿鸛女未加思索地回我，與鸛的反應呈強烈對比。

「妳其中一樣失物，」我集中注意力想抓住那串失物，但這次影像卻教人失望地模糊。我不再能看見手槍上的字體，也辨識不出手套的細節，而那本書則看似一塊老舊磚塊。我只好從我的記憶裡搜尋：「書的封面破損，書頁則因濕氣而發霉膨脹，內容好像是有關於樹的？」

「這是妳的才能嗎，妳能看得見東西？」她趣味盎然地說，「還真有用。我不知道書名是什麼，有個女孩在箱子裡唸給我們聽的。」

「箱子？」

「他們將我們運送過來，我們全部擠成沙丁魚，」她撫摸鸛的喉嚨，牠的頭頂愉悅地皺起來。「有些沙丁魚死了，而我就此展開全新的人生。」

「我可以幫妳找出這本書的資訊，如果妳要的話，也許可以重買一本。」

「要是書沒有我記憶中來得好呢？有些東西還是失去最美。」

「我希望妳指的不是我要找的女孩！」我猜這就是歐狄．虎倫了。他以花俏的姿態出現在陽台，身材不像水桶型，反倒較接近風笛，身體全部的重量都掛在前面的腹部，扭曲了他的短衫，短衫上寫著經典傳奇的「流行尖端樂團一九八七年帕薩迪納市玫瑰盃演唱會」。他的頭頂已漸禿，但他留長剩餘的頭髮，紮成散亂的細馬尾。真正有權有勢的人，才不像浮尤那種角色，他們才懶得為了吸引他人目光而刻意裝扮自己。

「抱歉讓妳們久等了。亞密拉，妳看起來真漂亮，肉毒桿菌有效果吧？妳也許可以幫妳的鳥注射一些。還有妳，妳肯定就是我的新助手了，」他用他寬大的手掌包住我的手，那雙手有如米老鼠的大手套。「我只是說笑而已，」他眨了眨眼，「絕大多數的成分是說笑。」

樹懶咕噥了一聲爬下桌子，攀上我的大腿，牠也看見了出現在我眼前的東西；與大人物的形象背道而馳，失物像一團黑色的巨瘤，懸掛在這男人的頭頂。巨瘤彷彿吞噬了一隻章魚，但章魚肥碩的黑觸手遭到裁截，現在只剩下殘肢，噁心地成群蠕動著。

這可以堂堂列入我碰過的工作中，最糟糕的一類。想要砍斷這些線索，並非不可能，好巫醫就可以做得到，但線索還是會重新長回來，而且會變本加厲地粗肥厚重。在他黑色光暈的陰影底下，他的皮膚顯得蠟黃、臉頰凹陷，眼睛明亮卻單調。

「妳的動物怎麼啦？」虎倫一面說，一面往一張椅子坐下，手指玩弄著短衫上的破洞。

「牠碰到陌生人會比較害羞。」我摸摸樹懶的頭安撫牠。

「亞密拉和馬克已經跟妳說明過了吧？」

我得迫使自己忽略在他頭部周圍扭動的黑色殘肢，才能專注看著他的臉。我的視線專注於他肥厚的嘴唇、有些歪斜的大鼻子，他的鼻子彷彿曾在橄欖球賽或酒吧打架撞歪。「虎倫先生，事實上，我還在等著聽委託案的原委，之後才會決定我要不要聽工作說明。」

「請叫我歐狄就好，我的全名是歐德修斯。」

「當然，歐狄。」

卡門打斷了我們的對話，她手裡捧著一個紅色的塑膠托盤，看起來就像是與她的高跟鞋用同一種材質做出來的。她放下一個筆記夾板，以及一壺飄散著可怕氣味的茶。

「別擔心，裡面沒有酒精，」歐狄倒了一杯茶，笑盈盈地遞給我。

「你做了功課。」

「是的，我都聽過妳的怪習慣了。但不只是因為妳的關係，魔加音樂公司也有政策，不得喝酒，也不得吸毒，平淡的魅力也不允許。」

「不得有『干擾』，」我戰戰兢兢地啜了一口茶，嚐起來果然和聞起來同樣噁心嗆鼻。

「布枯葉和芥末籽，對解毒有益。」

「太好了，」我硬撐著微笑，連加了五匙的糖，才讓這茶勉強能夠入口。我到底該怎麼樣才能喝到一杯好茶？「我不確定我能夠幫上你的忙，虎倫先生。」

「真的別客氣，叫我歐狄就好。」他將一個信封袋放在桌上。「打開信封。」

我打開了，樹懶伸長脖子一探究竟。裡面有一疊嶄新的藍色百元蘭特鈔票。我把信封袋放回桌上。「這是什麼？」

「只要妳願意聽我說，兩大袋都是妳的。如果妳滿意我所說的話，就接下這份工作，這就當是預支的酬勞。要是妳不滿意，就把錢帶走，永遠別告訴別人我說過的話，大家還是朋友。」

「聽起來很嚴重，你確定你找對人了嗎？」

「馬克和亞密拉是如此深信。」

「我先跟你確認一下，我不是來這裡錄唱片的──你知道我是音癡吧？」

「這向來不是漂亮女孩拿不到唱片合約的原因，自動調音是很棒的工具。」他笑了，但眼神依舊冷冽。「請放心，妳會來到這裡，是因為妳有別項技能，」他緊緊瞅著我。我忽視抓住我手臂的樹懶，把信封袋放進我的提包，黑色殘肢的光暈，在歐狄頭部附近起伏搖擺著。

「好，非常好。妳應該知道『果子雙人組』吧？」面對一臉空白的我，他不耐地揮了揮手，「就那一對雙胞胎啊，小曲跟席布？」

名字聽起來有點熟悉，也許在麥克酒吧的電視上瞥見過，或許在便利商店的舊《狂熱》雜誌封面看過。一男一女，雙胞胎，長得很好看、活力有朝氣。

歐狄嘆了口氣，惱怒地說：「唔，妳自己去做些功課吧。」

「他們發生什麼事了嗎？」

「以官方的說法來看，他們是沒事，什麼事都不曾發生，一切都很好，他們保持低調是因為正在錄音室創作新歌。全新的唱片三週後會問世。我們已經籌畫好要召開盛大派對。」

「但實際上是？」

「小曲不見了。」

「逃跑了？還是遭人綁架？」

「兩者都有可能。她的監護人說，她已經四天沒回家了。」

「這很不尋常嗎？」

「妳不知道，果子雙人組身上有一樣特質，那就是他們是這個醜陋世界的一道曙光。」他捏了捏下嘴唇唇角，然後用他粗大的手指翻轉把玩嘴唇。「他們是好孩子，是好楷模。」

「你想要他們保持原狀，不讓歐狄爸爸的小女孩受到現實世界玷污。」

「亞密拉提醒過我，妳說話很不中聽，」失物殘肢仍在抽打扭動著。

「我較喜歡稱之為心直口快。她有男朋友嗎？還是女朋友？」我追問。

「要交朋友來日方長。」

「因為她是個好女孩。」

「瞧瞧，我們心靈相通。」

「但我不了解你為何找我，不去找警察或私家偵探。四天滿長的，她可能已經死了。」

「銀子，這麼做有欠謹慎。找警察和私家偵探，要是讓八卦報社挖到……」

「我懂了，你現在這麼做可是鑄下大錯，但我還是要收你的錢。這筆交易值多少？」

「如果在他們專輯正式發行前，妳能夠把她帶回來，而且她『完好無缺』，」他似笑非笑地說。我懂他的意思：甜美、純真、未動物化。「五萬蘭特。」聽到這個數字，樹懶倒抽一口氣。

這事果然嚴重。

「二十萬，我就幫你。」

「八萬五千元。」

「十五萬元，外加雜費。別擔心，歐狄，我會開收據給你。」

禿鸛女一臉苦惱，歐狄以緩慢算計的眼神打量我，觸手頓時停下動作，像是它們也正屏息等著。

「歐狄，拜託。」我們兩人的臉上都帶著充滿詭計的笑意，或只是對彼此齜牙咧嘴，像是在爭奪主權的黑猩猩。

「歐狄，有你的電話，」卡門從門後哀怨地探出頭來，彷彿她認為我們已占用他太長時間。她懷裡抱著一隻黑色的兔子，手則撫摸兔子的耳朵。這麼一來正好解釋了餐廳裡的巧克力葡萄乾是什麼。誰料得到歐狄．虎倫的怪癖竟包括培養私人的動物園？我忍不住猜想她做了什麼，才得到那隻兔子。

「啊，謝謝，卡門西塔，」歐狄說，「我想我們都談完了，亞密拉和馬克會向妳說明，再與妳做出必要的安排，妳需要什麼都行。」

他站起來，一副生意人的架勢，一口灌下他的飲料，然後把剩下的冰塊扔進池子裡。冰塊滑過破裂的磁磚，噗通一聲掉進水裡，留下油膩的漣漪，引起水面上的樹葉騷動。當我抬起頭來，歐狄已經走進屋裡，我連參觀錄音室的機會都沒有。

樹懶被我氣炸了，我可以從牠爬上我背部的動作看出牠有多麼不滿，肢體硬梆梆又怒氣沖沖。「你有更好的想法不成？」我對牠低聲回應。

「怎麼了？」禿鸛女溫和地詢問我，眼睛盯著泳池旁蒙上苔蘚的仕女，還有在它們裸足邊破碎的漣漪。

「我只是在想，這是不是個好主意，」我說，「肯定有其他更符合資格的人選。」

「更有資格，但口風不緊，而且如果出亂子，也比較難憑空消失。」

「這麼一說，我確定剛剛沒人提到什麼憑空消失的事情。」

「妳完成這件工作之後儘管消失，不會有人向妳提問，妳就回到動物城市還有妳的小世界。」

「懂了。」但我腦子裡想的是她遺失的手槍。

「我們走吧？妳該開始準備了。」

瑪爾濟斯男在車子前座等著，車子果真如同保證，每一吋都經打蠟拋光。車內充滿空氣清新劑的松木香，帶著一絲氨水的氣味。這兩種味道綜合起來，讓樹懶忍不住打了個噴嚏。也就是說，我先前完全誤會他了，我真的確信「清洗打蠟」是某種性暗示的說法，但我能百分之百確定地說，親愛的歐狄先生絕對使用各種方式向甜美的卡門下手，也許現在他們兩人正在忙呢。

名叫馬克的瑪爾濟斯男看似急欲離開。車子已經發動，他也繫上安全帶，瑪爾濟斯犬站在他的腿上，前爪搭著方向盤。牠不耐地吠了一聲，好像車子正停在一級方程式賽車的維修站，而我們拖慢了比賽的進度。

「親愛的，進行得怎麼樣？他是不是跟我們形容的一樣？」我關上車門的瞬間，馬克立刻換了檔。

「有過之而無不及呢！」我模仿卡門西塔活潑爽朗的語氣，「我接下案子了，還被他挫了挫銳氣。」

「親愛的，別想太多。」

車子駛出私人車道時，歐狄出現在入口處。我回過頭張望，視線跨過座椅頭枕和亞密拉，以及她那隻令人不寒而慄的鳥。歐狄的身子前後搖晃，雙手插在牛仔褲口袋裡，看似一派輕鬆。這就是毒蟲的模樣，急欲佯裝一切安然無恙，世上已完全沒什麼好煩憂，但事實上牛仔褲口袋裡的手，早已汗濕而緊緊握成拳頭，指甲還在掌心留下深深的指甲壓痕。倘若歐狄手心的壓痕，就是唱盤上的溝紋，那肯定正在播放強尼．卡許版本的「九吋釘」歌曲〈傷痛〉，而觸手也正隨著樂音揮舞擺動。

10

卡列柏．卡特（澳洲巴旺監獄）

「我剛來到這裡的時候，身邊還沒有貘，牠在我到的第二天夜裡才來的，那時我才剛被墨爾本的幫派份子修理過。幸虧我的兄弟連恩已經在監獄裡，他也很清楚這些傢伙的伎倆，所以我剛到的時候，他給了我一把短刀。這把刀最後插在其中一個傢伙的脖子上，一個叫做德克、滿身刺青的王八蛋。

就在當晚，當德克在墨爾本一間醫院過世的同時，一隻貘出現在我的牢房外。我聽見牠抓著單獨監禁牢房的門，簡直把我嚇壞了。警衛說他們發現牠的時候，牠全身還布滿叢林泥濘。我的意思是，這地方到處都是監視錄影機，而這玩意兒又是從不同大陸來的，怎麼會沒人看見牠進來？牠是怎麼進來的？如果牠能穿越牆壁或飛行之類的，那牠為什麼不能帶我離開這裡？

總而言之，我是很愛牠的。他們讓我照顧牠，帶牠到後院散步。這種動物看起來很愚蠢，牠也真的是遲鈍得可以。但當監獄裡其他囚犯，看見走在我身邊的牠，都會記起發生在德克身上的事，他們知道卡特是不好惹的。」

季亞・卡丁（巴基斯坦喀拉蚩中央監獄）

「他們把我們的動物關在監獄的另一個區域，我們平時見不到牠們。但當他們想要折磨我們時，就會把動物裝進後車廂，然後把牠們載到凱提班恩達。這種痛苦難以承受，你會哭喊、嘔吐，什麼話都說得出口。

我遭到逮捕的時候，我的眼鏡蛇就跟在我身邊，那時我才九歲。警察見到我走在街上，脖子上掛著眼鏡蛇，他們就抓住我，硬說我搶了一間民宅，我是無辜的，但他們還是毆打我，直到我認罪才罷手。

他們帶我來到這裡，然後把我的眼鏡蛇丟進一間房間，和其他動物關在一起。動物會彼此互咬，感染病毒，然後死掉。『罪影』每晚都會襲擊囚犯，有太多人因此而死亡。現在他們把動物關在籠子裡，但仍然不讓我們見牠們，除非我們給他們一大筆賄賂金，那筆費用可是相當守衛一個月的薪水，我根本沒有那麼多錢。

自從我被捕之後就再也沒見過我的眼鏡蛇了，現在我十四歲。」

泰倫・瓊斯（美國科可蘭）

「在這兒一切都很瘋狂。你無法把一個人和他的動物分開，這點我知道，這樣做是不對的。但是，老天啊，有些黑鬼的動物具有兇猛的野性。其中一個傢伙的動物是美洲獅，讓一個囚犯帶著美洲獅到處閒晃，你不能說這樣做是正確的吧。

在這裡，凡事要有秩序。不論你做過什麼，只要你的動物夠兇狠，你就是狠角色。不管過去你殺過多少人，只要你的動物是花栗鼠或松鼠，你就是弱者，事情就是這樣。

而我就是其中一個弱者。我有隻蝴蝶，我把牠放在一個火柴盒裡，我真該氣瘋了，你可以猜想，如果囚犯擁有蝴蝶，他在監獄會遇到什麼情況。但牠讓我做到不同凡響的事。

每到了夜晚入睡的時刻，我醒來後就會成為另一個人。我睡覺的時候，就在世界另一個角落的白天，成為另一個人、過他人的生活。天啊，我曾經當過非洲和印度的小孩，有一次還是個中國的老女人。大多時候我很窮，但也有幸運的時候，可以當有錢人。

我想說的是，我無法恨我的蝴蝶，蝴蝶讓我每晚都能逃離禁錮的生活。」

以上摘錄自《囚禁：鐵條後的動物化人士》，攝影與訪談：史提夫・迪肯，哈潑柯林斯出版社二〇〇八年發行。

11

約翰尼斯堡的交通就如同民主化過程，每當你認為該有進展了，應該更向前邁進一步，就會碰到下一個關卡。過去曾經有數條捷徑，可以任由人車穿越郊區，但現在他們全部非法關閉捷徑了：像私人堡壘般地蓋起有著柵欄警衛的社區。與其說他們是想藉此隔離外界，倒不如說是群腐敗的中產階級偏執狂，想將自己幽禁在裡頭。

「我需要自己的車。」

「怎麼了，親愛的？妳不欣賞我的駕駛技術嗎？」瑪爾濟斯男問，但他的嘲諷並非出自真心，自從離開歐狄家後，他就心神不寧。就連小野狗都服服貼貼的，不敢造次。但我們還是以火箭船的速度穿越綠燈。

「倒也不是，主要是跟小狗有關。」

「妳就是不肯作罷，對吧？」馬克嘀咕地發著牢騷，這是我第一次惹他不開心。

「我需要單獨行動，我的遊靈就是如此運作的。我需要和人聊聊，找到她的聯繫點。」這不過是一派胡言，但他們也不知道真相。我希望能拾獲一件失物，然後引領我直接找到這個女孩，但我不能保證。

「我以為妳能夠看見失物？」禿鸛女說。

「當然，如果對方就在屋裡就行，但要是她在，你們就不需要我了。所以現在我們得這麼做：你們可以介紹我給其他人認識，不過之後就得離開。你們不能期望誰會在一票人面前吐露實情。一個人稱為訪談，三個就是訊問。」

「偶們有自己的方式。」後座的禿鸛女故意用濃濃的口音說道——證實她其實還是有幽默感的。

「我不需要太花俏的車。」

「當然了，我們也不希望妳被劫車，」禿鸛女說。

「這樣的話就糟了。」我同意道，但話語卻是在我無意識的情況下脫口而出，因為我正遭到回憶的伏擊，讓我想起那顆扯掉我一半耳朵的子彈，它接著穿過我哥哥的頭顱。

「那就來一輛起亞吧。」瑪爾濟斯男說，對於我的出神渾然未察。我腦中的跑馬燈，正好停格於山多橫躺在雛菊花叢的畫面，我媽媽驚聲尖叫，身上穿著她最愛的日式印花睡袍，從私人車道衝了過來。在那之後，她剷除了雛菊花叢，草坪也以混凝土覆蓋起來。

「什麼？」我說，將自己從記憶裡拉回現實。

「或二手車，一輛即將報廢的破舊老爺車，一台符合妳生活方式的車，一台妳可以料想得到，來自動物城市、過去不光彩的女孩所駕駛的車。」

「嘖，可真是多謝哦。那完全沒辦法開的車如何？我們可以買個裝在磚塊上的空骨架，完全符合我這種人的生活方式。」

我們開了一個半小時才抵達中蘭德區，來到席布和小曲合住的高爾夫球場住宅區。他們住在一間聯建住宅，隔壁住著他們的法定監護人普琳．路修利太太，宅邸全由他們的唱片公司慷慨贊助。又過了十分鐘，我們才通過大門警衛，這位警衛徹底拷問我們，還堅持要我們全部下車，以架設於警衛室窗口上的網路攝影機為我們拍照留底。

「到處都是動物化人士。」警衛升起吊桿、揮手讓我們通行時，馬克咬牙切齒說道。「我看他們根本恨不得重建隔離營。」

「不然你以為動物城市是什麼？」我問。

「你們該慶幸我們不住在印度。」亞密拉說。

馬克多餘地加快速度，「誰料想得到在賤民底下還有更低等的階層？」

聯建住宅為各種主題的摩登風格，前庭草坪修剪整齊，屋後則有面向高爾夫球場的寬闊視野。

「我每次來這裡都會迷路，」瑪爾濟斯男說。門牌號碼系統完全瘋狂失序，住宅區占地遼闊，所以我們花了好幾分鐘，總算才找到H4-301號。從外觀來看，H4-301號與其他聯建住宅彷彿是從同一個模子印出來的，都擁有完美的綠色草坪以及整齊畫一的灑水器。

「這裡沒有用水管制嗎？」我問。

「地上鑿孔。這一帶地底下都有蓄水庫，花了一大筆錢挖掘。但當然囉，要是你經營的是高爾夫球場，那麼……」他聳聳肩。

看來普琳．路修利太太的住處——H4-301號，目前無人在家。

「也許我們應該先打電話通知的。」

「我們可以先找那幾個男孩談談。」

「他們知道這件事情了嗎？」

「不，歐狄希望我們保密。」禿鸛女走到H4-303的門前，完全無視內建攝影機的對講機，直接敲門，然後等候，隨後緊接著又敲一次，最後舉起手使勁拍打。敲門聲是否能穿透室內流瀉出的嘻哈音樂聲，站在門外的我們根本無從得知。

沉重的腳步聲往門的方向拖曳而來，極像一隻老河馬穿著絨毛拖鞋行走的聲音。過了半晌，門打開了，門後站著一位體型肥胖、面色慘白的孩子，他身上穿著鮮艷刺眼的連帽上衣，上衣圖案是幾隻螢光粉紅色的機器猴。他舉起手背搓揉自己的鼻子，雙眼布滿血絲，毒品的煙味滲透他的連帽上衣，鑽入他的毛細孔。他一邊打開門一邊抱怨：「聽著，你們真的該放輕鬆，住戶協會是可以申請禁制令的——我的老天爺！」瞥見禿鸛女的瞬間，他充血的雙眼撐大，往屋裡後退了一大步，還來不及站穩，便倉皇踩著他骯髒的襪子衝回屋內，大叫：「兄弟，大事不妙！我的天，他們來了！拿出武器！該死！」

禿鸛女跟在他背後，跨步邁進屋內。我正要跟著她往前走時，馬克卻伸出手臂擋住門口，彷彿警衛大門的吊桿般，然後輕輕地搖了搖頭。室內傳出槍響，聽起來詭異地空洞，接著聽到一陣咆哮。

「把槍拿來！把那該死的槍拿過來！」胖男孩尖叫。

另外一個聲音聽起來既生氣又打趣（合稱「氣趣」？）地說：「嘿！你們不該來這裡的——」

第三個聲音帶著倦怠地說：「兄弟，我們沒有槍——」

胖男孩尖叫：「不，不，不，別想，妳別想過來——」

隨後聽到一陣嘎喳的悶響，伴隨著嗚咽聲。

馬克舉起手臂，以誇大賣弄的手勢歡迎我進入，我小心翼翼地走進屋裡。室內裝潢呈現「剛搬出家裡」一般混亂的男孩風格，但還是有經過一番用心，《教父》、《沼澤異形》、《追殺比爾》等經典電影海報裱了框掛在牆上，武士刀則好端端地掛在大型平板電視上方的牆壁，啤酒紀念瓶完美地陳列於書架上方，品牌標籤皆面向外側。

兩個男孩坐在紅色絨毛沙發上，其中一個沒穿上衣，僅著一條牛仔褲，褲襠釦子並未扣起，他留有一頭整齊的編髮，耳垂上掛有一枚金環，嘴巴甚是不滿地噘起，彷彿他在生日叫了脫衣舞孃來，但出現的卻是小丑。

另一個我則曾經在音樂錄影帶中瞥見過，是「果子」雙人團體裡的男孩，有著讓人心碎的美麗眼眸、朝天小肉鼻和酒窩，等到他長大可就不同了，也許再六個月就會有所變化。但席布現在還是有孩子般惹人喜愛的地方，即使帶著大牌架勢，他仍舊散發出一種可愛的氣息，很是可口。

他們兩人手中都拿著遊戲機遙控桿，也就是槍聲的來源，這下我總算明白了。他們同時盯著禿鸛女以及胖小子，胖小子用雙手摀著自己流血的鼻子。鸛伸長脖子，用鳥喙推了推禿鸛女的手，而她就像法醫一般鄙視地看著自己指節上的血，然後抹在沙發邊緣。胖小子頭暈目眩地倒入休閒椅。

馬克放下小野狗，從咖啡桌上的七個遙控器中，拾起其中一個，碰巧拿到對的那個，然後關掉音響。

半裸的男孩張開嘴準備抱怨：「嘿，那是——」

瑪爾濟斯犬發出尖銳的吠叫聲，馬克說：「閉嘴，德司，這裡沒人和你說話。」他一屁股坐在矮柚木茶几的邊緣，將銀色飛碟造型的花俏除臭菸灰缸推至一旁，然後蹺起二郎腿：「孩子，你們真的很失態。」

席布站起身，走向菸灰缸：「我知道，我都知道，」他帶著全世界青少年都有的厭倦口吻說。他按了下飛碟的頂部，頂部嗡嗡地彈開並且閃著光，他捺熄大麻菸。

「她打歪我的鼻樑了——」白白胖胖的小子說。

「閉嘴，阿諾，這該死的全都是你的錯。」半裸的編髮少年怒斥他。

「你知道你不該抽菸的，席布。」馬克責備他。

「我剛不是說『我知道，我都知道』了嗎？」

「這兩個可不可以閃到一邊涼快去？」

他聳聳肩：「阿諾和德司是我兄弟。」

「我們要和你談談你妹妹的事。」

「兄弟，你妹怎麼了？你都沒提過，小曲發生什麼事了？」

「閉嘴，阿諾，」德司和席布異口同聲。

「因為我好久沒看到她了。老天，我們上一次見到她是什麼時候？」

「老兄，那你上一次看到自己的屁股，又是什麼時候？」

阿諾看起來受傷了，雖然分不出他羞愧的神情，是因為真的被說中了，還是因為他的眼睛開始腫脹。

「那是唯一的違禁品嗎？」亞密拉問。

「在德司手上。」席布指了指自己的朋友。德司瑟縮地取出一袋大麻，戰戰兢兢地交給亞密拉。

「親愛的，怎麼了？」馬克問。

「沒事，我們只是以為你們是——」德司說：「警察。」

「殭屍。」阿諾同時脫口而出。

「你們為何擔心警察會來？」

「我也不知道，就是擔心啊，」他的手朝菸灰缸的方向稍微揮了一下，菸灰缸旁邊有幾個遊戲盒，主角都是嗜吃人肉的活死人和外星人。其中有一個遊戲是《俠盜獵車手六代：動物烏托邦》，主角是個穿著連帽上衣的壞人，攜帶著獵槍，身邊還有隻怒吼的美洲豹。

「你們知道，這表示我們得進行搜屋。再搜一次。」

「隨你便。」席布說，然後倒回沙發，拾起遙控桿重返遊戲世界，是某個第一人稱的殺人遊戲，他的角色是位身穿迷你裙的女孩，留著綠色的尖刺頭髮，其中一條手臂是機關槍，對付一群群步履蹣跚的畸形外星人。

「你想回到勒戒所嗎，席布？」

「我不在乎，」但我發現他在顫抖，害得他的槍口無法瞄準目標。螢幕上，有個外星人正好戳傷他的手臂，他的生命力瞬間降到百分之八十九。

「這位是銀子．十二月，她想和你聊聊，你就幫幫她吧。」馬克說。

「我要撰寫一篇報導刊登在《信條》雜誌上，」我吹牛道。

「哦，是嗎？」席布完全提不起興致，德克卻戲劇化地挺起身體。

「《信條》雜誌當紅耶，兄弟，」他說，推了下席布的手臂，「你要是上了《信條》雜誌，就真的紅了。當然好啊，小姐，我兄弟沒問題。」

「太好了。」我說。

「隨便，那妳就和他們談吧。」席布說，注意力還停留在遊戲上。

「喔，我們還有別的事要忙。」馬克說，他對小野狗吹了聲口哨，瑪爾濟斯犬跳下紅色椅墊，擺動著尾巴，立刻認真地聞起房間，當瑪爾濟斯犬抽著鼻子，往沙發底下周圍嗅時，席布配合地抬起他的雙腳。

「只是種子啦。」德司說。

瑪爾濟斯犬循著牠的鼻子走出房間，馬克和亞密拉跟在牠後面。我們可以聽見他們上樓的聲音。一分鐘過後，聽見翻箱倒櫃的聲響。

「該死，兄弟，要是他們弄壞我的東西怎麼辦？」阿諾說。

「那我再買新的給你。這樣你可以閉嘴了嗎？你害得我一直分心。」

接著陷入一陣沉默，有那麼半晌，德司和阿諾只是注視著我，我則注視席布砍殺外星人，樓上傳來更多砰砰的重擊巨響。我興致一來，將樹懶擱在才剛空下的椅墊，然後往席布旁的位置坐下，並且拿起德司剛剛使用的遙控桿。

「是雙人遊戲對嗎？」

「對，但是——」

「與席布．拉德貝一起殺外星人，肯定是賣錢的故事，《信條》雜誌絕對會愛死了。」

「牠們其實是邪神。」

「隨便啦，反正流的血都一樣。」我從螢幕挑選一個龐大的黑人角色，他臉上帶著拳王泰森的刺青，前臂上方則掛有棘鞭刃。遊戲設計師竟仍遵循刻板傳統的硬漢形象，還算不賴。

「妳很強嗎？」席布以斜眼瞥了我一眼。

「爛透了，我全要靠你了。」

「這下真是太好了。」但他卻透露出一抹笑意。

「誰想來瓶啤酒？」阿諾邊走向廚房邊問。

「趁他們沒收之前全都拿來吧，」席布隔空對他叫道。

「我也要一瓶。」我喊道，用棘鞭刃將一個面目可憎的生物開腸剖肚，眼前的怪物下巴垂掛口水、手指細長。我只剩下百分之四十六的生命力了。阿諾帶著啤酒走回來，以牙齒撬開啤酒瓶蓋，然後放了一瓶在我面前的桌上，啤酒正歡騰地冒著泡沫，這個時候我才發現我做了什麼。

「哦，謝了，但我想我還是免了。」我差點閃不過一個蛛形綱生物，牠頭頂還有團黏稠的東西，左搖右晃地，活像水母和蜘蛛的混血兒。牠朝我噴出一團機械昆蟲，幸好席布將牠化成一灘水，而大多昆蟲最終都在尖銳的火花聲中死亡。

「我們的啤酒不對妳的胃口嗎？」

「不是這樣的，只是我也不想再回到勒戒所罷了。」

「沒錯，老天，」德司說，「那鬼地方太恐怖了，全是打著寒顫哀鳴的毒蟲。」

「還有殭屍。」阿諾滿心期待地補上一句。

「你們沒有其他地方去了嗎？」席布沒好氣地說。

「不，兄弟，我們要留下來。」

「我都聽得見你們老媽在叫你們了。」

「兄弟，你這樣很不酷。」

「兄弟，你們是聽不懂暗示嗎，還不快滾。」

「好吧，阿諾，我們走吧，去十四洞那裡打幾隻鷺鳥。」

「可是我喜歡鷺鳥。」

「快滾啊，你們兩隻胖豬，你們難道看不出來我正忙著接受訪談嗎？」

德司抓起靠在冰箱牆邊的球桿，然後連上衣都懶得套上，就直接踏出屋子，他走出去的時候順便對席布比了中指。阿諾拖著腳跟著他走出去，手裡還不忘拿著他的啤酒。

「你們不像是會打高爾夫球的人，」我說，瘋狂地踩著殘留的機械昆蟲。但很不幸地先被其中一隻咬中。我的畫面上出現紅色薄霧，顯示我已遭到感染，需要抗生素，「受傷時為何總是找不到醫藥箱？」

「是啊，不過沒差。我比較喜歡玩電玩遊戲，才不稀罕當老虎伍茲。醫藥箱是那個紅色的塑膠箱，上面有白色十字架的。」

我的生命力一點一滴地耗弱，一次掉一分，現在只剩下百分之二十二。「你去的是哪間勒戒所？」

「聽好，就算我們都曾經接受勒戒，也不代表我們就是朋友。」

「我在監獄裡接受勒戒的，並非出於自願。」

「妳就是在那裡得到樹懶的嗎？」

「在那之前吧，不過也是啦，時間挺接近的，牠陪我度過那段時光。」

「在那兒！」

「什麼？」

「醫藥箱。」

「看到了，」我遙控肌肉發達的黑人，轉向正好就在火災警報器旁邊的急救箱，差那麼一點就錯過了，真是多謝跳動的感染紅色警示，「那你妹妹呢？」

「我妹妹怎麼樣？」

「我是說，她也全力支持你嗎？」

「全力支持我？」他斜眼瞪了我一下，但還是順利痛宰了滿臉觸手、從牆上跳下來的青蛙怪物，「沒有，小曲自己顧好自己吧。」

「那你只有抽大麻嗎？為此上勒戒所有點小題大做了吧。」

「哈，妳去告訴歐狄啊。」

「嗯哼。」我從他先前的反應猜測，他也許是去唐柯波特鎮，或某個基本教義派的人間煉獄，經歷暴力毆打和聖經療法，以求讓勒戒人改邪歸正。那是一種斷然戒毒法，孩子被鎖上鏈子關在戶外，全身赤裸、痛苦地冒汗打顫，而美沙酮止痛藥是專給弱者的。如果你真的很不聽話，他們就會放狗。

「我想，應該也不是那麼糟糕吧。只是老傢伙用的排毒療程，差點害我丟了小命。就是扁豆和結腸清淨那類鬼東西，」席布說。「大魔王！」一個身軀細長的詭異東西，拖著笨重的腳步爬向我們。我使出我的棘鞭刃，直接切穿他的胸腔直達肋骨，軀體分離成為兩大截，令人作嘔地捲起，然後試圖重新結合。胸廓裂開的兩端開始增長，直到分離的胸部變成一口利牙。

「噁心斃了。那小曲有什麼感覺？」

「對啥有什麼感覺？」

「你說呢？」

「她不會有什麼意見，妳知道他們都說什麼吧？我會走到今天全是因為她，她才是有才華的人。」

「這個我就不相信了——該死！對不起。」

我死了，被利牙刺死了，大量的鮮血如噴泉般從我的軀體噴濺出來，而大魔王則步伐蹣跚地轉過身，想要找席布扮演的龐克風高校女孩。

「別擔心，我重新開始，」席布拉回主選單，然後立即跳到歷史紀錄，回到我們還活著的時候。

「真希望現實生活也有『重返已儲存遊戲』鍵。」

「可不是嗎，」他冷哼。

「你想回到哪個時間點？」

「妳先說。」

「回到我害死我哥哥之前。」

「可真沉重啊。」席布說，但我可以看出，這件事讓他對我另眼相看。而我呢，則是已經走到這一步，為了打開一名少年的心房，竟然祭出自己最慘痛的悲劇。要不是我曾走到人生最低點，否則現在也可說是勢均力敵了。

「你呢？」

「回到我們簽約之前。」

「這是你人生中最糟的事情？你認真的嗎？」

「我不知道，也許我們應該和別人簽約。」

「歐狄是讓人感到挺有壓力的。」

「沒錯。」

「勒戒所一定糟糕透頂了。」

「是啊，」他顯得侷促不安，「這也許就是他的哲學?簡直比禁欲運動還無聊，一點意思也沒有。」

「但你看起來適應得很好。」

「是哦，」他對樓上傳來的巨響翻了翻白眼，「那傢伙真該來顆鎮定劑放鬆一下，妳知道，他也許真的該服用鎮定劑。」

「你認為歐狄若不曾逼你，你能夠有今天的成就嗎?」

「不是的，這點我很感謝他，我只是不喜歡他要我當乖乖牌而已。拜託，我都十五歲了。我們已經不是小孩了，而且我也不是那麼壞，小曲才是常捅簍子的人。」

「你覺得你妹妹現在人在哪裡?」

「我也不曉得，和她朋友快活去了吧?」

「你知道可能是哪些朋友嗎?」

「嘿，妳這個訪談到底是要問什麼?」

「關於你們這個團體。」

「不過聽起來都是關於她的問題。」

「我可以對你說實話嗎?」我說，將自己推入深淵。

「當然。」

「他們僱我找你妹妹，訪談只是幌子。」

「去死！」他將遙控桿遠遠拋向房間另一側，驚險地閃過電視，撞上武士刀下面的牆壁。遙控桿的蓋子背面彈開，電池散落一地。

「我只是想對你坦白。」

「哦，妳突然願意對我坦白了？所以妳剛才說的那些全都是……都是狗屁嗎？」他看起來幾乎快要哭出來了。

「不是，我真的去過勒戒所，也真的殺了我哥哥。」我平靜地說。

「隨便妳說吧，小姐。妳曾想過嗎，也許小曲根本不想被人找到？」

「又或許你不想要她被找到？」

「妳真是個瘋婆子，怎麼，難道妳以為是我殺了她嗎？」

「你殺了她嗎？不，我不這麼認為。但如果她和男朋友私奔之類的，她回不回來，你似乎也不是那麼在乎。」

席布搖了搖頭，「我們馬上要發行新專輯。」他抓起披掛在椅背上的外套，朝門口的方向走去，拭了拭眼睛。「你要去哪裡？」

「跟小曲一樣，離開這裡。」

樹懶責備地拍打我的手臂，彷彿我是存心弄哭這孩子的。

他怒氣沖沖地衝出屋子，經過馬克和亞密拉身邊，他們兩人正坐在樓梯上，很明顯地在偷聽我們的對話。

「你們也都去死。」他甩上門。

「進展不太順利啊，親愛的？」馬克說，他的瑪爾濟斯犬開心地喘著氣嘲笑我。

「我有過更糟的訪談經驗，」這是真的，例如上次訪問摩根·費里曼時，我因為吸食毒品而太過亢奮。「你們還在拆屋嗎？還是我可以去看看了？」

「儘管去吧。」

「自稱記者倒是很有意思的障眼法。」禿鸛女說，撫摸著鸛乾燥的頭頂。

「妳會覺得很意外的，人們在妳表示關心時，竟會樂意與妳分享自己的故事。還有，別等我了，這裡結束之後我想打個高爾夫，然後自己搭計程車回家。」

瑪爾濟斯男嘲諷地嘖嘖說道：「才第一天上工，就這麼想甩掉我們啊。」

我看著他們離開，然後準備好了要窺探隱私。我跳過廚房：這裡住著滿屋子的青少年，但廚房令人意外，竟乾淨到不需要衛生部門管理干預。我隨即爬上樓梯，在樓梯頂端跨過一個擴音喇叭，走道上則排有更多的樂器：一把低音吉他、糾結的麥克風線等，妝點著二樓走道，不曉得是本來就在這裡，還是馬克和亞密拉剛剛重新裝潢打造的傑作。

第一間房間的風格有如毫無特色的飯店房間，黑白色系的納馬夸蘭雛菊花海圖畫，掛在床鋪的正上方。這是客房。我動身前往下一間房間：兩張單人床分別立於角落，到處散落著衣物，軟墊被扔在地上，床墊則被翻起，迷彩花紋的懶骨頭椅側立起來。牆上貼有梅根·福克斯和南非女歌手坎茵·馬布的海報，以及流行雜誌的全開內頁，全部都是男裝的圖片。白板上記錄著籌畫中的工作計畫表，計畫表上方則是一張老式任天堂遙控桿的素描，以及「戰情室」的字樣。

流行品牌推出約堡流行週，在八月的最後一週（這是真的嗎？）

與機器人亞當開會討論標誌

提出10and5網站短衫設計的摘要

歌拉塔．穆古達瑪妮要幫忙宣傳？

宣傳！和唱片行交互傳播？

國際化？

選來電答鈴歌曲。混音版？

獨唱?!海瑟．亞羅

我們可以出香水嗎？做市場調查。

我記下內容，繼續。

浴室一號：一堆男孩用品。五種不同香味的體香劑、電動刮鬍刀、電動牙刷、刮鬍膏、保濕膏、去角質霜、抗皺眼霜——全部都是給十五歲男孩使用的。淋浴間有個浴簾，上面爬滿黴菌和夏威夷花朵。濕答答的毛巾躺在義大利磁磚上，積了一小灘水，但此外卻教人意外地乾淨；馬桶裡沒有屎痕，浴缸裡也沒有養怪東西，衛生紙很充足。

浴室二號：尺寸明顯小很多，出現第一個小曲的蹤跡。櫃子上擺放一瓶香水，有著龐克黑的瓶身，上面以白色刻著香水名稱「鋰」，名字的字體像是粉筆書寫的字跡。藍色指甲油、眼線筆、更多眼線筆、四種不同睫毛膏：炭黑、黑色、極黑以及綠色、珠寶色的眼影。十足歌德龐克風的芭比公主。我拿起香水往空氣中噴灑，聞起來就像汽油加垂死花朵的氣味。樹懶欣賞地嗅著空氣，很顯然這瓶香水帶有人類鼻子無法欣賞的基調。還有一罐裝著綠色枯葉的玻璃罐，我用手指捏碎幾片樹葉，樹葉帶著香氣，不是毒品。有可能是巫術，可是用來做什麼呢？要是傳統治療師也能標籤說明內容物，不就省下大家許多麻煩？我用衛生紙包了幾片，折起來放進我的口袋。

我找到一瓶全新未開封的藥罐，這對我相當有幫助，藥罐上面寫著「小曲．拉德貝」以及「氟胺安定」，「劑量：一天一顆，配合食物服用」。我用手機查了藥物資訊，是用於治療焦慮或失眠的非專利藥，特別是躁鬱症。日期標著三月十八日週五。意思也就是說，在她逃跑的前一天，她獲得大量的焦慮處方藥。看來服藥並非她個人的主意，有意思。

廁所隔壁是間不折不扣的臥房式錄音室，許多蛋盒釘在牆上，錄音室裡配備混音音盤、一個正對錄音間的電腦；這是我見過最小的錄音間，但至少也有半專業等級了，如果我是昂貴品的鑑定高手，我便會這麼說。而好巧不巧地，在下我正好就是。

緊鄰著錄音室的，是最後一間臥房。臥房經過巧思改造，其實與錄音室只有一公尺之隔，一堵石牆倉促地在房間中心搭起，形成隔壁錄音間的背面。一張雙人床則占滿所剩無幾的空間，床上有個立體裱裝的海報，海報裡的芭芭莉娜凝望宇宙深處，神情既企盼又勇敢。衣櫥的門敞開，衣服隨意地丟在床上，還有幾本漫畫散放在其中。一個狹長低矮、與窗戶等長的書架上，還密密麻麻地塞滿更多漫畫書，我快速瀏覽了幾本：沼澤怪物、心靈移動的房子，以及一個穿著英國米字旗的肌肉猛男。

一系列電影怪物陳列在書架上方，出於直覺，我拾起一個看似翻轉的垃圾桶，側邊還釘有數排釘子。當我拿起它時，它忽然大喊「滅絕！」，嚇得我差點鬆手。它的頭立刻鬆脫，露出裡面的一小袋毒品，而且是品質優良的毒品，如果我是物質的鑑定高手，我便會這麼說。而好巧不巧地，在下我正好就是。

我把機器人的頭歸位，毒品放回原本的位置，然後重新把機器人擺回架上，就在阿諾史瓦辛格（毀損的塑膠皮膚底下，有個閃著光的金屬底座）以及漫畫女孩人物之間。漫畫女孩有著一頭桃紅色頭髮，呼之欲出的大胸部外罩著豹紋比基尼，比基尼花樣則搭配著她的尾巴和耳朵。我拿走一本A5格式的軟殼筆記本，這是從漫畫書中間搜到的，封面寫著「歌詞」以及「©席布．拉德貝」。我把它捲起，塞進我的包包裡。

當我們往回走向樓梯時，樹懶不停向我唧唧叫著。「我也是這麼想的。」我說。我走回那間狀似毫無特色的飯店房間，後來證實它其實根本就不是客房。我打開衣櫥，面對著一排漂亮的學院風格服裝：白色的背心裙和非洲時尚品牌服飾，品牌含括太陽女神、黑魂和迷幻雪莉，很適合迷人的時尚少女，但與歌德龐克風芭比公主不搭軋。衣櫥裡掛著幾個空衣架，像是露出大牙縫的笑容。無論小曲去了哪裡、跟誰一起走的，她都有足夠的時間打包行李。

我在房間裡徹底搜尋失物，連床墊下、衣櫥後都不放過，卻只能找到幾團灰塵、幾個零錢、一個髮帶。沒有失物，沒有可以帶我找到小曲的東西，意思也就是說，我卡在調查記者的角色裡了。

「哦，騙子來了。」在我走近他們身邊時，阿諾帶著濃濃鼻音說道。也許多虧鼻子的疼痛，他看起來已較為清醒，只是他的眼睛仍舊布滿血絲。

「別理她，也許她會懂我們的暗示。」德司握住球桿，對準球座，輕輕試揮一次、兩次，然後用力打擊揮出，俐落地從地上挖出土塊，它加入他球鞋邊的其他土塊，而他腳上的球鞋並非高爾夫球的正規用鞋。但我腳上的這雙也不是，我在行經三個球洞的時候，也順道留下顯著的痕跡——一般的低跟鞋痕。

「妳打高爾夫的技巧和玩電玩一樣高明嗎？」德司訕笑地說。

「不，我討厭高爾夫。高爾夫只是另一種獵殺海豹的遊戲，差別在於，高爾夫披上高雅的外衣，而且比較不好玩。」

「妳想要什麼？」

「一些背景資訊，一些色彩。」

「這是取笑白人的笑話嗎？」阿諾不禁發怒。

「色彩是指描繪『果子雙人組』生活的顏色，與他們相處的人、發生在他們身上的事。」

「妳不會寫槍的事情吧？」阿諾看似頗為擔憂。

我笑了，「你在說什麼？」

「是毒品的效果啦，他妄想症很嚴重。白痴。」德司敲了下阿諾的頭頂。

「別擔心，我會『不記錄』那件事的，」我拿出我的筆記本和筆，然後滿懷期待地看著他們，「告訴我一些你們的事情吧，你們怎麼認識席布的？」

他們兩個不安地彼此互看。

「如果你們現在不方便，我也不想打擾你們的……」我望向地上凹凸不平的草坪，「園藝時間，」他們兩人難得露出羞赧的表情。「來吧，我請你們去俱樂部喝兩杯。」

原來德司和阿諾早已在俱樂部聲名遠播。「喔，不行。」穿戴著領結和手套的服務生拒絕道，彷彿這裡不是梅菲爾高級住宅俱樂部，而是更高檔的伊南大賽馬俱樂部。「打赤膊不得入場。還有這裡也不歡迎動物。」

「嗨，你好，」我說著，伸出我的手，「我叫銀子．十二月，《經濟學人》的記者。我相信你聽過《經濟學人》吧？我要訪問這兩位年輕人，是有關南非音樂界的問題，如果你能讓我們進去，我會感激不盡。我真的很不想在文章裡提及梅菲爾的服務惡劣。」

「妳有名片嗎？」

「我現在身上沒有名片。」我丟給他一個「很抱歉」的假笑，他思忖片刻，然後用他最虛假的諂媚笑容回應：「女士，請往這邊來，請告知這兩位年輕先生，我們無法提供他們酒精飲料，上次他們來的時候，我們已經沒收他們假造的身分證。」

我們坐在戶外的空間，俯瞰溫和起伏的綠色高爾夫球場。有隻伯勞鳥望向我們這桌，打量有無食物碎屑。這種鳥也稱作屠夫鳥，以鐵絲圍籬刺傷獵物，乃為牠們的習性。人類常常誤以為動物比人好，但鳥的世界裡其實也有連續殺人狂，黑猩猩也會犯下謀殺罪，我們與牠們唯一的差別就是，動物不會為此感到內疚。

「這裡有多少人真的會下場打高爾夫球？」我拿著蘋果氣泡飲料的手，揮向住宅區的方向。

「兩個？」阿諾猜測。

「最多三個，就像健身房一樣，」德司說，「起初大家都會一頭熱地報名，但去了一個月之後，就再也不去了。」

「所以你們是什麼人呢？告訴我一些你們的事。」

「呃，阿諾．雷德林灰，打雷的雷，品德的德——」他帶著鼻音努力拼給我聽，身子微微靠向我的筆記本。聽著他如此口齒不清地說話，讓我的眼睛都泛起淚光了。

「雷德林灰，我知道了，」我眨眨眼，「你幾歲了，阿諾？」

「十五歲。」

「你呢，德司？」

「二十二歲，我叫德司蒙．路修利。」

「你和席布是同學嗎？」

「我是！」阿諾尖著嗓子說，「但德司和他一起搬來這裡住。他是席布的室友，我只是過來玩，有時會在這裡過夜。」

「從哪裡搬來的？」

「千山谷吧？在夸祖魯納塔爾那邊？他們一起長大，是最好的朋友。」

「我可以自己說，阿諾，」德司好像迫切地想說什麼。若只是沾沾席布的光，對他來說似乎還是不夠。

「抱歉，老兄。我真該死。」

「沒錯，席布和阿諾大概兩年前才成為朋友，他們都是克勞富中學的學生，」德司說，「但我和席布是一起長大的，在千山谷一個叫做夸辛巴的小村莊。所以，是的，簽約成立『果子雙人組』後，席布和小曲就搬來這裡了——」

「他們是怎麼被簽下的？」我打斷他。

「妳不知道嗎？」

「我只是想聽聽看你的版本，用你自己的話說明即可。」事實上，瑪爾濟斯男和禿鸛女在路上已經跟我說明過了。他們參加可口可樂明日之星選拔，傑出的表現引起一陣騷動，當時他們還只是青澀的十四歲孩子，是有史以來獲得參賽資格的參賽者中年紀最輕的一組。尤其他們貧困的背景，讓他們立即成為這場比賽中國家未來棟樑的希望。但他們卻必須在奶奶因狼瘡病逝之後，於準決賽前退賽。而奶奶過世的前兩年，他們的雙親才因為愛滋病併發症而辭世。

這兩個孩子極討人喜愛，背景卻也很悲慘。他們擁有些許才華，而他們在比賽中表演的歌曲，正是南非流行樂歌手布蘭達．法西的〈來不及對媽媽說〉。他們演唱的版本令人感到心酸，大眾怎麼能對這樣的孩子說不呢？後來還有人為他們大力號召，廣播電台發起募款活動，處理奶奶喪禮的費用，以及為這對孤兒設立信託基金。可口可樂在比賽期間，讓他們入住飯店，安排人員照料他們，還供應他們無限量的免費可樂，之後還滿懷希望地付錢為他們矯正牙齒。

贊助商簇擁而上，主動要求照應他們，他們獲得免費的服飾、醫療贊助，以及免費的橄欖球賽門票，並且在球賽上，對著南非隊以及總統獻唱歌曲。在準決賽播出之前，他們就取得合約，於是便聽從簽約公司魔加唱片的指示，提前退出比賽。

德司簡潔扼要地描述這一切：「他們參加明日之星選拔，然後簽約，歐狄付錢給他們，讓他們搬家。」

「事實上，那個帶著鳥的恐怖小姐，還有那個帶狗的傢伙，在那之前就來找過他們。」

「在明日之星以前嗎？」

「這兩個人說他們是奇才。」阿諾說。

「對，但我告訴他們不應該馬上答應，就算對方是大人物歐狄．虎倫，」德司插話，「我反而要他們去明日之星選拔，結果奏效了，他們的曝光率增加，但最後我們還是和歐狄簽約了。」

「他們都會照你說的做嗎？」

「對啊，我算是席布的經紀人。」

「可是你才二十二歲。」

「那又怎樣？」

「他媽媽是他們的法定監護人，」阿諾高聲說道。

「對啊，沒有錯，他們要來約翰尼斯堡時，我們和他們一同搬來。」

「路修利太太，對喔。那你媽媽人呢？她對你們抽大麻喝啤酒沒意見嗎？」

「是啊，她沒問題，這可是我們賺來的。」

「你是說席布賺來的吧。」阿諾插嘴。

「小曲呢？我不得不注意到，房子還挺……男孩子氣的。」

「小曲是個自負的婊子，」阿諾說。我看得出這句狠話代表他內心深處深藏暗戀的情愫；他內心所想要的，只不過是在對她示愛時，獲得她紆尊降貴地在他的面頰上輕輕一拍。即使愛戀的幼苗可能受傷了，但並未完全凋謝。

「閉上你的嘴，阿諾。小曲忙著自己的事情。她一週大概只有幾個晚上會回來吧。」

「那其他時間呢？」

「誰知道？誰又在乎了？」

「你媽媽不應該在乎嗎？她不是法定監護人？」

「她是在乎沒錯，她照顧他們兩個，比他們自己的家人還要認真。」

「哦？」

「都是群愛錢的吸血鬼，但這是私事，妳不能寫喔，知道嗎？」德司用手指戳戳我，姿態成熟得彷彿他真的是正式經紀人。

「我不會寫的，」我安撫他，「告訴我經紀人的工作內容吧，德司，你都做些什麼？」

「我在進行俱樂部的工作，有一些代言合約，另外我和席布也在進行創辦一個男性服飾品牌，品牌名稱為『控制狂』。」

「小曲沒有參與嗎？」

他忽視我的問題：「短衫和飾品，都是高品質的好貨，可不是那些廉價假貨。有些店家表示他們滿有興趣的，例如『空間』還有『ＹＤＥ』。不再只是出唱片而已了，而是建立品牌，妳得放聰明點，唱片賺不了太多，手機下載才是趨勢。」

「嘩，請問你願意成為我的經紀人嗎？」

「我要考慮看看囉，」他第一次認真打量我，「妳會做什麼？」

「我得告訴你，我會的不是很多。阿諾你呢？」

「我？」

「不是你，白痴，是在叫另一個白人胖子，」德司洋洋得意地衝著我笑，好像我們兩人是同一夥的。

「我只是和他一起玩的朋友。」

「你最喜歡他哪一點？」

「呃，例如說，他真的很有趣？而且很酷，他也很會打電玩。」

「他跟妹妹之間關係好像滿緊繃的，是嗎？」

「哎呀，他們兩個是經常吵架，但仍然相親相愛。他們只是想法個性截然不同，而且席布還滿……纖細的，」德司回答，因為自己不再是討論的焦點，顯得有些煩躁。「都問完了嗎？」

「差不多了，好吧。如果可以的話，我之後可能還會再來找你們。這是我的名片。」

我遞給他們各一張我的舊名片，我前世使用的名片，上頭彆扭地寫著：

銀子．十二月

文字皮條客

我過去就是個自大的白痴，「文字工作者」太做作，但為何我不直接寫「作家」或「自由記者」，也許只有前世那個自大愚蠢的我才曉得了。至少我還保留我的舊號碼。

「什麼是文字皮條客？妳以小時計費，出租妳的文字嗎？」

「接受指定，到危險庸俗的汽車旅館房間。正是如此。」

「真是胡來。」

「我正打算印新的名片。」

「身為妳的經紀人，我認為這是個好主意。」

「對啊，這太……太遜了啦。」阿諾說。

「我接受你們的勸告，謝啦。」

當我又再回到聯建住宅，外頭已停了一台紅色的豐田汽車，後車廂大大敞開著，彷彿預備吞下正俯身取出購物袋的女人。

「需要幫忙嗎？」

「謝謝妳，姊妹，」普琳．路修利說著祖魯方言，從車廂冒出頭來。她看到樹懶時，努力克制自己因訝異而猛然回頭再看一眼的衝動，然後將其中一手的三個袋子交給我，袋子裡裝著兩公升裝的飲料、冷凍小披薩和洋芋片。她看起來年近五十歲，是個身形福態的大嬸，穿著一件花裙和過度漂白的白色襯衫。

「讓我猜猜，這些是給青少年的吧？」

她帶著淺淺微笑，但神情卻有些緊繃，「我盡量煮健康的食物給他們吃，但有時青少年可不是那麼好應付。」

她摸索著打開門鎖，同時平衡手上的四個袋子，然後用臀部頂開大門，迎面看見的是和H4-303號如出一轍的內部格局。牆壁粉刷了溫暖的黃色，直接緊連鮮紅色的廚房，牆上釘有軟木板，木板上頭貼滿了家庭照片和果子雙人組的新聞剪報。

我將袋子放上櫃檯，差點就不慎打翻一個插著白玫瑰的花瓶，路修利太太不發一語，身手矯健地連忙接住。

「妳住在這個社區嗎，親愛的？」她問我，一邊打開冰箱，將一盒草莓、牛奶、胡蘿蔔、雞肉條和番茄擺上架子。「我們之前似乎沒見過？」

「我叫做銀子．十二月，歐狄．虎倫派我來和妳聊聊小曲的事。」

她關上冰箱門，沉重地往早餐桌旁的吧檯高腳椅坐下，雙手在花裙上扭動著，我看得出她很沮喪。

「派妳來？他怎麼不叫警察來？」

「妳說呢？」

她重重地嘆了口氣，「他認為小曲在玩遊戲，但即便如此，她還是可能深陷危險啊！誰知道她人在哪裡，她已經消失四天了。」她抽抽噎噎起來。

我成功地在一小時內，害第二個人落淚。在樹懶的催促之下，我走向前去，然後尷尬不自然地用手臂抱住她。

「一切都會沒事的，」我喃喃說道，「都會沒事的。聽起來可能有些奇怪，不過，妳有沒有小曲遺失的東西？有情感價值的東西？我也不知道該怎麼說，例如可能不小心掉到沙發後的一只她最愛的耳環？一本書或是信件？甚至一只襪子？」我努力網羅任何線索，或更絕望的，網羅骯髒的衣物。

「不，我不懂妳的意思，我沒有這種東西。」她用奇怪的眼神看我，好像我瘋了似的。

「好吧，她的電話號碼呢？」

「我每天都打給她，但都直接進入語音信箱。」

「可以讓我試試看嗎？」如果她接起來，不就太瘋狂了嗎？簡直就是最容易賺入口袋的薪水。但正如預期，電話直接進入語音信箱。

「你知道我是誰，如果我有心情，稍後會再給你回電。」電話的聲音活潑又性感，即使是帶著矯飾的口吻，都有些挑逗意味。

之後就進入電信業者的自動錄音，一個明顯較無吸引力的聲音說著：「語音信箱已滿，請稍後再試。語音信箱已滿，請稍後再試。」好吧，這件事不是那麼容易。當然，就算轉語音信箱，也不表示她並沒有使用手機打出電話。

「妳知道她可能去哪兒了嗎？她有沒有其他親戚？還是暫住在某個好朋友家？」

「我打給她學校的朋友，儂庫蕾可、普莉亞，她們都沒看見她。」

「校外的朋友呢？」

她一臉空白地看著我：「不，我……」

「當我沒問。妳當雙胞胎的監護人多久時間了？」

「他們的祖母過世之後就開始了。她在遺囑中提到，希望我照顧他們。我們是鄰居，不過我本來就打算照顧他們，幫忙照顧孤兒是種傳統。」

「沉重的傳統。」

「真的很困難，我壓力很大，莫名其妙的明日之星、搬進這座城市、一堆派對等等，約翰尼斯堡充滿負面影響。但他們是好孩子。」

「我有種感覺，好像那群男孩都不知道小曲失蹤的事。不過我告訴他們我是記者，妳不用擔心。」

「德司是知道狀況的，他是我兒子。他是否跟妳提到了……」她看著我，想確認我知道他們的家人關係，「他說我不應該告訴他們，他們太年輕了，而且太過情緒化，特別是小席，他看待任何事都特別容易認真起來。」

「我確實注意到了。」

「我認為他在學校遭到霸凌，他並沒有告訴過我，但有時他回到家，身上總會帶點瘀傷。要是她出了什麼事，那該怎麼辦？他們該怎麼面對？他們還是別知道的好，不該讓他們擔心的。我只告訴他們她去找朋友。」

「小曲是怎樣的孩子？」

「她很聰明，非常聰明，我指的是課業上的表現。但她和席布不同，她很受女孩子歡迎，男孩子也是。」她說，臉上露出一絲擔憂痛苦的表情。

我能猜想得到，如果那通語音留言正好反映她的性格。

「她有男朋友嗎？」

「喔，沒有。」她看起來很震驚，「有的話小曲會告訴我的。我們有協議，高中畢業前不能交男朋友。」

「妳認為她過得快樂嗎？」

「有時小曲似乎對世界感到憤恨不平，但她不是真心的，只是也有低潮的時刻。」

「這也就是為何她在服藥嗎？」

她一臉困惑：「不，我不認為她在服藥。」

「沒有嗎？連順勢療法都沒有？巫術呢？」

「哦，對，有的，她一個月會去看一次巫醫。那兩個孩子都會，巫醫會為他們治療、紓解壓力，就是成名帶來的壓力。」

「我有點擔心——妳可能不如妳想像中那般了解他們。」

「可是我們常常聊天，我每晚都幫他們煮飯，為他們做學校的午餐，我們每週日還會一起上教會。」

「妳知道他們喝啤酒嗎？還有抽大麻？」

她躊躇不安地望著我，真切地請求：「他們只是需要宣洩管道，他們本性不壞的，請妳不要告訴虎倫先生，拜託。他們真的都是好孩子。」

12

我叫了一輛計程車，請司機載我到玫瑰河岸，然後找到最靠近的公共電話。購物中心裡竟有尚可使用的公共電話，實在落伍，但我猜是為了因應某些族群的需求，譬如非洲市場的商人，以及耗盡通話時數的青少年。或者是像我這種行徑可疑的人。我不想用我的手機打電話，是因為我不希望顯示來電號碼，這樣我臨時決定掛掉才不會露餡。這樣講彷彿他的手機還存有我的號碼呢。

事實上，我無法確定我能否找得到人。除非普琳．路修利能翻出有效的失物，否則我只能尋求備案計畫。「備案計畫」包括召喚出我前世的惡魔，樹懶可是完全不贊同這項備案。

「九樓出版印刷部門。」電話那頭的接線人員，語帶輕蔑的聲音傳送至我耳邊：「喂——？」

我找回自己的聲音：「我要找喬——《馬赫》雜誌的專題主編，喬凡尼．康堤，麻煩你了。」

「妳是指副主編，我幫妳接過去。」

話筒內傳來一小段電台音樂，是以馬林巴琴演奏的浩室音樂，隨後我便聽到他那獨具特色的長音：「喂——？」喬凡尼的聲音彷彿剛剛睡醒，就像有些男人的頭髮永遠像是剛睡醒那樣，髮型狀似隨興又漫不經心，但實際上，卻是經過精心造型的傑作，精心得有如喬身上的諷刺圖案短衫，以及他的牛仔褲，出自某個主打小眾市場、鮮為人知的俄羅斯設計品牌。

「嘿，喬。」

我們之間夾著一段冗長的沉默，也許他在思考自己應該如何回應。然後他總算開口了：「銀子？我的天啊，妳在哪裡？」

「在你的辦公室樓下，我可以上去嗎？」

「不，妳等我一下，我下去找妳。妳先去聲名酒吧等我，就在對街的飯店裡。」

「他們店內似乎有入場規定。」我的話說到這裡就停住了。

「哦，哦，對喔，」他說。

結果我們只好約在該區的一間速食餐廳。我坐在螢光燈管下，卻莫名引來一群全身穿洞的少年向我行注目禮。他們圍繞著一張塑膠桌坐，桌上擺放著膽汁般的綠色冰沙。而其他的路人，包括時髦的黑人菁英雅痞、愛逛街的年輕人、穿著西裝的上班族，則用看到輪椅人士和燒燙傷病患的方式，朝我側目而視。那群哥德暗黑裝扮的孩子絲毫不害臊，投射而來的目光，幾乎就是在監視我的一舉一動。我舉起一隻手，一副名人被逮到的姿態，向他們致意：是的，正是我，可以別再看了嗎？麻煩你們。但這完全構不成效果，一定是他們渾身黑漆漆的裝扮，讓他們有了刀槍不入的錯覺，我倒也挺想嘗試看看，但說實在的，他們不過是刻意把自己裝扮成異類罷了。

喬把一隻手放在我的肩頭：「是銀子嗎？」樹懶咬了一口他的手指，害他得快速地抽回手。

「你該不會跟別人約了吧？」

他尷尬地俯身想給我一個擁抱，但還是打消念頭，然後往我對面的椅子上坐下。

「我喜歡你的鬍子，」我說，「還有新髮型，你看起來很帥氣。」

「謝了。」他心不在焉地用手搔搔頭上的短刺髮。

但我的意思是，他看起來很不一樣。現在的他變得比較圓潤，尤其是臉龐，也可以看出他襯衫鈕釦下的啤酒肚。我忍不住猜想，他是否已經不再穿那些諷刺短衫了，或者只是因為今天是需要穿襯衫的日子。他的衣袖捲起，露出環繞著右臂的刺青，那是一排整齊的破折線，描畫出一條跑道，跑道上的紙飛機蓄勢待發準備飛進他的袖子裡頭。這個刺青是在向理想主義致敬、向脆弱得可憎的飛行致敬。曾幾何時，我的手指沿著他皮膚上的破折線走過。這枚刺青過去很適合他。

我發現他也用同樣的方式打量我，拿出他腦中的資料庫，對照過往的銀子圖像。像是「大家來找碴」遊戲似的：圈起眼睛周圍的皺紋，圈起子彈撕裂的左耳，再圈起背後的樹懶。樹懶的兩隻手臂不對稱地垂掛在我肩上，像是一個毛茸茸的後背包。

「天啊，真高興能見到妳。什麼，怎麼——我是說，報紙說時間都已過十年了……」

「我獲得假釋，表現優良，你沒聽說嗎？」

「不，我——」

「沒關係的，我也並沒有持續關注你的生活。」

「妳也沒有更新妳的近況啊。妳想要喝點什麼嗎？冰沙？飲料？……這東西要喝什麼？」

「水就好，喬，我們這樣就可以了，你不用忙。能見到你真好。」

「對啊，對啊，可不是。」他稚氣地低下頭，卻因為蓬亂的瀏海不復在，而削減了稚氣的程度。我們之間的構造板塊，已經悄然在底層下潛行移動——就稱之為上下文漂移吧。請當心空隙。

當我們正在思索，該由誰來冒險打破這層隔閡時，一位哥德暗黑派女孩和她的夥伴朝我們走來，用最直接的方式拯救了我們。

「不好意思，」她說，帶著一股勇敢的姿態，似乎在訴說著，她毫不在意她染色的黑髮下已經冒出金色髮根。不過她仍舊努力使用厚重的粉底來遮蓋她臉頰上的雀斑。

「沒什麼好看的，孩子，你們走吧。」喬揮了揮手打發他們。

「我不是在跟你說話，蠢蛋。」女孩一臉青少年般的藐視態度，她皺起了臉蛋，然後用手輕觸我的袖子，動作如蝴蝶打噴嚏般地輕盈，彷彿我就是大聖人，或甚至可能是性感舞孃蒂塔萬提思的親戚。「我只是想讓妳知道，無論妳曾經做過什麼都無所謂。」

「唔，其實有所謂的。」我說。但我的反駁卻彷彿一顆乒乓球撞擊到裝甲車般，又從她身上彈回。

「我們覺得妳很酷。」

「好的，謝謝你們。」一隻鱷魚，兩隻鱷魚，三隻鱷魚。其他人虔誠恭敬地看著我，等到很明顯我已經無話可說了，也並不打算給予她祝福或是其他東西，她這下才終於點點頭，然後帶領她的夥伴，往電影院的方向前進。

「還真是無奇不有。」我說，一面看著這群漆黑裝扮的年輕人，搭著手扶梯上樓。

「是因為那個鬣狗饒舌歌手史鏻哲，是他讓動物人士看起來很酷。妳就是激勵人心的反文化代表，寶貝。」

「這可是我人生中最大的野心啊。」但這場奇遇打破了我們兩人間的尷尬。

「妳還喜歡吃壽司嗎？」他問，然後我們轉而前往角落的一間迴轉壽司餐廳。

「所以怎麼樣呢，小銀？」他說，用塑膠筷夾起一個加州鮭魚卷送進嘴裡，脫軌的飯粒啪噠一聲落入醬油碟。我曾在雜誌看過壽司的磁核共振影像，在大師級壽司師傅準備的食材中，米飯要橫斜著擺，這樣一來才不容易散開。真是不錯的人生哲學：嚴謹堅持，姿態放低，你就不至於粉身碎骨。

「妳怎麼會來這裡？」喬追問下去，用一根筷子戳起一個壽司卷，然後塞入嘴裡，他向來不修邊幅。

「調查。」我說，閃避喧鬧的問題聲，尤其是目前我還不想回答的問題。「我在進行某項工作，我想你也許可以給我一些指引。」

「以我的個人經驗？」他在探聽細節。

「啊，不是的。是有關一篇文章，其實是一本書。」我臨時起意、即興編造，「現在才剛著手開始，有關南非浩室雙人團體『果子雙人組』。你知道他們吧？」

「他們的風格不是比較接近非洲流行樂嗎？」

「都一樣啦。」

「不太一樣，而且妳現在就神化一片成名的團體，難道不會太早了嗎？他們撐不過半年的。」

「好吧，你聽好了，這可是篇特輯，我希望能賣給《信條》雜誌，之後我也許可以把它編成一本書，內容是關於音樂和約堡青年文化，有點接近圖文並茂的圖書，也有點類似潮流聖經，一本可以賺大錢的書。」連我都快要說服我自己了。

「所以，現在的情況是？」他說，手中的筷子咔噠咔噠地指向我，來加以強調。

「什麼？」

「銀子的東山再起。」我從喬凡尼那兒學會標題式的誇大說話方式，也從他身上學會使用毒品吸食管。

「我當然也這麼希望囉，可是我現在舉步維艱。」我歪歪頭指向樹懶，肩膀上的牠已經進入夢鄉，「我懷疑這傢伙可能會讓我難以進行訪談。」

「我會給妳驚喜的。」喬斜著嘴對我一笑。我發現我愈來愈喜歡這份工作了。

13

白天對動物城市避之惟恐不及的人，晚間勢必不會再繞道回來。就連警察開始設路障檢查來車的時段，都不會看見他們躲進動物城市，因為他們太怕這裡了。但夜晚卻是動物城市最人聲鼎沸的時刻。從晚間六點起，日班的工作者會逐漸歸來，結束他們白天好不容易找到的工作，然後敞開公寓的門戶透透氣、讓孩子在走廊上追逐玩耍。住戶也會帶著他們的動物外出，呼吸新鮮空氣，或友善地聞聞另一隻動物的屁股。烹煮的味道——大多是食物，但也有甲基安非他命，暫時蓋過腐敗的惡臭、樓梯井的尿騷味。有毒癮的妓女開始從她們骯髒的公寓現身，於太平門邊聊天抽菸，對樓下街道上要前去搭乘計程車的通勤族噓聲怪叫。

我抱著全宇宙所有的音樂雜誌回到家，或至少是我能在書店搜刮到的所有雜誌。我一整天都沒見到貝瓦，他先前打算再回去代艾力亞斯的班。但今早我離開時，他仍帶著渾身酒臭味，深沉地熟睡著。

艾力亞斯這週已經打過四次電話，想要請貝瓦幫忙代班。他生病了，在他和另外六個辛巴威人分租的一間骯髒房間裡，險些就要把他的肺給咳出來，症狀聽起來很像肺結核。迪尼士不斷煩擾艾力亞斯，想要利用他這次生病，把痰賣給黑市的人，讓他們拿去申請臨時政府補助。但艾力亞斯的肺病，也有可能只是石棉引起，或對黑黴產生的反應罷了。在這裡，合格的診斷跟真正的醫生同樣難能可貴。

但在這裡，倒有其他另類的選擇，像是藥草師和巫醫、具備各種才能和天分的信念治療師，他們在電線杆和牆上張貼海報宣傳服務。其中夾雜一些江湖術士和騙子，宣稱能夠利用搗碎的蜥蜴睪丸和阿司匹靈行使巫術，治療金錢困擾、愛情問題和愛滋病。你猜猜是哪個成分奏效？

將巫術應用於物品，輕而易舉，尤其是根據簡單二分法運作的巫術：上鎖或解鎖，遺失或尋獲。物品甘於接受指令，但人可就不是這麼簡單了。使用咒語駭入競爭對手手機的簡訊系統，再加以擾頻——小事一樁；使用愛情咒語，讓某人對你更加溫柔體貼，無論對方是少年暗戀的對象，抑或是暴力相向的丈夫——都稍有難度。實驗研究指出，有些咒語藉由支配荷爾蒙、促進分泌血清素、催產素或睪丸素，進而達到效果，這是很簡單的開關方程式。大多數的魔法都較為抽象、變化莫測，常會適得其反。而魔法所允諾的強大成效，例如治癒愛滋病、增大陰莖，或者下死亡咒，全都是定心丸或反安慰劑效應，說到底不過是你腦中的祈禱和詛咒作祟。巫術與八卦雜誌的意義相去不遠，承諾給你更好的性生活、更好的工作、更好的自己。相信我吧，我曾經編撰過這些文章，看看我現在成了什麼模樣。

有些人真的具備擁有治療能力的遊靈，有些能成為正統的巫醫，但這種人少之又少，收費標準更遠遠超過艾力亞斯的能力範圍。意思也就是說，他必須清晨五點到診所排隊，期望能在中午休息時間前排到前面，然後從疲憊不堪的護士那兒，爭取到七分半鐘的時間。這種情況，護士早就見怪不怪了。這些都讓他一籌莫展，無法幫助他趕上輪班時間。

這也是為何這個驚喜讓我特別意外。我聞到一股味道——是煮食的香氣，自我的公寓飄散出來，與其他建築飄出的烹食味道相互夾雜。我推開大門，看見貝瓦還穿著艾力亞斯那件過小的制服，站在電爐前煎熱狗、玉米粥還有豆子。整個公寓已打掃得乾乾淨淨，連被子都折得整整齊齊，發電機快樂滿足地發出咕嚕嚕的聲音，還有一罐備用汽油擺在它旁邊。

「就一個應該還在應付難纏宿醉的人來說，你看起來可真是神清氣爽。這是怎麼一回事？」稍後證明我起疑是絕對合理的。

「我不能為妳服務嗎？」

「哦，我現在就能想到幾件你能服務的事，你能跟我做、對我做的事情。」

「妳看看，要是妳能把鑰匙給我，我就能幫妳做多少事。」

「先生，僅此一次，而且還是因為我離開時，你仍在呼呼大睡。可別太習慣了。」

「妳不喜歡這樣嗎？」他問。

我心軟了，兩隻手臂勾上他的肩膀，然後靠在他的背上，「我想，其實還算不錯吧。」

「快放手啦，我在煮飯耶。」他笑著，將我輕輕甩開，但仍然轉過頭親吻我。

「你在煮飯？還是放火燒房子？」我故意嘲弄他。

「糟糕！」

他堅持我們倆把略微燒焦的熱狗拿到頂樓享用，並且將我們毛茸茸的小動物留在公寓裡。他甚至還買了免洗餐盤和餐巾紙，以及兩瓶啤酒。他也拿出他的相機，那是一台普通的韓國相機，既破舊又無可救藥地過時，僅有一百萬畫素，他甚至還需要使用膠帶固定。但這台相機見過的世面可多了，多到可以集結成好幾部紀錄片。但貝瓦唯一給我看過的相片，就是他個人的自拍照。

他真的對自拍抱持狂熱的精神。他記錄了自己從金夏沙到約翰尼斯堡的每一步，拍下所有主要的地標、所有重要的路口或他過夜的地方、每個對他表示善意的人。但光是拍這些人物或地點還不夠，他也必須入鏡，彷彿這些相片不僅要證明他去過那些地方，也要證明他曾存在過。

當我們總算爬上屋頂，我已經累到氣喘吁吁。住戶不常上來這裡，特別是在電梯壞掉之後，除非他們想趁晴朗的日子晾一晾家裡的衣物。有時候樓頂也會舉行派對，慶祝婚禮和小孩出生，或當地幫派想籠絡居民而準備炭烤羊肉串或燒烤內臟。大家喝醉後有時會醜態畢露，尤其在新年的時候。人們將家電往幾層樓底下的街上亂扔，儼然已成一種傳統。也正因如此，警察和救護車過來處理動物城市的「事件」時總姍姍來遲——前提是他們還願意處理。

貝瓦彎著腰閃躲過一條晾衣繩。床單、洋裝和襯衫像是被線繩拖曳的風箏，在風中飄蕩起舞。從十五層樓的高度往下俯瞰，街道上的一切都轉為靜音模式。路上的交通變成遲緩的流動動線，車子的喇叭音量降低，成為機器鴨似的微弱叫聲。天際線的焦距清晰，緩慢沉沒的太陽，流瀉出血紅般的顏色，渲染一縷縷的雲絲，整座城市因而呈現鐵鏽和紅銅色的漸層。是空氣中飄動的煙塵，礦場礦床揚起的細緻黃色礦物，以及來自交通的窒息二氧化碳，讓高木草原的夕陽如此動人壯麗。誰說惡劣的東西就不美麗？

「我們怎麼不常上來呢？」貝瓦說，反常地惆悵起來。

「因為要爬太多層樓梯了。」

他給我一個譴責的眼神，我感到很不好意思，破壞了美好氛圍。

「來這裡，坐下。」他從晾衣繩扯下一件被子。樓下的裁縫團隊在被子裡繡入保護咒，製造有如蕁麻刺手的觸感，但他無動於衷地把被子攤開鋪在水塔下的水泥地。我迫於無奈坐下，被子還濕答答的，上面拼湊著仿冒的迪士尼卡通人物，是不知哪裡來的劣質假貨。但如此不具良知的行為，挺不像貝瓦會做的事。「你不怕弄髒被子嗎？」我問。

他聳聳肩，「骯髒又不是永遠的，終將會過去。」我突然驚覺，他指的不是被子。「過來這裡，」我挪到他身邊，他將我攬進他的手臂下，然後高高舉起相機，鏡頭直勾勾對著我們：「笑一個。」他說。我知道他要離開我了。

他把相機轉過來檢視相片，畫面出現他對著鏡頭的燦爛笑臉，而我只是一團靠向他的模糊影像。

「這張不成功。」貝瓦表示，但他並未刪除照片，他將手臂伸得長長地，又拍了第二張照片。「這次不要亂動喔，眼睛試著看鏡頭。」他以拇指碰了碰我的下巴，輕輕調整我下巴的角度，讓我的眼睛對準鏡頭裡，我們兩人遙遠的倒影。

「你不能再等一等嗎？」

「我不認為我可以等，銀子。」他輕聲地說。

「兩個禮拜就好，」我絕望地央求他，「一個禮拜。」

「我沒有把握。」

「但你總需要先準備齊全，規畫交通。」人口販子可以帶你通過邊境、鐵絲網圍籬，用渡船載你穿過充滿鱷魚的水域，或以好幾箱啤酒或子彈賄賂邊境警衛。不過這套通常是用於反方向的，要偷溜出南非其實並不費力。當然，他也可以搭飛機，但是護照上所蓋的章，可能會害他必須向內務部解釋。因為他們認為你若已是難民，永遠都不能再返國。

他嘆了一口氣，放下相機看著我：「我正想辦法，迪尼士說他認識一些人。」

「迪尼士會幫忙，但你要怎麼付這筆費用？」

「關於這點，我也還在想辦法。」

「你打算怎麼做？」

「妳的問題怎麼總是這麼多啊，親愛的？能不能暫時不要那麼像個記者？」他吻了我，彷彿這一吻就是他給我的答案，然後又舉起相機嘲笑我：「好了，妳別亂動喔。」

但我所想的是：不，別亂動的人，應該是你才對。

夜深人靜的時候，我的電話忽然響起，深夜兩點鐘，正當我輾轉難眠時。

「她想毀了他。」電話那頭的聲音又急又快地傳進我耳中，連個「哈囉」或「你好嗎」都省略了。因為這濃濃的鼻音，我才得以辨識來電的對象。

「阿諾？」

「都是小曲和她男朋友。她想要毀了這一切。他們應該要到錄音室的，但她卻不見了。她好自私，她根本就想毀了他的一切。」他帶著哭腔哽咽說道。我忽然驚覺我搞錯了，原來他暗戀的人不是小曲，而是席布。

14

我利用一整個上午，根據路修利太太列出的小曲友人清單，撥打一個又一個電話號碼。更有用的是從德司那兒抄來的名單。大部分人接到電話的反應，都像遭到突擊搜查一般。不過她的朋友在聽到我那句充滿魔力的自我介紹——「我是記者」時，就彷彿打開蚌殼透氣的牡蠣，十分熱心地與我恣意暢談。即使只有那麼一丁點兒接近名人，還是可以讓人們變成急欲出名的混帳，特別是青少年。他們對我掏心掏肺：關於小曲的第一個暗戀對象；她在七年級時，如何在數學考試上作弊，並且被老師逮個正著，害全班必須重考一次；她是多麼喜歡音樂；她是多麼地才華洋溢；她在課堂上多麼愛說話，以及她多常和朋友講電話、多常用MXit通訊系統聊天；她有多麼喜愛開派對狂歡；還有她有時對世界感到極度失望：「真的很陰暗，不過不像會自殺的那種，」有位叫做普莉亞的女孩跟我分享道。

我記下的筆記只有模糊的輪廓，卻缺乏更詳盡的細節，就像仍在顯影的拍立得照片。我感覺路修利太太給我的名單彷彿漏掉一些人，一些她不會認同的人，像是連她都不知道的小曲男友。

我調查了從德司白板上抄下的人名，設計師和公關是死路一條，純粹只是公事關係，對於我為何打電話給他們，他們略為感到困惑。唯一感興趣的人只剩下海瑟．亞羅，她正好是幾位大明星的經紀人，例如莉亞和諾魯山多．梅傑。當我向她自我介紹時，她只說：「現在還無法跟媒體公布。」然後便掛掉電話了。我懷疑歐狄知不知道德司正在暗中策畫其他生意。

喬正好「人脈廣闊」，藉由他的協助，我已預備好今晚的計畫。另外，我也丟了訊息給浮尤。

>>Kahlo999: 我需要你的幫忙。

>>Vuyo: 我聽說妳那個老外男友的事了。我幫得上忙，妳負責寫信的內文，我去弄份官方信頭。

我的內心正忙著與動蕩不安的希望交戰，根本懶得理會浮尤是從哪兒聽來的消息。組織為了保衛利益，他們的監控便比市內所有監視錄影器還靈通發達，我很懷疑會是誰向他們通風報信的，但若是我聽到的答案是迪尼士．藍古薩，也不至於太驚訝。

>>Kahlo999: 你在說什麼？

>>Vuyo:「在此致歉，國際紅十字會接收的資訊錯誤，貝瓦．柏坎加斯的妻小已歿。」

>>Kahlo999: 你這人真的很扭曲。

>>Vuyo: 我連屍體的照片都能提供，但妳得給我資料，我才能用照片軟體篡改。

>>Kahlo999: 閉上你的狗嘴，浮尤，你不行這麼做。

>>Vuyo: 那情況就棘手了。

>>Kahlo999: 你先聽我說，我需要你幫我做三件事情：我需要查一支電話號碼，看看這號碼在過去四天是否曾使用通話過。另外我還需要潛入一個MXit帳號，也需要知道某份人壽保險，是否特別掛名於某一群人之下。

>>Vuyo: 這可要收費的。

>>Kahlo999: 我會給你五千蘭特。算在我的帳裡。

>>Vuyo: 一萬二千元，加上利息。把資料傳給我。

>>Kahlo999: 我只是好奇問問，請問組織從事走私嗎？

>>Vuyo: 妳確定妳現在身邊沒有警察？

>>Kahlo999: 確定得不得了。

>>Vuyo: 妳還是沒裝防火牆。

>>Kahlo999: 我覺得你管我似乎管太多了。快告訴我，浮尤，走私？性奴隸？

>>Vuyo: 組織的經營範圍很廣泛。

>>Kahlo999: 如果我想知道某人是否遭人綁架了呢？被人口販子綁走，然後被迫從事性交易？

>>Vuyo: 如果這些人是出於自願，就不算綁架。

>>Kahlo999: 我想我們對「出於自願」的定義可能不同。我可以報一個名字給你嗎？

>>Vuyo: 這個忙可幫大了，接下來要做的，可需要大筆花費。

>>Kahlo999：我正好認識一個人，他付得起這筆錢的。

沒想到回到前世，就像套上一件洋裝那般容易。打扮風格只是一層不同的肌膚，給擁有不同喜好的你。今晚，我是水蜜桃甜酒，彷彿年僅十四歲的孩子第一次試著偷溜進酒吧那般，心情感到格外緊張。我剛剛說「一件」洋裝嗎？應該說九件，也就是我衣櫃裡所有的洋裝。

樹懶脾氣暴躁地生著悶氣，牠在地板上攤開四肢，身旁放著我從樓下市場買來安撫牠的樹薯葉（還有一桶給貓鼬的土鱉蟲）。如果能把樹懶留在家裡的話，我絕對會這麼做，但與動物分開的焦慮反饋效應會使人癱瘓，毒癮發作與分離焦慮相比，根本是小巫見大巫。

在我把九件洋裝都試穿過兩遍後——試穿過程中，我還因為樹懶憤怒地打翻桶子，停下來抓回逃跑的土鱉蟲；最後我終於決定穿上緊身牛仔褲，然後搭配一件意外雅致的黑色細帶上衣。上衣是在我放棄與衣櫃掙扎後，向三樓的妓女借來的。雖然我說是借來的，但實際上是租來的。她跟我保證這件衣服很乾淨，我很懷疑它值三十元租金，但是上衣通過了試聞測驗，所以管它的，我就租了。

我攔了輛計程車去奧克蘭公園，與晚班的清潔工、護士以及餐廳洗碗工同路，這些人都是沒沒無名的幕後工作者。計程車過了美帝亞公園後，我便下車了，隨後走到餐廳、酒吧、網咖林立的第七街。在某間網咖兼賣熟食的莫三比克商店外，有位小販忽然拉住我，向我推銷一個用鐵絲和紙糊成的星形燈籠，在我婉拒過後，他突然改向我推銷大麻。

我過去常在這一帶出沒。我曾經在小山丘上，穿著易於辨識的學校制服吸毒，然後遭到活逮並停課了兩週；也曾在炫音九號酒吧的廁所，吸食我生平第一排的古柯鹼；甚至在第八街的私人車道上即興做愛，後來逼得屋主找來特警人員。所以對我來說，這一帶不應如此教人害怕才是。但當我看見喬站在畢果酒吧外的路邊，聚精會神地玩著他的手機時，卻瞬間鬆了一口氣。

「喂，你。」

他充滿罪惡感地抬起頭來，將手機塞入外套口袋，「嘿，親愛的，妳來啦！快點，他們已經在裡面等了。」他領我走向曾經走過全盛時期的絨布繩，來到一個結實壯碩的保鏢面前，他身上穿的短衫寫著「有膽來啊，混帳」。

「她和我一起的。」喬說，雖然保鏢看到樹懶時，露出不滿的神情，但他仍舊輕微地點了頭，表示好吧，當然可以，請便。

畢果酒吧之於南非黑人覺醒運動領袖史蒂芬．畢果，正猶如劣質短衫設計之於切．格瓦拉。各種低劣的史蒂芬．畢果肖像，由上往下俯視著我們。我們經過一塊手繪理髮店招牌，以及一排各式各樣的畢果，每個畢果皆分別展示著不同的髮型與頭飾：從光頭、前短後長髮型、到礦工安全帽都有。還有史蒂芬在泛非會議的非洲地圖上、太陽射線的中央傲視天下的模樣，眼神帶著他那著名的堅定混合惆悵的英雄主義。另外一個史蒂芬臉龐周圍鑲著獅子鬃毛，顯眼地高掛在一堆代表抗爭的象徵物、有力的拳頭、足球和草寫字體上。草寫字體寫著：「壓迫者最強而有力的武器，就是受壓迫者的心智。」將諷刺和肖像研究，降低至一個品牌的水準，恐怕只會招來我那個學術界的老爸唾棄厭惡。

「所以他們也在賣短衫囉，」我說，「小孩尺寸的衣服也會先以酸性物質浸泡過嗎？」

「妳還真幽默，銀子，」喬說，引領我一路通往酒吧後面，「別擔心，對於要與妳見面，他們也感到挺緊張的。」

就如同跨上雲霄飛車的那一刻，不安的感覺緊緊地扭轉我的腸子；我向來就不喜歡雲霄飛車。喬將我拉至一張桌子邊緣，桌邊坐滿打扮時髦、頂著昂貴髮型的人。有個女人滿身打洞和刺青，她的頭髮艷紅，有著猶如美國名模貝蒂·佩吉的眼睛；另外還有兩個男人，其中一個穿著醜陋的變形蟲紋襯衫，用髮膠將頭髮抓成刺蝟狀，另一個則年約四十出頭，穿著戰地攝影師的背心，以及精心雕琢的憤世嫉俗神態。他們圍繞在一台大型相機旁，相機上方裝著一個專業鏡頭，然後他們就躲在鏡頭後方，檢視畫面。

「哦，噁心，」那個女人說。當我們走到桌邊時，她順勢把相機推開：「你怎麼給我看這種東西啊？」她搥了下攝影師的肩膀，但算是笑鬧式的搥打，是那種意謂著「即使你給我看這麼可怕的照片，我還是很喜歡你」，或甚至是「正因為你給我看這麼可怕的照片，所以我才會那麼喜歡你」。喬開口詢問，「戴夫這次又給你們看什麼了？」

「遭到謀害的流浪漢照片。」簡潔有力的攝影師先生說，顯然他就是他們所指的戴夫。

「哦，了解，」喬說，「我也想看看這些照片，原因你也知道，我們正在幫《馬赫》雜誌做新的噁心專題。長滿壞疽的腳、鼓腹毒蛇的咬痕，最好配合些出亂子的極限冒險活動。」

「遭人毒打和放火焚燒不算是冒險。另外加上慘烈的刀傷，尤其是他臉上的刀痕，他的手指也被砍掉了。」

「你真的打算把這些刊在《馬赫》上？」醜陋變形蟲襯衫男開口，顯然光憑想像就已夠讓他覺得驚悚。

「我們是男性雜誌，」喬聳聳肩，「男人酷愛殘暴。」然後他快速地補上一句：「我不是說女人就不殘暴。」

「女人只是比較善於隱藏，」我說。於是大家轉而望向我，緊接著聚焦同時轉向樹懶，變形蟲男冷笑一聲。我舉起一隻手，像個孩子在學校裡舉起手，回答大家都在等待的答案：「嗨，我叫銀子。」

「不好意思。沒錯，各位，這就是我向你們提過的朋友。」喬的聲調充斥著欲言又止，「銀子·十二月，我們曾一起工作。」也曾一起上床、一起吸毒過，一起在工作時吸毒和上床過，我們的關係就是如此單純。真的。

穿洞女子挪出一些位置，讓我們也坐在那張華麗的絨布長椅上，喬同時忙著介紹大家——這些人物全是他目前社交圈裡最熟絡的音樂界菁英。以及變形蟲男，也就是亨利。正如我的猜測，戴夫是《真相日報》的新聞攝影師，但他也拍攝表演活動——主要是爵士樂表演；不過他也連續四年擔任「歐皮可比音樂節」的攝影師，此外也偶爾兼差為生活雜誌製作特輯。亨利從事線下廣告公司的社群媒體業，他主要的委任領域是音樂界。喬是特別邀請他來的，「他是小曲專屬同志朋友，」他先前已在電話中預告我，「如果有人想要挖她的醜聞，請找亨利。」

打洞的女子有個兩歲大的孩子，她甚至戲稱她的孩子為「學步龍」。在她不用帶孩子的時候，是名中堅音樂記者。「茱麗葉幫所有妳想得到的媒體撰文，」喬說，「所有當地雜誌，還有《告示牌》、《Spin》雜誌、《Juke》雜誌和《Clash》雜誌。」

穿洞女子茱麗葉神情略帶著虛情假意的謙虛，開心地翻了個白眼，所以我想喬應該所言不假。「妳現在都做些什麼，銀子？」她語帶同情地問我，身子向前傾，全神貫注地看向我，大概只擺出她四分之三的高姿態。

「我尋找失物。」

「包括被偷竊的物品嗎？」亨利忍不住高聲詢問。「因為我父母的房子上週被闖空門，歹徒偷走我爺爺的手錶，那是一只懷錶，妳知道，就是那種有鏈子的，大約有一百零二年歷史——」

「不，是遺失的物品。就如我說的，像是車鑰匙、失蹤的遺囑。」

「這是妳的營生嗎？」他抬起眉毛，彷彿這比內建MP3音樂播放器的烤吐司機還荒謬。

「我會依照工時合理地收費。」

他忽然對這個主意產生興趣：「嘿，妳知道嗎，其實妳可以去養老院工作耶，就是會收老年癡呆症的老人的養老院——還有一種健忘症叫什麼？」

「阿茲海默症，」穿洞女子貢獻答案。

「對，我猜他們一定常丟三落四，妳可以幫他們把東西找回來，跟他們收費，然後他們忘記自己已經付過錢，妳就可以再跟他們收一次費用。」

「我不覺得她的魔力是這樣運作的。」穿洞女子接口，似乎心意已決，要納我為她的新寵，「對吧，銀子？」

「誰又知道魔力是怎麼樣的？」我知道自己的態度帶有敵意。

「但不是有測試嗎？我以為他們會先完整分析過？」

「將人類當成實驗室老鼠！」亨利熱切地說，「只是我猜有時也會用真正的老鼠，是嗎？肯定很讓人混淆。」

「在美國、澳洲、伊朗等地，他們會從頭到腳測試動物人士，利用電腦斷層掃描、腦部斷層掃描、內分泌系統分析等進行全面檢驗。在南非，我們有憲法保障。」以及侵入式測試的驚人費用保障。政府資金大可運用在更值得的事情之上，例如核子動力潛艇或爬入官員的口袋。他們會進行一些基本的測試，來量化你的遊靈，但主要還是依據社工和警察的報告，另外配合你個人基本的演示。

「妳父母好嗎？妳還有，呃——」喬支吾其詞，察覺到自己就快不小心越界了。

「沒關係的，喬。有時我還會用網路搜尋他們，他們看來過得不錯。還是離婚狀態，我媽現在住在蘇黎士，我爸則在開普敦教電影理論，但比起潛台詞，那群有錢學生對電影特效還更有興趣。」

「我不知道他們……哦，對喔。」

「在審判前的幾個月。」

一陣令人不舒坦的沉默，在我們之間擴散開來，猶如自由落體以終端速率向下墜落，然後持續墜落。

「但喬凡尼說妳又開始寫文章了？」穿洞女子鼓勵地詢問。她身為專業採訪記者，八成已經很習慣迅速拾起掉在地上的對話，讓它起死回生，「是關於音樂的作品嗎？所以妳今晚才來和我們見面？」

「我在寫一本書，潮流聖經兼約堡青年文化的流行歷史。有關於音樂、時尚、科技。」我說得愈多，聽起來就愈可信，甚至行得通，還有可能大賣。

「妳找到出版商了嗎？」

「我會先幫《信條》雜誌撰寫一篇專題，再看看進展如何。」

「《信條》雜誌？哦，我曾幫他們寫過幾篇文章。他們棒呆了，琳狄葳很了不起吧？」

「她真的很棒。」我說。我的謊還沒扯到委製編審那兒，我在待辦清單上加入一筆。但在這件事之後，事情進行得還算順利，除了有那麼一刻，我發現亨利竟想嗅樹懶的毛。

戴夫的話不多，只是在開始討論時給我看照片。這些照片引發大家熱烈爭論：刊登這些恐怖影像是否算得上道德淪喪。我快速瀏覽照片，用我最快的速度翻看。照片和你想的一樣糟，距離近得像出自法醫之手，不過他在取景時拍進驚恐的路人，用來加強氛圍。

「警方知道這個人是誰嗎？」我說，把相機遞還給他。

「生活艱苦、露宿街頭的流浪漢，他們還在查他的姓名。有可能是動物人士，但不確定，妳介意拍張照嗎？」他舉起相機，「有氣氛了。」

「呃。」

「團體合照！」穿洞女子大喊，戴夫為大家拍了數張姿態不自然的照片，然後便在樂團上台時，消失於舞台前。樂團來得正好，只遲到了一個半鐘頭：她們是一個南非白人兼塞索托方言團體，團員全為女子，魅力四射。她們表演一首華麗龐克、電子搖滾樂曲，歌名為〈海市蜃樓〉。

帶著我，帶著我，帶我進入你的蛛巢
我是你的良知，你的共犯，你心裡的禪
讓我進入，別問為什麼
就讓我，就讓我成為你的不在場證明

「她們挺不錯的！」我大聲吼道，音量壓過吉他彈奏聲，以及主唱的低音咆哮。儘管周遭吵得要命，樹懶仍然睡著了。

「輕量級的！」穿洞女子也對我大吼著回應，「等『黑匪』出場吧！」

「是嗎？他們是戴全罩式滑雪帽的那支團體？」

「對啊，他們棒透了！當然他們的身分也並非如此神祕啦，他們只是戴著面罩的藝人。妳那兩個果子雙人組的小朋友也不錯！很有天分，不過他們真的該離開魔加。」

「此話怎說？」

「負面影響！」

「怎樣的負面影響？」

「太商業化了！」

「這樣不好嗎？有歐狄這樣的資深製作人撐腰？」

「什麼?!」

「我說，歐狄的經驗——」我吼叫的音量更大聲了，但高音副歌卻淹沒我的話語。

殺了我／陶醉我

殺了我／陶醉我

帶我離開這一切

「是啊，他擁有『反革命』！」穿洞女子扯著嗓門回答我。這可真教人吃驚，「反革命」可是約堡最熱門的俱樂部，根據《011雜誌》的說法是「帶著前衛的時髦」。這本雜誌也給果子雙人組的熱門單曲〈火花〉四顆星的耳蟲勁曲指數——「活力十足的非洲青少年流行音樂」。

「他是俱樂部之王，親愛的。」穿洞女子吼道。喬拍了拍她的肩膀，他的頭朝廁所的方向點了一下。於是她起身跟著他走，她的手已經抽出暗藏在牛仔褲前袋的一捲紙張，獨留我和變形蟲亨利。

「喬說你和小曲是朋友啊?!」我扯著嗓門問他。

「是啊，我們過去常混在一起！」

「為什麼是過去？」

亨利提高音量回答我，聽起來像是：「她是個『乖盒子』。」

「你想出去聊嗎？我聽不清楚。」

外面的逃生梯早已擠滿老菸槍。

「你剛剛說什麼？」

「我說小曲是個『怪孩子』，她活在自己的世界裡。她曾爭取演出電視劇，對吧？但那部電視劇是有關海軍的故事，劇組問她會不會游泳，她回答他們，她當然會游泳。」

「但她其實不會游嗎？」

「她之前不會游，過去式。基本上她只用了一個週末的時間無師自通。我們去健身房，她就冷不防跳入泳池最深處，害自己差點溺水。」

「那她取得演出機會了嗎？」

他搖搖頭：「她謊報年齡。他們需要十八歲以上的演員，因為那角色需要演出性愛場面，妳知道嗎？我真不知道他們怎會不曉得她才十五歲。她真的很瘋癲，這個孩子。」

「和十五歲的孩子混在一起，你的年紀好像大了點。」

「哎呀，應該說是小曲要跟『我』混在一起才是。我是在酒吧認識她的，她常常出沒這些場所，如卡爾法克斯這些酒吧。她甚至和酒吧保鏢成為朋友。」

「關於她男朋友的傳聞呢？」

「妳說的是哪一個？來來去去的很多，她是個花蝴蝶，沒人能夠讓她停留。」我察覺自己碰觸到他的傷心處。

「沒有認真的對象嗎？」

「這個嘛，過去有賈布，但他後來變成混蛋。」

「怎麼說？」

「透過手機簡訊跟她分手，妳能相信嗎？我的意思是，她應該要預料到事情會如此發展的。老天爺，他們可是在勒戒所認識的。她在我的沙發上啜泣了好幾個鐘頭，但妳也清楚小曲——她會完全宣洩出來，擦乾淚水，之後日子繼續過下去。」

「她之後還和什麼人交往過嗎？」

「嗯，我知道上週她親了個鼓手，呃，剪紙合唱團的鼓手，就是那個刺耳的重金屬樂團，妳知道吧？妳聽過那個笑話嗎？在所有樂器之中，為什麼女孩子最不喜歡鼓？因為她們不想被蒙在鼓裡。嘿，我可以抱牠嗎？」他衝口而出，手伸向樹懶，他肯定憋了很久才終於提出這要求。

「牠會咬人喔。」

「我動作會輕一點，我保證，拜託？五分鐘就好。」

「我不能承擔後果。」

「沒關係的。」

我小心翼翼地將樹懶交給他，輕輕捏了牠一下，提醒牠要聽話些。出人意表地，牠開心地爬到亨利的手臂上，依偎在他的脖子邊。

「哇！牠重得可以！」

「我知道。」

「但也真的很柔軟耶。哇。」

「這個我也知道，」我不想告訴他，樹懶正在咀嚼他醜陋襯衫的領子。「你覺得她可能和那個鼓手私奔了嗎？還是賈布回到她身邊了？」

他搖搖頭：「不可能的，小曲要是揮別過去，就真的是過去了，她才不可能原諒賈布，和那個勒戒所的敗類復合。那個鼓手對她來說也無足輕重。」

「那還有其他人嗎？」

「哎呀，『反革命』的保鏢最近狂追她，他們總是聊個沒完，那傢伙少說也有三十歲。」他想到這個情勢，忍不住翻了個白眼，「但他也沒嚐到什麼甜頭。小曲也許很隨便，但她一點也不笨。」

「保鏢叫什麼名字？」

「呃，猛男先生？他的二頭肌跟妳的頭一樣大。我不曉得他是否常去健身，或注射類固醇，還是他天生就是個怪物，妳遠遠就能注意到他了。」

「你上次見到她是什麼時候？」

「大約一個禮拜前吧？她出現在『線人』，在新城區的那間酒吧。」

「我有點搞糊塗了，如果她這麼中意重金屬和龐克樂，也常出沒在搖滾樂表演場合，那她怎麼會組非洲流行樂團？」

「那我問妳，妳為何要幫《信條》雜誌寫文章？因為這是個跳板，對吧？今天妳幫《信條》雜誌寫，明天就可以幫《眩惑時尚》雜誌，或妳專長的領域撰文。」

「你知道她為何不接電話嗎？她一向這麼愛玩捉迷藏？」

「要是她想和妳說話就不會了，我敢跟妳保證，她肯定會想和妳聊聊，她太想要增加曝光率了。」

「也是種跳板。」

「是啊，妳可以把牠抱回去了嗎？」他抱怨道，把樹懶塞回我手裡。他總算體認到動物跟他的變形蟲不搭軋。

當我們回到雅座，喬和茱麗葉也已經回來，台上的女子樂團不見了，換成戴著面罩和耳麥的青年四人組。他們肯定就是「黑匪」了。「黑匪」的音樂震耳欲聾——那是種來自種族隔離黑人區的嘻哈音樂，如雜技般平衡著祖魯城區樂風。「玩得開心嗎？」喬的嘴緊貼著我的耳朵問道。

「很具教育啟發意義。」我大聲喊回去。

「想離開這裡嗎？」喬給我頑皮的一笑，「只要七分半鐘就到我家了。」

「我要搭順風車回動物城市，」我看著他的表情，忍不住露齒而笑，「別擔心，你遭到槍擊的機率只有三分之一。」接著刺眼的相機閃光燈扎得我睜不開雙眼，是戴夫回來了，他隨手幫我拍了張特寫照。

「笑一個。」他說。

後來演變成團體出遊。有人可以當導覽，這點讓戴夫難以抗拒。

「你常去動物城市嗎？」我問他。

「這個嘛，我們的辦公室就在附近。大約七年前，我曾去那兒接莉莉．諾本伏，賣她古柯鹼的毒販就在科特茲街那兒，而我則過去載她一程，」戴夫說，「她的經紀人毒打她，害她渾身布滿瘀傷。但她看起來還是挺開心的，我在花園鎮讓她下車時，她還跟我借了一百元。」

「難道會是歐狄．虎倫？」

「就是他，該死的危險份子，人人都這麼說。」戴夫的身體向前傾，跨越過座椅中間，透過擋風玻璃拍照。他拍下了聖誕裝飾般掛在樹上的塑膠袋，以及站在約伯特公園外的街燈下（還沒壞的街燈）搔首弄姿的妓女，彷彿街燈就是她們個人的聚光燈。

「妳知道嗎？他們找不到她的屍體。她可能還藏在某處。」

「莉莉嗎？你說像貓王一樣？我腦中可以想像得到，他們徘徊於美國六十六號高速公路旁的加油站酒吧，跟渾身銀灰色的外星人喝酒作樂，」喬咯咯地笑著，「嘿，『嘔狄』不是有間酒吧嗎？還記得嗎，銀子？『低音車站』呀？」

「我還記得我喝得爛醉如泥，不省人事，完全不記得『低音車站』的事了，就如我已不記得

『二〇六』或『阿爾卡特拉斯』的事。」

「喔，『低音車站』好幾年前就關閉了，」戴夫說，「那裡曾發生慘絕人寰的搶案，如果我沒記錯，有好幾個人甚至因此喪命，也許這就是為何歐狄要等這麼久，才能東山再起的原因。」

「我們改天應該去『反革命』，妳會喜歡那裡的。」喬插話。

「聽起來像是充滿時髦潮人的煉獄。」

「好吧，以人類學角度出發，妳會發現那裡挺有意思的。」

「左轉，然後在『神的信徒』招牌下停車。」我指著靈恩教會的廣告看板。

「這才是妳該做的事啊，」戴夫突然熱烈地提議，「為什麼要寫流行樂團的故事呢？其實妳可以從內幕角度描繪動物城市。」

「但會有人想看嗎？揭露狗咬狗和惡行？」

「什麼是狗咬狗？」喬吃驚地問。

「多多運用你的想像力吧。」

「我看見的是浮華與血腥、檯面上從事金錢交易、鬥毆場中的毛皮、匪徒則左擁右抱迷人模特兒，坐在場邊觀看。」

「請去掉迷人模特兒和浮華，再加上大量的非法行徑，你所想的就完全正確了。」

「還要加上死亡嗎？」

「除非事態嚴重，否則還不至於走到這種地步。我們確實竭盡所能地避開『罪影』。」

「聽起來是挺有趣的一晚，也許我們應該去『反革命』，然後再體驗狗咬狗之夜。」

「或者不要。」

但戴夫還不肯罷休，「比較類似內幕報導，街頭剪影，住在這裡的情況。」

「這裡只有成堆的垃圾爛事，戴夫。你還想知道什麼？」

「妳好好考慮考慮。」

「我可以陪妳上去嗎？」當車子停在路邊時，喬如此問我。

「你們不應該把車單獨留在這裡。」

「沒關係，我可以留在這裡等。」戴夫主動提議。

「你可以陪我走到警衛室，再遠一點的話，我將無法擔保戴夫的人身安全。」

通往對面那棟金大樓的階梯上，正坐著一群男人，正確說法應是青少年。空閒時間和啤酒讓他們顯得格外危險。遭人占據的大樓空屋裡，因電力斷源已久而閃耀著燭光。低沉的貝斯音樂聲從巷弄中的汽車解體工廠傳了出來，有人正在測試音響系統。遠方傳來了警笛聲，以及三不五時的槍聲。喬忍不住打了個寒顫，但仍假裝鎮定。當我們走到警衛大門處，我轉過身跟他道晚安，喬卻不開心地嘟起嘴巴。

「我不能上去嗎？」

「也許下次吧。」

「很高興能見到妳。」

「美好的舊時光，」但這並非是件好事。

「所以我們要去『反革命』嗎？週六？當做去調查。」

「明天如何？」

「就這麼決定了。」他傾身向前試圖親吻我，我及時把頭撇開，閃躲過他的嘴唇。

「你這是在幹嘛，喬凡尼？」

「呃哦，」他說，「喊出全名，看來大事不妙。妳不讓我送妳上樓？也不讓我親妳？」

「我們分手了，而且分得很難看。」

「都四年前的事了，人事已全非，妳也是。」

「而你則完全沒變，一點也沒有。」

「一個吻就好，」他說，「快點，趁我被邪惡的動物人士強暴和謀殺前，快給我一個吻。」

「你真是死纏爛打。」我抓住他的排釦襯衫，一把將他拉了過來，接著將我的嘴唇壓住他的，他的嘴唇溫熱。他被這突如其來的舉動嚇到，停頓了零點零一秒鐘才回應我，然後我們兩人就像飢渴已久，恨不得將彼此生吞下肚一般，激烈地親吻著，這種感覺既熟悉又陌生。而就在當下，樹懶的身子往前傾，用力地往他的耳朵咬了一口。喬痛苦地大叫，台階上的男孩停止聊天，都轉過頭望向我們。

「老天！快放開！該死！噢！」

「樹懶！」

樹懶鬆口，把頭埋在我的脖子後方。喬捂住自己流血的耳朵，咆哮地舉起拳頭。我調整我頭部的角度，就算有拳頭飛來，也會先打中我。

「慶幸？該死。那該死的東西差點咬掉我該死的耳朵。」

「你該慶幸牠是草食性動物。」我冷靜地說。「慶幸？該死。那該死的東西差點咬掉我該死的耳朵。」他摸著自己的耳朵，他的耳朵只有輕微咬傷，然後他低頭檢視他指尖上的血跡。

「你的文字造詣果然不俗。」

「現在不是開玩笑的時候，銀子。噢，該死。妳覺得我該不該去注射破傷風？這下我得到該死的急診室報到了。」

「你不會有事的。謝謝你，我今晚很愉快。」

「可不是，好極了。不，我是真心的，除了妳背上的那隻人魔。」

「我們明天見。」

當車子駛進暗夜，迪尼士從對街的人群裡走出來，搖搖晃晃地向我走來，他的手裡搖著一個很大的空酒瓶。他的長尾猴抱著他的脖子以保持平衡。

「像妳這樣迷人的黑鬼女孩，怎麼會跟他那樣的白鬼在一起呢？」迪尼士說。

「也許他是我失散多年的丈夫。」我沒好氣地說。

「嗯哼。」迪尼士說，他的醉眼後面，隱藏著一絲尖銳和不懷好意。

15

過去和未來的王者？（《信條》雜誌二〇一〇年八月號）

魔加唱片暢銷金碟推手已隱身近十年，伊凡．米爾頓再三力邀，才有機會進行如此長久以來第一次與歐狄的單獨訪談，聽他暢談青少年流行樂、新俱樂部文化，以及歐狄．虎倫的二度歸隊。

「我相信人人都應得第二次機會，」歐狄・虎倫說，他就坐在模擬式數位錄音室的混音檯後側，也就是坐落在他私宅後方，建蓋於小山丘上的傲氣碉堡，亦為施展魔加唱片魔法的運作基地。這是必要的，尤其是歐狄在二〇〇一年開始隱居之後，雙腳就未曾踏出這棟悠閒的西崖住宅。

他不是在說自己，因為他自己已有過三到四次機會。這號人物可是曾在四十年的音樂創作期間，遭到非議和悲劇纏身的製作人，但他仍舊一再以浴火鳳凰之姿得到重生。他帶著過去的榮耀光輝歸來。「我覺得這個產業裡，應該沒有人可以一路走來毫髮無傷吧。」他陷入沉思。「你唯一能做的，就只有將自己準備好，準備得更完善。」

每個年代都至少會出現一名不世出的音樂奇葩；每個音樂類型背後，也都有個幕後巨星推手，曾經飽受爭議非論。美國歌手布萊恩・威爾森消失幾十年後，又重新帶著《寵物之聲》專輯回籠；美國靈魂樂教父詹姆斯・布朗總是遊走在法律邊緣；就讓我們承認吧，饒舌帝國「死刑犯唱片」之名，也絕非純屬巧合。將聚焦拉回我們身邊，非洲的世界音樂巨星，也曾遭控為人口販子、挪用公款，並且捲入血鑽石案。奈及利亞政府誣陷費拉・庫帝[2]，害他以走私貨幣之罪名服刑。

南非有歐狄・虎倫坐鎮。他也正是數張白金唱片的製作人，製作過的藝人包括莉莉・諾本伏、狼偵探和莫羅等暢銷金碟歌手。他也經營過位於黝市、命運慘澹的「低音車站」夜店——「低音車站」的地位幾近南非聖殿，或南非版的CBGB[3]音樂酒吧聖地。

歐狄・虎倫曾毫不費力地創造出暢銷金曲和巨星，他也是種族隔離的黑暗期以來，南非文化演進史的一部分，經歷過「彩虹革命」、走入後「生而自由」年代。他在流言蜚語中，幾乎與外界切斷所有聯繫，就此銷聲匿跡。當時盛傳，他在「低音車站」以慘劇收場之後，以及莉莉．諾本伏死亡後，健康狀況不佳，並且飽受憂鬱症之苦。

要見到他或和他交談並非易事，事實上，歐狄．虎倫的字典裡，從來就沒有「輕易」這兩個字。對初次接觸的人，他需先詢問巫醫，才能決定採訪的良辰吉日。之後還要先通過信用檢查，嚴謹程度不輸給簽證申請程序。三週過後，歐狄的貼身保鏢兼雜工詹姆斯領我走進屋裡。他遞給我一份標滿禁忌話題的清單。「他不想談這些。」詹姆斯警告我。

「快進來，快進來啊，你是在門口埋伏的搶匪不成？」歐狄不耐地用手勢示意我進客廳。他喜歡用開玩笑的方式奚落他人，讓其他人清楚知道有條不得跨越的界線。

歐狄獨自住在這棟大宅邸裡，他在網路上訂購食品雜貨，新人以電子郵件寄試唱帶給他，其他的事情則交由詹姆斯處理。

這棟宅邸過去也曾有過光輝歲月。這可不是像厄特根那位音樂大人物進行上流交誼的皇宮，但那位開創龐大的美國大西洋唱片元老，也並未在種族隔離政策期間，遭媒體杜撰成走私槍枝進入南非邊境供應激進主義者的惡徒。至少可以說，歐狄的過去可是錯綜複雜。

八〇年代時，他是少數白人製作人當中（試想蓋比．勒羅克斯和羅伯特．特倫茲），其中一位願意冒險採用黑人藝人的製作人，當時種族隔離制度下的政府，嚴厲反對這類「跨界」的

譯註2：費拉．庫帝（Fela Kuti，一九三八年—一九九七年），奈及利亞音樂家。開創「非洲打擊樂」，將爵士樂和放克音樂融入非洲節奏。她關注社會，一九七七年遭政府軍打壓。

譯註3：CBGB是一間位於美國紐約的音樂酒吧，被公認為龐克搖滾樂的誕生地。

計畫。但歐狄看得出黑人歌手的音樂潛質——以及他們的商業潛力。此舉讓他的生涯更上一層樓。

室內風格不是那麼的流行搖滾風，一位中年女士就坐在椅子的邊緣，手裡提著她的手提包，看起來與七〇年代搖擺風格的裝潢頗不搭軋。她起身招呼我，向我自我介紹，她是普琳蘿絲．路修利，她結結巴巴地解釋，自己就是雙胞胎藝人的法定監護人。

雙胞胎藝人是我此行的目的，席布和小曲．拉德貝，也就是「果子雙人組」，歐狄最新的音樂奇才組合，最近才剛冠上白金榮耀。他們也正是他所提到的擁有「第二次機會」的人，這對奇才曾一腳踹開他的製作與經紀邀約，轉而參加「明日之星」選拔。

「真的是毫無價值，有損貨真價實的藝人才能，」提到這個選秀節目時，歐狄如此評論道。而看看冠軍索藍．皮特斯近期難堪的表現，歐狄說的確實沒錯。歐狄在準決賽前又找了雙胞胎一次，而這次他們簽訂了三張唱片的合約。

在南非凡是有知覺的人，沒有一個不曾聽過〈火花〉——根據下載數據，有上百萬支手機皆使用這首歌當鈴聲。極具感染力又琅琅上口是一回事（是否在你腦中也縈繞不去呢？），但要登上巨星地位可不只是如此，歐狄的觸角延伸至行銷策略，他將這首歌銷售給雪佛蘭的車款「火花」，當做新的廣告曲。如果這首歌已經退流行了，那新單曲〈愛飛車〉也正蓄勢待發，準備要將他們推上另一個高峰。

這對時髦的青少年正在外面的游泳池畔嬉鬧，泳池漆上看不出深度的深藍色，以保持恆溫。席布坐在池畔，捲起灰色的學校制服褲，黑色繫帶鞋就放在他身旁，兩隻赤足在水裡擺盪著。小曲則戴著螢光綠色的充氣游泳臂圈拍打著水花，她的泳技並不熟練，但她活力十足地以狗爬式游到哥哥身邊，對這名萬人迷少年潑起水來，席布那張迷人的笑臉，可是許多青少年房間牆上海報的主角。

以樹葉做為新生命的寓言手法是一回事，目睹這名男人重生又是另一回事。過去歐狄主打的歌手中，亞瑟蓋盡是充滿黑暗、危險的狂傲夜店風格，薩克思．祖庫都的暢銷金曲則總是夾帶性暗示。而現在，則是兩個陽光般的孩子在泳池開心地戲水。

「別鬧了，小——曲！」席布對他興高采烈的雙胞胎妹妹大喊。

「好吧，那你就快下來啊！」她嘲弄席布；席布對〈火花〉教人上癮的副歌主唱，擲出上學時穿的鞋，她連忙閃了開來，鞋子噗通一聲落入水中，直接沉入泳池底。

「喂！」路修利太太連忙上前阻止，「誰要付錢買新鞋啊？」

「是誰說沒辦法和小孩或動物一起工作？」歐狄俏皮地說，「說這話的人一定沒有普琳做幫手。」他對門外大喊：「你們兩個，快過來打招呼啊！」

於是乎，這對雙胞胎全身滴著水走進屋內，路修利太太則匆匆跑去找浴巾。

「哈囉！」小曲用科薩語活潑地打招呼，「我叫做小曲，我們是『果子雙人組』，我們會大紅大紫喔！」

席布捏了一下她的手臂，難為情地說：「小曲！謙虛一點。」

小曲皺眉：「為何？我說的是真的嘛。」

也許她說得沒錯吧。

即使這兩位雙胞胎可能成為巨星，但無庸置疑地，這還是屬於歐狄．虎倫的個人秀。他請我們散步通過花園，前往全新裝修好的錄音室，「偷聽」果子雙人組的最新單曲〈愛飛車〉。

「果子雙人組對我來說不只是個樂團，」他說，「而是未來的趨勢。小曲和席布就是魔加唱片的新招牌。我不是要利用這些新歌，來取得與音樂大師娃娃臉的合作，也不是要撒哈拉以南的每支智慧型手機都下載果子雙人組的最新單曲。我是要展現一種訊息，傳遞積極光明的未來。人們都說這對雙胞胎唱歌的時候，全身都閃閃發亮，我則說我們都應該發光發亮，如果我們認真專注，如果我們能夠克服自己的障礙，就必能發光發亮。」

為了強調他的說法，他還啜了一口維他命水，也是他平時用於解毒的慣例。他在「狼偵探」時期每日必下肚的三杯龍舌蘭，儼然已成為遙遠的過去式。

如今健康且仍犀利如刀鋒的歐狄，散發出一股全新的氣息，而「果子雙人組」則象徵一種嶄新的聲音，可能讓魔加其他藝人黯然失色，包括成就已經非凡的「跳魚」和「克雷柯特拉」，前者明快活潑的非洲流行搖滾樂曲，橫掃都市與流行搖滾樂排行榜；「克雷柯特拉」的電音流行／南非浩室街舞歌曲，則經過聰穎的編排，在二〇〇四年的大街小巷，都聽得到他們音樂的脈動，之後該團因「創作理念不合」而與魔加解約。

然而，在歐狄經歷這麼多事情之後，他理應獲得一些喘息空間。「我後悔過嗎？我去他的當然後悔過，」他補上這句，「我更後悔詹姆斯竟該死的沒跟你說清楚，我根本不想談這件事。」

我將他逼至角落，人們都想聽他親自述說故事原委，關於「低音車站」的死亡事件，以及莉莉的事。他的態度緩和了，不快地咬著嘴唇。

「你得了解，當時是該死的二〇〇〇年代，而不是流行搖擺樂的九〇年代。我們擔心的是『入場』的人——而不是想『出去』的人。」他放棄囂張的態度，「聽好，我沒有一天不想著那扇掛鎖柵門，我沒有一天不希望事情從未發生過。」

二〇〇一年十一月，一群攜帶武器的歹徒闖入「低音車站」，就發生在關店的半小時後。當時俱樂部的生意還不錯，只是吸引到的客人多為聲名狼藉的毒販，而不是兩年前剛開幕時，作為城中最熱門的夜店那時的榮景。

當歹徒無法打開有延時裝置的保險櫃時，他們就拿經理當出氣筒，也正是歐狄的生意夥伴亞揚・庫里安，以及一名調酒師普雷休斯・恩可博，而當時調酒師正在幫忙關店。他們試著從緊急逃生口逃跑，但門是鎖住的，違反了消防安全規範。接著他們遭到冷血射殺身亡。

「真的很令人震驚，這些人怎麼可以闖入酒吧，對我做出這種事？竟敢對我做這種事！我覺得不安全，也沒辦法再承受，所以就退出了，我只想走得愈遠愈好，離開那裡並完全不再碰這門生意。」他的視線跨過混音檯，注視後方的錄音間，他的臉龐倒映在隔音玻璃上。「後來經醫生診斷，我患有創傷後壓力症候群。」

歐狄幾乎是一夕之間就從音樂界銷聲匿跡，他抽離了整個社會，把自己閉關在家，甚至捲入憂鬱症與疾病。曾有傳言說他罹患癌症，甚至說他得了愛滋病。而從當時他與新人莉莉・諾本伏於錄音室裡拍的照片，的確可看出他的健康衰退許多。

「莉莉就是我的天使，我的救星。」歐狄說。歐狄的音樂事業在九〇年代中後逐漸走下坡，這也已經不是祕密。「俱樂部占去我太多心思了，希爾布羅那一帶龍蛇雜處，充斥著幫派、毒販和槍戰——還存在猖獗的同志和性活動，大家隨心所欲地發生關係。我失去焦點，而我的音樂生涯也因此慘敗。」

莉莉是歐狄事業的轉捩點，經過兩年的「隱居和自憐」，他重新開始自己的人生，接受了一套新的「人生箴言」——他的人生哲學。「我決定要拋開干擾，不吸毒、不喝酒，過著清淨的生活方式，」歐狄說，「好音樂能號召人群，打動人類的內心，他們的靈魂，」他將一隻手擺放在後腦勺，「人們想要永恆的東西，他們在尋覓更高的精神層面，渴望獲得這樣的事物。」

透過他這樣一名星探，他挖掘到一位能填滿這種渴望的人：一位在亞歷山大區教堂擔任唱詩班歌手的單親媽媽。莉莉．諾本伏在二〇〇三年二月發行首張專輯，其中收錄〈心之王國〉這首琅琅上口的傑出單曲，雖未獲得高度播放率，卻在跳蚤市場開出紅盤。歐狄繼續堅持，在南非浩室音樂占領排行榜的時候，他卻總是能賦予福音音樂嶄新的角度。

隨著二〇〇四年，布蘭達．法西爆發過度用藥致死事件，在這個性愛、毒品速食文化底下，歐狄將莉莉定位成另類的純真型歌手，號稱為「黑人區聖母」的迪斯可靈魂歌手。她在一個月內即獲得白金肯定。

然而到了二〇〇六年六月十八日，經過兩年的時間加上出過兩張專輯後，莉莉駕著車衝下一座橋，當時她年僅三十歲，憂鬱症的傳聞隨即傳了開來。「我還能怎麼跟你說呢？」歐狄說，「這真的很震撼，我們並非不知情，只是不曉得事態竟會如此嚴重，這個產業會用各種方式，生吞活剝男男女女。」

莉莉的十九歲女兒亞索內樂．諾本伏，近期成為B女士的設計新秀——一個深受嘻哈流行啟發的品牌。但對此亞索內樂卻有不同的看法。「（歐狄）逼她太緊了。」她最近面對《週日時報》訪問時如此說道，「他太急著想把她變成下一個布蘭達，但她怎麼能達到他的期望？」

痛失母親的女兒並非唯一指控歐狄的詆毀者，二〇〇七年轉陣索尼唱片的莫羅，被問及他曾經視為良師的歐狄時，他如此婉轉謹慎地回答：「他的期望就如天一般高，他從不善罷甘休，你得不分日夜地待在錄音室工作，而他則會榨光你體內每一滴力氣。他的執念就是這麼一回事。他成天待在那棟老舊的大房子裡，說自己快死了？他需要醒來、放輕鬆，這就是我的想法。」

歐狄嘲諷莫羅給他的建議：「不然你以為我都在做什麼？」確實，這位過去與未來的金曲推手，正朝著全新的發展邁進，無論以往疾病曾如何拖垮他，他現在已看似漸入佳境，甚至幫這對雙胞胎籌畫了大型計畫。「他們會比麥可傑克遜還要大紅大紫！」

歐狄最近開了間新的俱樂部——反革命，來宣示他的回歸。一切都在低調中進行，他也很快指出，新的俱樂部是他親自核准建築製圖的，也由他親手簽署多項決定，連「便盆要採用哪種沖水裝置」也是他指定的。

一如既往，由於其聘請動物化舞者的爭議性作法，這間新酒吧已吸引大批媒體關注。分別有三個民間團體曾經到俱樂部外抗議，也在臉書上發起請願，並寄發抱怨信函到報社，講到此歐狄笑了。這確實是極具煽動性的一步棋，但就如歐狄調皮說的：「人人都應得第二次機會。」

他也開始接受精神科醫師的治療，醫生每週來兩次，帶領他面對多年來使他隱退的恐懼。「再給我們幾個月的時間，讓我們釐清適合的用藥，也許我還會在舞池上見到你呢。」

「你準備好要聽了嗎？」他問我，轉身面向混音檯，然後調大音量，在一個檔名為「愛飛車」的檔案上按下「播放」鍵。

那是一首輕快、琅琅上口的歌曲，副歌甜美又清新地沉浸於墮落的嘻哈節拍。小曲說得沒錯，這首歌絕對會紅，歐狄也肯定能再次嘗到走紅滋味。

就像在莫羅的經典混音版〈死胡同〉裡，諾克司的饒舌段落哼唱著的：「全神貫注，我的朋友，全神貫注……」

週六「果子雙人組」將領銜出席「南非聯合演唱會」的舞台，主要表演藝人還包括HHP、約氏二代（韃雷司、伊許馬艾爾和塔沙．巴克思特）、里拉、龐多雷柯多和節奏藍調／流行天團強強（嘉賓有門多薩和丹尼K），DJ則邀請了冰啃、佐索、朱利安．貢梅司和MP6-60擔任。「聯合世界演唱會」找來混合之音、碎整、動物秦、司博客．瑪桑柏、丹克與哈尼B。

（閱兵場公園，下午四點鐘於大門口舉辦大螢幕遊戲，演唱會則於晚上七點鐘開始；購票請洽WebTickets.co.za）

16

我的新車是一九七八年的福特卡布里，顏色為焦糖橘。除了稍有鐵鏽，以及副駕駛座的車門有道明顯的刮痕，其他的狀態良好。車並不是唯一生鏽的東西，我已經三年沒開車，而這台車子的狀態，活像嗑了迷姦藥的購物商場推車。

歐狄的壯漢手下詹姆斯不發一語地遞了車鑰匙給我。我問他有沒有備用鑰匙時，他根本懶得開口回答，也並未協助我，讓我逕自試著發動五次車，引擎才發出窒息般的悶響，伴隨一陣霹哩啪啦的聲音，最後才發出病態的轟鳴。

「避風港」擁有二十二年的經驗，治療成癮症和強迫症。「避風港」提供您多學科整合治療，包括醫療諮詢、十二個步驟的療程，以及認知行為治療。

本療養中心位於與世隔絕的寧靜鄉間住宅區，靠近約堡西北部的考古遺址「人類的搖籃」。「避風港」提供您安全的環境和全力支持，讓您重新找回自己。

我駕著車前往哈特比斯普特水壩，也就是困在城市裡的都市人週末最愛去的休閒水壩。當路面開始出現凹凸不平，城市的一切也被遠遠地拋在身後：例如自組模型般的社區別墅、購物商場和仿效義大利大師的贗品——也就是集小旅舍、馬廄、鐵製家具工廠和鄉間餐館於一身的娛樂場；街頭小販販售著看球賽用的巨型塑膠大頭錘，以及稚拙的坦尚尼亞香蕉葉圖畫。還有人發著傳單，宣傳新的別墅區；由於交通號誌的時間拉長，他們也變得愈來愈執著，向你硬性推銷。一名頭髮花白的修理工坐在鋪了波浪板的鐵皮屋下，屋外立著一塊簡陋繪製的板子，廣告著排氣管裝修服務，他捲起一支香菸，左顧右看有無顧客被他的板子吸引上門。還有一間宣稱自家為「原創雞肉派始祖！」的茶室。經過這些之後，文明已離我遠去，開闊的道路也逐漸狹窄，變成一條鄉間小路，隨著小路往前延展，進入了布滿泥沙的黃色草原，以及用電圍欄圍起的農場。青色的天空藍得懾人，朵朵白色積雲在在預示著午後雷陣雨的降臨。

儘管「避風港」的人員已經提供我詳盡的指示，我還是差點就錯過通往療養中心的出口匝道。稍早我已經先打電話過去，佯裝要為《馬赫》雜誌撰寫一篇事實上並不存在的報導，內容是有關勒戒旅行團逐日崛起的風潮，因此需要與他們進行訪談。

「過了獅子園的標示後，右轉開上一條泥巴路，妳就會看見招牌，」熱情專業的男接待員如此向我報路。要是「避風港」這個名字，並非擠在不起眼的指標路杆上、九個小型路標箭頭中的其中一個，那要找到就會容易得多。其他指標箭頭包括尚戈羅狩獵小屋、魔由溫泉療養中心、伏陵雷拉鄉村飯店，以及青草公園鄉村住宅區。

經過原路折返兩次後，我終於看到指標，然後將車停靠在可怕森嚴的黑色大門前，大門由電圍欄框起。我按了對講機，報出我的名字，於是大門便敞開了——謝天謝地。我將車子駛向泥土路，如果我用卡布里做的事，還能稱得上是「駕駛」的話；卡布里現在就猶如腳踏溜冰鞋的犀牛，迫切地想要大打出手。我以加快車速來彌補馬力的不足，車身後方捲起一陣滾滾翻騰的塵土，然後卡布里便滑行轉過角落，經過一小片樹木，以及深藍如緞的楔型水壩，水壩旁的蘆葦裡棲息著鸕鶿。

我加速通過轉彎處，占地廣闊的農舍即映入眼簾。農舍經過重新賦予生命，仍具有農村的雅致：從整齊畫一的數排窗戶推測，宿舍是由馬廄和倉庫改建成的，窗戶則都裝上金黃陽光般的窗簾。前方有個蘆薈花園，有位二十多歲、穿著牛仔吊帶褲的女孩正在照料花園，她的頭髮捲成驕傲的小髻。她抬起頭往我的方向望了過來，以手遮住雙眼抵抗晨間的烈日，然後向我招手，要我往一棵阿拉伯膠樹駛去，再開往碎石路上劃分成訪客停車格的一排白色分隔線。我停在一輛賽車般亮綠色的賓利和一輛白色小卡車中間，小卡車的窗戶配著深色玻璃，側邊以板模印刷著「避風港」三個字。

就在我嘎吱作響地開上車道時，這位女孩受樹懶吸引而走了過來，她遞給牠一根多汁的葉子。

「嗨，小傢伙，」她用娃娃音說話，「噢，牠真的好可愛喔。」樹懶向前嗅了嗅蘆薈葉，試探地咬了一口，下巴的毛沾上一點乳汁樹液。嚐到苦味的樹懶皺起鼻子。「蘆薈對皮膚真的很好喔，」這女孩說，「我們在後面的田地還有種土生植物和有機蔬菜。」

「沒有賣起司漢堡的小攤子？」

女孩克制住笑意。她的失物是一團宛如蒲公英絨毛般的暈圈。「妳是來住院的，還是來探訪的？」她問我。

「來探訪的，」我未加思索地回答，「妳呢？」

「我是看守人，或應該說是員工，總之，我曾經也是病人，累犯。毒品對我的身體而言等同於罪惡，吸食海洛因之後，我會噁心嘔吐，吐完之後又繼續噁心嘔吐。」面對她的直率，我應該要很驚訝才是，但癮君子就是這樣，十二步驟的課程讓他們對外人坦白，自此之後，他們的話匣子就再也關不上了。

「你們應該種些仙人掌，」我提議，「仙人掌不是能較健康地抑制妳的食慾？」

「也絕對是比較自然的作法，」愛分享女孩同意道，「但我從來就搞不懂這個論點。我的意思是，鼓腹毒蛇的毒液也很自然，三十歲死於牙齦疾病也很自然。妳知道霍伊人[4]起初為什麼會使用仙人掌？因為這樣就能假裝自己不是餓死的，妳說這樣是不是很慘？」

「是挺慘的，」我趁勝追問她，看能否獲得什麼訊息，「這地方還不錯囉？」

「還可以，富家子弟因受到過度嬌寵，有些是因誤解而沉浸毒品的世界，但妳也只有從接觸他們的另一面，才能明白他們所承受的壓力。但這裡的伙食很好，都是有機的。妳有香菸嗎？」

譯註4：霍伊人（Khoi），非洲西南部的本土人，從五世紀開始在非洲生活。

「抱歉，我沒有香菸，我向來也是跟別人借菸抽的。這裡有沒有什麼有趣的人？」

「妳說遭人誤解的嗎？有位英國的實境節目明星——那位巴基斯坦女孩，梅拉妮什麼的，妳知道嗎？她真的滿討人喜歡的，跟妳想像的完全不同。她說電視內容是經過刻意編排，才讓她看來令人百般討厭。嗯，還有某位大政治人物的兒子，停車部部長，還是什麼來著的。有的人進來只是接受服刑而已，妳知道嗎？」

「妳也是進來服刑的嗎？」

「當然，這些都是基因遺傳造成的因素，對吧？真的很有意思，因為我過去曾經沉迷星座，每個月都會去見一次星座大師，有時兩次。她真的很厲害，雖然我認為有一半是她自己編造的，但我真的寧願相信神祕的天體主導著我的人生，告訴我該如何做。但最後證實並不是星體，而是無用的基因遺傳注定日後的發展，我不過是錯誤編程下的肉身罷了。」

「這也是妳決定留在這裡的原因嗎？」

「妳剛剛進來通過的那扇大門啊，它就像旋轉門，妳從那裡出去，又會從那裡回來。也許會花上幾年或幾個小時的時間，但最終都是避不開的。他們教妳有關認知行為的知識，也教妳別按照模式走、要有警覺心。但我所聞所知的，都是自由意志其實並不存在。」

「他們讓妳過得很辛苦嗎？」

她聳聳肩：「有些時候是比較辛苦啦。」

「我的朋友席布曾待過這裡，不過他不太喜歡談這裡的事。」

「席布．拉德貝？他是個好孩子，但真的很害羞。他在這裡飽受煎熬，他是個鄉下來的孩子。我是說，他一開始根本就不該進來這裡，連維洛妮可都這麼說，而且他還得聽其他嚴重的癮君子談自己做過的壞事，從事性交易、拋棄自己的孩子——」殺了他們的哥哥，我在清單上加上一筆，但不過是在腦海中罷了。真正從我嘴巴脫口而出的是：「他不應該來到這裡？」

「哎呀，妳也知道，問題就像野草一般，每個人都有。妳可以拔除雜草，也可以用毒藥剷除雜草，但最終它們還是會長回來。席布太纖細敏感了，不適合這個世界。他要是再強悍一點，就會沒事了。但他的妹妹呢？簡直有毛病。」

「我們不都有毛病嗎？」

「她和她那些男朋友都是。嘿，你。」

「妳是說賈布？」

「不好意思？嗨，妳好！我能為妳效勞嗎？」我認出電話裡那個熱情專業的聲音。

「我還想繼續和妳聊，」我對女孩說。身穿格子襯衫的強壯男人，帶著真誠的笑容朝我們走來。「我們晚點聊？」

「我看恐怕不行。勒戒人今天要外出一日遊，我負責開車。」她對樹懶送上飛吻：「再見了，小可愛！」

接待人員領我走進陰涼的農舍內部。無論室內是誰裝潢的，都看得出其高尚的藝術品味，或者是對迷幻藥別具品味。接待區的木質地板，半覆蓋著以活潑鮮明的橘色、紅色和藍色編織而成的地毯。極具飯店格調的接待櫃檯上方，掛有一張彩色印片圖，上面的花朵掛著瘋狂的笑臉。

接待櫃檯前方，擺放著兩個奶油色與金色的行李箱，行李箱上交織充斥著顯眼的LV字樣，旁邊有一張超大尺寸的沙發椅，約有一半的位置，被一位唉聲嘆氣的男孩給占去。他一面坐著休息，一面還不耐煩地抖腳。

「我馬上回來，」我的嚮導轉過頭，越過肩頭向男孩說道，然後帶領我通過走廊，直至走到一間辦公室外，門上標示著「執行董事維洛妮可．奧耳巴赫博士」，還有一張警告標語：「請敲門」。

他無視於標語，猛然將門推開，我們眼前立即出現門上標示的女人，她正坐在俯瞰花園的凸窗旁看雜誌。

「哦，太好了。」她說，套上鞋子，站起身來迎接我。我眼睛掃到她手上那本雜誌的封面：《心理健康及藥物濫用雙重診斷》。接著我的目光掃向窗邊座椅下的內嵌式書架，看見許多同樣令人麻木的學術書目。辦公室內擺著一個沉重的木質書桌，上頭堆放亂七八糟的紙張和檔案，中間有一台輕薄的銀色筆電，就像颶風眼似的。書桌上方掛著一幅畫，繪有一間著火的祖魯木屋，深長的生殖根部直往地底延伸，屋內的人則痛苦地扭曲身體。

「還真是不輕鬆的閱讀，」她握著我的手時，我如此說道。她手掌的力道猶如專業高爾夫球手，輕盈卻完全在掌握之中。

「這是功課。」她回答，輕鬆地露齒而笑，擠出雙眼周圍的皺紋。她的個子很嬌小，穿上高跟鞋也不過將近一百五十公分，身穿黑色褲裝，但眼中卻帶著銳利的好奇心，跟她的下巴一樣尖銳——她看似是那種喜愛插手管他人閒事的人。她留著一頭斑駁的男孩短髮，赤褐色中夾雜著白灰色。她給我一種感覺，彷彿她就是購置療養中心藝術品的人。應該是鞋子的關係吧：藍綠色的瑪莉珍鞋，上頭還綴有俏皮淘氣的小裝飾——紫色和紅色花朵妝點著鞋帶。「應該很明顯吧，我就是維洛妮可。真的很謝謝妳專程過來。」

說得彷彿她才是受惠的那方。

「謝謝妳在這麼短的時間內同意會見我。」

「標題很引人注目——勒戒旅行團，聽起來很刺激。」

「不過是噱頭罷了。」

「柯爾柏特．瑪西雷，」她注意到我對這幅火燒屋很有興趣，「他稍早的作品全與境遇相關，有關文化與傳統、人生中的重要儀式、做為凡人的難處，以及傷殘的經驗。」

「妳的客人也能產生共鳴嗎？」

「我們稱他們為病患，不過是的，我猜有些人會吧。來吧，我帶妳參觀一下。」她整個人活力充沛、充滿熱忱。

「我可以說，大約百分之十五至二十的病患都是外國人，」維洛妮可說。我就像個盡責的好記者，拿出紙筆記下她說的話。「其中有不少來自英國，這是他們家人最後僅存的方法——帶著『把麻煩鬼送去殖民地吧！』這種陳腐的心態，把他們送來我們這裡。但我們的病患有些也來自奈及利亞、安哥拉、辛巴威。例如奈森雅，就是剛剛在外面和妳聊天的那個年輕女孩，她就來自肯亞。大多數是與費用有關，待在我們這裡三個月的費用，等同於英國診療中心一週的收費。」

她打開一扇門，一間廣闊的客廳映入眼簾；椅子散漫地排成一個圓弧狀，正對著一個巨大的開放式壁爐——大到連孩子都可以丟進去煮了。壁爐架上方懸掛著珀斯佩有機玻璃燈，上面以稚拙筆法畫有一名狂傲的紳士惡棍，人物的嘴裡叼著菸斗，身子斜倚在一張扶手椅上。對面的牆上，則掛有一幅如夢似幻的蝕刻畫，圖中有隻山羊低著頭，脖子上掛著鏈子。

「在惡棍和憂鬱的代罪羔羊之間？」我問。

「只是藝術罷了，十二月小姐，」但這個回答並非出於真心，「我們在這裡的首要之務，就是穿透人們的抗拒系統，移除阻礙他們的藉口。」

「將他們的罪丟入曠野，讓它們慢慢死去。」

「當然了，這也是動物化的理論之一。」她說。

「我從來就不喜歡這個論點，還不如給我『有毒轉世』理論吧。」

「我不太熟悉這個理論。」

「就是當今的局勢，全球暖化、污染、毒素、塑膠的雙酚A紛紛融入我們的環境中，並且瓦解靈魂的王國，或隨妳想怎麼稱呼都好。所以說呢，如果妳是印度人，而且經歷過可怕的創傷，那麼妳靈魂的一部分就會解離，最終化身為妳將轉世成為的動物回來。」

「那妳對這個論點有什麼看法？」我發現她挺直地站立著，準備好要對我進行心理分析。

「導覽行程也包括免費的診療嗎？」

「抱歉，職業病，我馬上停止。」她舉起雙手假裝投降。

「我們剛剛在討論藝術品，對吧？燈飾是康銳．波慈和布瑞特．莫瑞的作品，代罪羔羊是露易莎．貝特里姬的作品。」

「是我過去勒戒中心的升級版。那時我們唯一擁有的藝術品，就是廁所牆壁上的塗鴉。」

「那是在監獄裡嗎？我一直很想到監獄開療程，妳知道嗎？我們在希爾布羅區有個擴展企畫，進行得還算不錯，有很多非共生人士參與，妳應該來參觀的。」

「也許會吧，」我以似笑非笑的態度讓她明白，除非地獄變成闔家同歡的夏日度假村，否則我才不可能去。「是同樣的療程嗎？」

「手法相同，策略不同。我們治療的不是斷腿，而是歷經一段漫長的復原過程。妳不會想寫這個部分嗎？增添能見度？我們在希爾布羅區的企畫是有一些贊助者，但還是挺困難的。」

「我的概要中沒提到這個，抱歉。也許下次我可以幫忙推銷。」

「我能理解。來吧，我帶妳去參觀宿舍。」

我們行經中庭，那兒有群相貌讓人驚艷的俊男美女，正漫無目的地閒晃、抽菸和聊天，一個個的顴骨輪廓都驚人地出色。

「你們這裡還真多模特兒。」我走上通往宿舍樓層的樓梯，每間宿舍房間可容納兩張床。每一間都明亮、活潑、充滿個人風格。

「也有音樂人、DJ、記者、廣告界的人。看來高危險行為是文化時尚圈裡特有的傳統。」

「其中有我認識的名人嗎？」

「我們非常注重隱私，十二月小姐。我希望妳不是來這裡挖名人醜聞的，況且我也不當妳是八卦小報記者。」真不巧，這下可真的是超乎我的水準。

我決定不要直接詢問她小曲或席布的事情，反而出示衛生紙裡包著的內容物——我在小曲浴室裡所發現的乾燥藥草。

「事實上，不知道妳介不介意我問妳一下，這是什麼？」

她用手指捏起藥草，用鼻子嗅了嗅：「我不是藥草專家，但我猜這應該是非洲苦艾草？自然療法醫師和傳統淨化儀式上都常使用這種植物淨身。我們有些病患也很迷這種另類療法。」

「但妳不用嗎？」

「我喜歡傳統的醫學方法，美沙酮很好，但有很多醫學都以藥草療法為基礎，定心丸的效果也是不容小覷的。」

「妳說魔法嗎？」

「目前還沒出現足以讓我質疑它功效的研究。」

我換了話題，試著繞回原先的對話：「請問妳曾經碰到哪些挑戰？」

「例如外國病患嗎？有時會有語言障礙，以及匯率差異的誘惑。在約翰尼斯堡，取得毒品可說是相當輕而易舉，價格也很低廉。但絕對不是在我們這裡。這個問題都是之後才會發生。當他們到了第三階段，可以接觸外界或待在中途之家時，問題便接踵而來。」

「羅曼史方面呢？」我探聽消息。

「妳是指性成癮嗎？」

「我是指交往。」

「當然完全不合宜，我們盡可能避免這種情況發生。我會這麼說全是因為，他們經常把這當成替代物，一個另外可以依附的對象，這樣對病患不會有幫助的。」

「但還是會發生。」

「就像野花一樣茂盛，他們在這時期很脆弱，病患之間會產生強烈的連結，但這種關係到了外面的世界是撐不久的。妳也是復原中的癮君子，妳應該清楚。癮君子會變得善於操控人心，最後會害彼此回到原本的陋習。即使不會，大部分關係在外界也無法持續太久。」

「我可以跟你們一些客人——呃，病患聊聊嗎？例如奈森雅？」

「如果妳能留下名片，我很樂意幫妳安排幾個訪談。」她伸出手。

我假裝翻找皮夾：「唉呀，剛好發完了耶。」

17

存在的面具：自我陰影沉迷解祕（主頁＞＞南非心理網＞＞非共生諮詢資源＞＞自我陰影沉迷）

摘要

本篇報告旨在為非共生個體的疑問提供解祕；非共生個體會展現出和心理創傷相關的恐懼現象，而此現象在心理學上稱為自我陰影沉迷，普遍稱為「罪影」。

在此需先鳴謝各宗教團體和民間治療師，他們致力於非共生個體方面的工作。儘管如此，心理學家卻無法漠視非共生人士在社會及治療團體間遭污名化的問題。治療師默認或者（在極少案例中）公然認同非共生者為「動物化人士」或「動物人士」；自我陰影沉迷則為「地獄的罪影」或「黑色審判」，更是持續加深污名化現象。他們經常無法了解到，非共生者所經歷的創傷會造成終身的自我陰影沉迷。

此創傷通常讓他們感受到被遺忘或背棄，這種感覺是不可否認的，並且不斷地增加，使非共生者普遍透露出強烈的自我毀滅傾向。此舉可藉由享樂主義及犯罪行為，或自我毀滅式的性成癮加以展現，也就是文獻記載中的邪教狂歡儀式，例如「血割團體」宰殺自身的動物，藉此引起自我陰影沉迷的恐懼和狂喜。

而關於動物人士的性行為與死亡，則出現各種危言聳聽的說法，引起媒體大篇幅報導「動物人士」的特殊性，使得社會經常忽視這些舉動後的真實涵義：非共生者為了主掌自己的生命而痛聲疾呼，他們不想成為寓言裡的羊、鴨或駱馬，任人當成祭品般宰割。

臨床醫師有責任留意這類的疾呼，轉而以更客觀、同理、更科學的角度處理自我陰影沉迷，並在最終能夠提供更有效的治療方法。

現今的科學思潮，視「罪影」為「不存在」的量子呈現，等同於一種黑暗物質的心理狀態，並且為「存在」原則的根基與對比。事實上我們知道，自我陰影沉迷乃為生命中不可或缺的一部分，精神學家納仁．嘉薩爾在《黑暗物質，黑色審判》（二〇〇五）中說道：「若宇宙其他角落亦有智慧生物，我們難以想像該社會不具有某種形式的『罪影』。」

這種對「罪影」的理解，並非神聖的審判，而是物質世界裡一種必要的存在，它可減輕非共生個體對自己背負的罪孽所承受的強烈負擔。

事實上，凡米爾與李夫絲等人（二〇〇二）亦記載道：比較宗教與非宗教的非共生群組，兩者之間的行為作用以及對於療程的反應存在著極大差異。在他們歷時兩年的研究中發現，相較於非宗教和控制群組，宗教群組明顯表現出較高程度的罪惡感、侵略性以及自殺思想。

對於臨床和道德框架的轉變，此類研究可予以提供基礎。藉由這種基礎，治療師及整體社會將能達到與非共生者的互動。

18

浮尤堅持要在新城區的卡爾笛咖啡館見我，也就是市區的放克藝術、劇場、設計與流行中心。政府在一九〇〇年早期放火焚燒這一區，主要是為了預防淋巴腺鼠疫蔓延，而我認為他們應該再次燒毀這一帶，以淨化時髦人士這幫大患，這群人正出於善意，努力將此區塗上過度繽紛的色彩。我真不應該繼續如此憤世嫉俗。

我從桌子與桌子之間擠進咖啡廳，桌邊坐滿了演員、舞者、新媒體潮流人士，還有鼓吹黑人經濟振興方案的風險資本家，他們穿著西裝，可是沒有搭配領帶，另外還有冀望成為資本家的人（同樣穿著西裝，卻打了領帶），後者的野心強烈，只是他們沒有辦公室，所以才來卡爾笛使用免費網路。

浮尤遲到了。我用手機查看郵件，順便偷聽隔壁桌的對話，一群演員正熱烈又好笑地進行辯論，提議讓普利茲獎導演大衛．馬密和荷裔南非劇作家阿索爾．福加德來場暴力摔角。但也許他們只是在排練一齣舞台劇裡的對話，這也並非不可能。

我總共收到三百一十二封發給愛洛莉亞的回信，其中包括一位法國記者，他想要為此撰寫一篇故事，現在就急欲直接飛到剛果共和國與愛洛莉亞見面。浮尤可能會向他榨取簽證申請費用，也許甚至會試圖說服他，讓他開立一個緊急基金，來幫助愛洛莉亞脫困。我默默地把郵件刪除了。

又有另一封詭異不協調的訊息。再一次並未顯示回件地址，也許是該裝防火牆的時候了。

你說你會愛我，我的疵及所有你都愛。

與前一封郵件相同，我把這封信轉寄至我的個人信箱，卻差一點就讓浮尤逮個正著，他往我對面的椅子坐下，「有什麼新鮮事嗎？」他問，並沒有為自己遲到的事道歉。

「工作。」我說。

他點了一杯美式黑咖啡，待女服務生離開後，才隨即切入主題。

「我們不知道是不是有人擁有妳正在尋找的東西，」浮尤說，「可是這個東西我們不可能錯過，根本逃不過我們的法眼，拿走它的人很蠢。」

「衰事也有可能發生在名人身上啊。」

「啊，但如此一來就會引來關注了。那個名字底下有張保單，由魔加唱片負擔，一百五十。」

「一百五十萬元？」

「而且還是有搭配的，是兩份的？」

「雙胞胎通常都是這樣的。好，MXit帳號呢？」

「抱歉，駭不進去。」

「你僱用的駭客是很懶散無能嗎？」

「駭客是東歐的騙子，公司還是承襲舊式的非洲經營模式，也就是我們的殖民大老闆所傳授給我們的。」

「賄賂與腐敗嗎？」

「是啊，讓一切進行得更有效率。」

「手機呢？」

「對了，我在摩達電信公司的朋友幫我查過了，收了一小筆費用。那支手機自從二十號週日凌晨兩點三十六分之後，再也沒撥出或接聽過。」

「你有她撥打過的號碼紀錄嗎？」

「這又要另一筆開銷，幸好我想到妳會這麼問。」他把一張對摺起來的紙推到我面前。「還有一件事，」他的手鬆開紙條之前說道：「妳應該見見我一個朋友，他就在麥買市場裡，他叫杜米沙尼・恩德貝勒，是一名巫醫，也許能夠以另類的方法幫到妳。」

「然後我還得額外付費嗎？」

「打開紙條。」

我打開紙條，上面有一串共十一碼的共同付費電話號碼，底下還有一排潦草的手寫筆跡，我花了一點時間才解碼成功。上面寫著：「哈尼頂級豪宅模式」以及「照著演」。

「這是什——」我才剛開口想要詢問，浮尤已經站起身，與一名汗流浹背的日本上班族打招呼。日本人手腕還掛著個公事包，經女服務生指引，來到我們的桌邊。

「啊，田川先生，」浮尤說，厚著臉皮拚命賣笑：「我希望你沒有太嚴重的時差問題。這位是我的投資夥伴樂波・哈尼，我們偉大共產黨領袖的愛女。但你不用擔心，她可是百分之百的資本主義者。你別理會她身上的動物啊。」

「妳還真了不起耶。」電話那端傳來喬的聲音，他的聲音混雜著仰慕與惱怒。

「哈囉，你也好啊。」

「我剛接到一通電話。」

「嗯哼。」

「是維洛妮可・奧耳巴赫醫師打來的，詢問有關《馬赫》雜誌記者的事情？她要知會妳，她已經幫妳安排了幾個面談，但她的意思是，如果妳當真打算寫篇報導的話。她聽起來有點起疑，甚至可以說不太相信。」

「是啊，我的故事正進行到一半；關於性、毒品、紈袴子弟搭噴射客機的旅行。」

「我本來可以不介意的，或者應說是不會太介意。我的意思是，我本來就不應該小看妳的對吧？」喬說，他聲音中的怨懟這下算是揭曉了。畢竟，曾經偷了他提款卡、從他銀行戶頭領出八千美元，然後誣賴清潔工的人可是我。

「只是接到她電話的人不是我，而是我的編輯蒙特勒，之後我還得費盡心力幫妳解釋。所以真是恭喜妳了。」

「我接到工作了？」

「也差點害我丟了我的工作。幹得好，妳接到任務了，銀子。請在四月二十三日前將一千六百字的文章寄到我的信箱。拜託多挖些八卦，來點刺激的內容。」

「我最擅長刺激的八卦了。」

「如果我沒記錯，是相反才對吧。對了，妳做愛時那隻樹獺要怎麼辦？」

「你想要在某個部位再來一個咬痕，跟耳朵上的那個配成一套嗎？」

「還真是變態的癖好，」他說。但我可以聽得出來，他的氣還沒消。「也許改天妳可以讓我見識見識。晚點再聊，親愛的，我得先掛了。」

「好，我也是。」我說，開著卡布里彎了個大弧，滑下高速公路，駛進安德森街，然後再進入麥買市場的停車場。

治療師市場比不上法拉第熱鬧，法拉第市場鄰近主要計程車搭乘處，所以其地理位置較為便利。麥買市場從外觀來看，就像是低俗的觀光景點，外頭為泥巴色的牆壁，大門邊的人行道上鋪滿藥草，放在烈陽下曬乾。在一頂茅草平屋板下，有個男人正蹲伏在一個小甕面前，小甕底下有明火燒煮著東西，刺鼻的煙霧一路飄送至停車場。一名德國遊客從廁所冒出來，他忘了拉上褲頭拉鍊，停下腳步與正在切割舊輪胎準備製成涼鞋的男子交談。

天空的色澤變得澄澈透亮，預示暴風雨即將到來，氣壓也跟著改變了，地平線那裡風起雲湧，積雨雲黑壓壓地籠罩整座城市。過去我媽總會在看到第一片積雲時，就開始在屋裡手忙腳亂，堅持要以毛巾和被單遮蓋鏡子，以免招來閃電，這點讓我爸很受不了。「淨迷信這些垃圾，」他總會如此嗤之以鼻，然後又一鼻子埋進他的電影藝術書籍，「就是這些東西，讓非洲無法進步。」對於現代非洲的定義，他的看法總是太過狹隘。

我們從沒有遭到閃電擊中，可是我媽所做過的預防措施——山多的孩子出世時，她曾宰殺山羊感謝祖先；我大學入學考試成績公布時，她也舉辦過儀式；以及用愚蠢的被單遮蓋起鏡子。以上這些，卻全都擋不了子彈。

我的腳才剛跨出車門，一位年紀介於十二至十九歲的皮包骨男孩，便立刻從停車場邊一棵參差不齊的尤加利樹陰影處站起來，朝我的方向飛奔而來，一邊開始向我硬性推銷：「小姐，嘿，小姐，妳要保養妳的車嗎，我能提供妳很好的服務喔。妳要不要洗車，小姐？」他蠟黃的眼睛看似瘋癲，髮線上還有一道舊刀疤，彷彿是條旁分線。他的口臭令樹懶退避三舍。

「今天不需要，謝謝。」

「很便宜的，姊姊！特價哦！」

「下次吧，朋友。」於是他便鬼鬼祟祟走回樹下，看得出他就在那裡露宿：一塊防水帆布不穩當地繫在低矮的樹枝上頭，一堆瓦礫則堆在高速公路的支柱旁。我還看見好幾個黑色人影，全部都蜷縮擠在那裡頭。「等等，孩子，你知道我該去哪裡找恩德貝勒師父嗎？」

黃眼青年立即活躍地跳起來，往入口的方向邁步前進：「在這裡，姊姊，請跟我來，我告訴妳他人在哪裡。」

過了廣場拱門後，眼前展開數排紅磚屋，房屋的牆壁上爬滿了藤蔓，花架裡長著數量勢均力敵的花朵與野草；有隻黑雞正在紅磚之間尋覓食物碎屑。還有位身穿紅白色紗麗的女人，像是背著子彈帶似地，於胸前交叉掛著祖魯盾牌和珠石項鍊；她的目光探出門口怒目注視著，但我不確定她的怒氣是針對我，還是這位一臉病態的青年。

每扇窗戶、每個門口都懸掛著恐怖的多寶盒——烏龜殼、有一隻碎角的牛羚頭骨、乾枯捲曲的動物或植物屍體，難以辨識形容。飄浮在空中的魔法，就像空氣中靜電所發出的嗡嗡聲，與上頭高速公路的喧囂低鳴交互編織成和聲。樹懶將頭藏入我脖子後側。

「到了，小姐，就在這裡，」少年說。我給他一枚五元硬幣當小費，黃眼青年逢迎諂媚地雙手合十，目送我入內，然後才緩慢輕快地離開窄巷，經過黑雞身邊時，還拿腳猛踹牠一下。

我步入門內，進入小小的等候室兼藥房，有個女人正坐在窄窄的長椅上縫紉，她對我匆匆投以一瞥後，便不發一語地低下頭，繼續她的針線活。房間裡排列了好幾個架子，上面擠滿霧面的玻璃罐，裡面裝的物質難以辨別。屋頂懸掛著幾束乾燥藥草，天花板角落的電風扇送著微風，電扇則以電纜線綁在窗戶上的防盜鐵欄以固定直立，而藥草就在微風中輕盈地旋轉擺動。風扇的葉片像氣喘病發般喋喋不休、嘎嘎作響。裡面有一道門，以一個拉起的布幔隔開。

「您好，阿姨，我來找恩德貝勒師父。」我對正在做針線活的女人說，她舉起一隻手指放在唇上，以眼角餘光打量我，然後又繼續做她的針線活。她正在給一件橘白相間的裙子縫上珠石。我在她旁邊的位置坐下等候。有隻蒼蠅以隱形的長斜方形路線，嗡嗡地飛進了房間，牠持續調整牠的路線，儼然就是精算幾何圖形的數學家。屋外幾戶遠的距離，忽然傳來一陣爽朗的女人笑聲，隨後又回歸至原先的低聲交談。交通的低音有如低潮般，時而有摩托車的噗嚕噗嚕聲響，時而有破了洞的排氣管發出轟鳴聲，打斷了這陣交通的韻律。電風扇忽然抽搐顫抖，咯咯作響，彷彿就要從固定住的鐵欄上掉落下來，但又隨即沒事般地繼續氣喘抽噎著。旁邊的女人繼續縫著珠石，一次一顆地縫到裙子上。我把樹懶放在腿上，後腦勺仰靠在冰涼的牆壁。兩百八十一隻鱷魚，三百四十二隻鱷魚，七百一十九隻鱷魚，九百五十三隻鱷魚。

有個年輕女人從布幔後方冒出來，我突然驚醒。她戴著一條頭巾，前面有珠串裝飾，後面則掛著山羊的膽囊。她的胸前、腳踝和手腕皆圍滿紅色和白色的珠石。她很漂亮，暗金色的髮垂到肩膀，但她的臉龐卻謹慎地不帶一絲情緒。她在門口跪下又站起，低下頭將布幔拉開，然後請我進入房間。剛剛在縫紉的女人已經消失了，我推了推樹懶，牠暴躁地低哼了兩聲，然後又試圖窩在我的大腿上繼續睡牠的大頭覺。「快點，夥伴，」我說，戳了戳牠肋骨的位置，「輪到我們了。」我的頭猶如宿醉般，感到一陣頭昏腦脹，當我站起身時，有那麼一刻，彷彿整個世界都在天旋地轉，肯定是因為暴風雨快來了，或是該死的魔法作祟。

我直接將樹懶甩上我的背部，然後在年輕女人手心裡放下一枚兩元硬幣。除非你給他們銀色的物品，否則巫醫實習生是不允許跟你說話的。銀色的物品可以是鋁箔，但通常錢幣比較能撫慰祖靈，即使對方仍是新手。

「請脫鞋。」她說。我脫下涼鞋，走進診療室，室內充滿一股刺鼻的蠟菊味——是焚燒藥草的味道。

「這位是巫醫，杜米沙尼．恩德貝勒師父。」年輕女人說，手指向一名體格壯碩如橄欖球員的男人，他跪坐在水泥地板中央的蘆葦墊上，身上穿著白色背心以及紅色圍裙，上頭綁著一塊豹皮，與他額頭上的豹皮頭帶相互搭配；他的頭髮已經剃光，頭頂因汗水而閃閃發亮，這裡面沒有風扇，與外面相比顯得格外悶熱。我注意到他背心上的D&G標誌，微小到讓人感覺它如假包換，假貨的標誌通常會刻意放大。原來為祖靈服務的簡單生活，也挺不簡單的。

「很高興見到您。」我用方言向祖靈打招呼，多半出於對母親殘存的尊敬，而非真的出於自身的敬意。

「很高興見到妳，」杜米沙尼用方言回應我，他連續打了好幾個噴嚏。「我的祖靈告訴我有關妳的事情，」他搖晃著手中的手機，值得注意的是，那是一支嶄新的蘋果iPhone手機。「祂告訴我其實妳不想來這裡。」

「我不曉得現在的祖先也會傳簡訊。」

「不是的，祂打電話給我。祖靈也認為科技讓一切變得容易了，亦不若人類的腦袋那般冥頑不靈，」他敲了敲自己的頭以示強調。「祂們還是最喜歡小溪大海，但資訊也像是流水——祖靈也可以跟著從中流動，這也是為什麼妳在行動電話基地台附近時，會感到一股刺癢的感覺。」

「我竟然還以為是因為輻射呢，」我知道我不該如此不敬，但就是沒辦法停下來。「所以說祖靈的世界裡，也有屬於祂們的手機營運商囉？那費率該怎麼計算？我猜你一定有很多『請回電』的簡訊吧。」

「媽媽咪呀，我的姊妹，妳還真憤世嫉俗，妳還有遊靈呢。對此妳母親會怎麼說呢？」

我禁不住縮了一下。算他會猜。

「我的祖靈說妳需要一段解讀，擲骨占卜能幫助妳、給妳引導。」實習生輕聲地說：「請將錢放在墊子上，總共是五百蘭特。」我照她說的做，然後實習生安靜地離開房間，把布幔闔上。

「可惜啊，姊妹，」杜米沙尼說：「全是因為妳身上帶有妳自己的靈魂，這就是世界的現況，我的姊妹。全球七十億人口都被鬼魂跟蹤，有時他們會迷失方向，但靈魂的重量很沉，對吧？它們將妳拖垮，妳應該要擺脫妳的遊靈才是。」

「還真好笑。」

「我不是在說笑，有很多可行的方法，就像足球一樣——妳只要找到替補球員就行。」

「我有樹懶陪在我身邊，目前都還算過得去，多謝你操心。我們可以開始了嗎？」

「我看得出妳是個行動派，個性直率的女人。好，我們開始吧。請妳拿著這些。」他在我拱起的手掌上，放下子安貝貝殼和石頭、一個缺角的鸚鵡螺化石、數枚骨牌（其中一個破裂）、一束繞著木頭的白珠石、一顆彈丸、一張手機儲值卡——我猜這家公司的確是他偏好的電信網路，以及一個小小的醜陋紫色怪物塑膠模型，頂著一頭顯眼糾結的橘髮，極可能是買快樂兒童餐獲得的贈品。

「現在請妳對妳的手心吹氣，然後拋擲手中的物品。」

我只是單純地將手放開，讓手裡的內容物灑落一地。杜米沙尼一臉惱怒。

「妳在學校不太喜歡運動吧？」他認真檢視著物品的排列，樹懶唐突地打起噴嚏，一次、兩次、三次。巫醫得意地宣告：「看吧，它們就在你們身邊！」

我微笑著，但我想樹懶打噴嚏的習慣，應該與另一個世界較無關聯，而是室內的焚香讓牠的鼻子怪不舒服。我臉上的不以為然肯定很明顯。

「妳知道嗎？在我的前世裡，我是名精算師，」杜米沙尼說：「開著奧迪S4轎車、住在晨邊區的房子裡，屋裡有四個臥室，經過全新翻修。我什麼物質都不缺，照顧著三個女人，她們也照顧我。我還有兩個孩子，他們的母親分別是不同的女人，孩子上的也是私立學校。我擁有公寓、汽車，然後有一天，我接到一通電話，我的意思是打電話到我的心靈，而不是我的手機。祖靈就是不肯罷休，不斷侵入我的世界。就像妳鄰居家養的狗，都半夜三點了還不願停止吠叫。這些夢境真的很可怕，我的夢都是同樣的內容不斷地重複著。在夢裡，我的祖母肩膀上背著一條蛇，然後牠走向我，竄進我的胸膛，就像進入陰道一般。後來我就生病了，病得很嚴重，我的女朋友誤以為我得到愛滋病，一一離開我，一個不剩地全部都走了。她們感到恐懼，但我也怪不了她們。我在兩週的時間內掉了四十公斤，皮膚鬆鬆垮垮垂掛在身上，彷如經歷失敗的抽脂手術。相信我吧，我其中一位女友曾經抽脂過，那看起來真的很醜。」

「發生什麼事了？」我的肩胛骨和樹懶的腹部毛髮之間積滿了汗水，我想把牠放在地板上，但以牠拚命抓住我雙臂的方式，我可以感覺到牠哪兒都不肯去。

「於是我就放棄了，不再掙扎，」杜米沙尼聳聳肩：「其實也沒太大差異，同樣是數據分析、處理數字，跟擲骨是同樣的道理，就是要懂得解讀罷了，像這裡，妳瞧。」他翻轉一塊白色貝殼，貝殼疊在一張骨牌上，是破裂的那塊，上面有一個空白和三個點，其中一個點因為卡於裂痕處而斷開。

「這個呢，是很不好的兆頭。這個也是，」他說，指指怪物模型、彈丸和破裂的骨牌形成的三角形，「非常不好，妳身上有個陰影。」

「相信我，我也注意到了。」樹懶不滿地對著我的耳朵噴出一大口熱氣。但我指的其實是「罪影」，這在所難免的陰影對我造成莫大壓力，有時我會在半夜驚醒，差一點就呼吸不過來，而我的胸腔彷彿遭遇車禍般糾結。也許這就是為什麼每個人都擁有自己的天分，只希望在黑暗侵襲吞噬你之前，能稍微幫助你分神。

「而這個呢？」巫醫的手指推了一下有著紅色條紋的扇形貝殼，他看起來很意外。「哇！要不是妳招惹了壞心的女巫，就是妳專門吸引惡靈。我不知道用雞有沒有幫助，妳可能需要一頭牛才能應付這種狀況。」

「要不要犧牲雞還是牛，什麼鬼巫婆、惡靈、陰影，我都不感興趣。現在情況非常簡單，我在找一樣東西，浮尤說你幫得上忙。」

「一樣東西？還是一個人？」他狡詐地問，「因為這個小石頭，」他的拇指前後滾動著小塊的石英，「說明妳並沒有對我坦白。」

「某個人。」我心不甘情不願地同意道。

「是兩個人，」他說，用手指來回指著兩個同樣平滑的琥珀，「是雙胞胎嗎？雙胞胎的力量非常強大，在祖魯文化中，我們會殺掉其中一個，以求去除壞運。」

「我可以在不要犧牲的清單上加上人類嗎？」但其實我對他刮目相看，而且還感到些許震驚，他自己也察覺到了。我結論道：「我很抱歉，大師，我不是故意要對你或你的祖靈不敬。」

對於我的道歉，他揮揮手打發：「不管妳是有意還無意，這都不重要。妳身上有屬於這些人的物品嗎？」

「這就是我的問題。」

他突然舉起一隻手指搖晃，「妳等我一下，」然後他拿起手機，彷彿手機已經響了好一陣子，然後他假裝接起電話：「是的，我知道了，真是太調皮了。在她袋子裡？謝謝。」他將手機夾在肩膀和耳朵間，彷彿他還在聽電話，手指則指向我的袋子。「妳袋子裡有可以幫得上我們的東西。」

「也許是我的錢包？」

「嘿，如果妳不想要我幫忙就走。走啊。」

「好吧。」我將袋子的內容物都抖了出來，地板上陳列排放的是對我別具意義的個人物品：車鑰匙；我的筆記本，筆記本內夾著「果子雙人組」的剪報，是從音樂雜誌剪下來的；一本灰狗巴士的手冊，記錄著前往辛巴威和波札那的費率，這兩個目的地都途經金夏沙；還有四枝廉價原子筆，只有一枝尚可使用；我的錢包裡有一千八百蘭特，比原本多出一千三百元，這種紀錄可真是久違了；一支唇膏（玫瑰紅色，欠光澤，已呈半融化狀）；薄荷涼糖；席布的歌本；一張白淨的名片（來自瑪爾濟斯男和禿鸛女）、一疊用髮帶束起的凹陷名片（我的個人名片）；

一包灑出菸草碎屑的陳舊香菸；幾包皺巴巴的人工代糖；以及一些零錢。

「讓我們瞧瞧，」巫醫專注凝視，閃亮的額頭像手風琴般出現皺摺，他聽從電話中的指示，挑出歌本和我的筆記本。「很好，」他說，拾起筆記本搖晃一番，讓剪報掉了下來後，便將筆記本丟到一側。他把手機塞回口袋，一手舉起剪報和歌本，另一手拿出一個打火機，喀噠一聲掀開蓋子。

「你在做什麼？」我伸手想搶回歌本，但卻被他快一步拉開，高舉過頭，於此同時，歌本內頁的角落已開始焦黑，在火舌吞噬下捲曲。

「我在幫妳的忙啊。」他右手中的火焰已經達到高峰，呈現熾熱光亮的亮黃色，焚燒的紙張猶如雪花凋零剝落，邊緣也變得焦脆。「你們這些年輕人，一點也不懂得尊重自己的文化。」一張破碎的歌本紙張飄落在地面，上面寫著「狂歡吧，一起狂歡吧，一起搖擺，寶貝，一起放肆」，還有一張來自社會版的焦黑照片，是小曲和席布參加南非音樂獎頒獎典禮的照片，兩人穿著男女同款的細條紋西裝，搭配八〇年代的吊帶和成套的軟氈帽。

火焰灼燒到手指時，杜米沙尼驚叫一聲，並輕輕甩了甩燙到的手指，然後紙片便降落在蘆葦墊上，就在散布的石礫與我袋子的物品之間，紙片還未停止燃燒。他熄滅了火焰，然後收集起片片碎紙，將它們拱在手心裡。

他的實習生走了進來，帶著一個木杵與研缽，裡面已經裝滿經過研磨的難聞藥草粉，她還帶來一個錫杯、裝在密封袋裡的注射器、兩公升的可口可樂塑膠瓶，裡面裝滿黏稠的黃色液體。她深深一鞠躬後，便轉身離開。巫醫拱起手心中的焦紙片，呈漏斗狀倒入缽碗中。他一副大顯身手的姿態開始研磨起來，然後將裝在塑膠袋裡的注射器遞給我。

「我需要一些鮮血，麻煩妳了。不用擔心，已經完全消毒過，只要一滴就夠了。」但當我拆開包裝，要往我的手指刺下去時，他卻用手勢阻止我，「不是妳，是那隻動物。」

樹懶嗚咽著躲到我的背後。

「如果妳怕的話我可以代勞。」他帶著稍微不耐的口吻，向我提供協助。

「不，我自己來就可以了。來吧，夥伴，只是刺一下而已。」

樹懶伸出牠的手臂、把頭別開，我將針頭插入牠前臂的厚皮下方。一秒過後，鮮紅色的血珠自牠的毛間滲出，巫醫遞給我一片乾燥樹葉，我快速刷上血珠後遞回給他，讓他放在缽裡研磨。最終，他加入黃色乳狀的黏糊液體，也就是那瓶膿汁、黏液或者未經高溫消毒的酸奶——究竟是哪個比較可怕，我也說不上來，我猜還是要看來源吧。他將汁液倒入錫杯中。

「巫術嗎？」

「不是治療用的，而是屬於妳診斷的一部分，喝了它。」

我過去曾喝過可疑的混合物，但那些其實都比較接近噁心的調酒。十五歲時，我也曾經從藝術用品儲藏室偷過一瓶甲基化酒精，然後痛快暢飲一番，但我不想再說更多細節，也不會講接下來的嘔吐有多麼慘烈。「如果你以為我會喝下那玩意兒，你就真的瘋了。」

「妳就別再掙扎了。」他說，猛然把錫杯推了過來，撞上我的嘴唇，他使勁用力的程度，害我的嘴唇被牙齒給刮傷。當我驚嚇地大口吸氣時，噁心的液體隨之滑入我的喉嚨，又熱又黏、苦澀甜膩，猶如靠溝鼠腐屍維生的蛆打成的汁液，嚐起來彷彿是排泄物，也像死亡和腐敗的氣味。樹懶從我的背上滑下，突然像是一袋溺水的小貓一樣虛軟無力。我四肢伏地，喘氣作嘔，卻僅能咳出一長串的唾液，然後身體便開始抽搐。

我今年三歲，正坐在公園裡吃著粉紅色小花。小花生長在紅花草裡，異常酸澀，讓我每次用牙齒咬下時，都會忍不住地顫抖一下，然後又摘下另一朵繼續吃。山多從溜滑梯上跌了下來，我太專注咀嚼這些酸澀的小花，幾乎沒注意到他摔倒了。他跑過來驕傲地向我展示他磨破皮的膝蓋，有如蜂蜜般濃稠的鮮血，從他的腿上滲了下來。

有個男人戴著塑膠手套及面罩，從雛菊花叢裡揀出山多的頭蓋骨碎片和腦漿。

我父母並沒有出庭我的審判，當我用獄中的付費電話打電話給他們時，電子光點監看著，看看我在錢全數用光之前，還有幾秒鐘的時間，同時也倒數著我們之間的沉默有多長。

我在夏綠蒂瑪瑟克醫院的急診室外來回踱步，我瘋狂焦慮地抽著菸，幾乎已經是在咀嚼香菸。不斷陷入內心世界中「請不要死，請不要死，請不要死」的迴圈，我的毒癮也尚未完全退去，以至於我並沒有注意到陰影已經開始從樹上、輪軸及其他陰暗之處灑落，凝結成形。黏菌在適當的情況下，也會產生同樣反應：一心一意地相互凝結成塊，形成一大塊完整的個體。但黏菌不會伴隨抽離鞭打的哀嚎聲響，彷彿天空被飛機給劃破似的。黏菌也不會跟著你，將你拉入黑暗的深淵。

山多一向都是我的救星，當他將我拖下高級公寓的樓梯時，我又是大笑又是咒罵著髒話。這棟公寓其實一點也不高級，也幾乎稱不上是公寓。其他的毒蟲雙眼無神地從各自的門內向我們投射目光，但他們連干涉的動力都沒有，剩下的人則連看也不想看，就像我父母連參與都不想一樣，特別是在我先前已經犯下幾條罪之後。

「你去他的別管我！」當我哥哥把我塞進他升職後買下的全新福斯汽車裡，我傻笑著、尖叫著、責罵著，腿不住地踢著，身體也扭曲掙扎著：「你怎麼就不能別管我——」

小曲在她毫無特色的房間裡，塗上紫色的指甲油，當她塗完後，她打開雙腳，在大腿內側塗上一條條有如傷口的細條紋。

世貿中心。唯有突然改道飛往雙子星大樓的飛機，才擁有塗了白條紋的黑色羽翼，以及尖長喙嘴。

事情發生之後，雛菊花叢還保有山多身體撞擊的痕跡，我仍盼望著卡通人物的現身，如大笨狼威爾的剪影張開手臂驚喜現身。但事實上卻只有一個壓垮的花叢，僅有受傷的殘枝破葉。白色花瓣上的血跡，猶如生鏽的雨痕。

妳的父母在哪裡？一名在超市工作的小姐問我，她屈著膝蓋和我說話，她的眼神溫柔，但名牌上卻寫著「殺人凶手！殺人凶手！殺人凶手！」。

當我父母走到急診室門外找我，要告訴我結果，他們兩人緊緊抓著對方，彷彿失去地心引力，而他們正努力找尋新的方法在這世界上行走。他們看得出我已經知道答案。我坐在人行道上，救護車的紅藍色閃光燈照亮我，我渾身發抖，不斷地打嗝、發出恐懼的乾嘔聲。樹懶緊緊攀著我的胸膛，牠的雙臂就如同猶大背叛的擁抱般，環繞在我的肩頭。「罪影」在那時還延宕未顯，但我卻已經感覺到它乾燥熾熱的氣息。

「黑匪」樂團戴著滑雪面罩在舞台上表演，他們摘下面罩，每一個都是小曲的臉，然後他們摘下了小曲的臉。

一封電子郵件：記錄著年份、樣式、車型編號、執照、登記時間與地址，我沒有罪惡感，保險會理賠那台車，我會再和我的經銷商解決，劫車不時發生，我不指望救星出現。

我穿著我的紅黑色圓點瓢蟲高筒橡皮鞋，腳趾處還有數個昆蟲笑臉，正在我們家庭院的水窪裡踩水。水窪裡有粉紅色的紅鶴，就像是我在鹽沼紀錄片裡所看到的那種紅鶴。還是是關於三角洲的呢？我愉悅地向前衝，旋轉著雙臂，大聲叫著，想要把牠們嚇到飛走。然而下一個水窪並不是水窪，接著它將我完全吞噬了，當我往下深陷時，我抬頭看著水面，這時才發現牠們壓根不是紅鶴，就在此刻，有個東西正拖著我向下沉淪。

19

動物學目錄：動物化詞彙之詞源

M：遊靈（mashavi）——南非詞彙（特指來自紹納語），用於指稱非共生者受賦予之超自然才能和非共生動物本身。

本詞彙首次出現於一九七九年，以mashave一詞刊登於無關聯之文本（《南非的神話與傳說》，作者潘妮．米勒，TV布爾平出版，印刷於開普敦），而今反映出現代南非對此詞彙普遍的意義與用法。

「遊靈是外國人或流浪者的靈魂，流浪者由於客死他鄉，遠離家人與宗親之地，並未得到正式的喪葬儀式。因此它們從未經過『招魂』而持續在荒野漫遊。大家害怕這類無家可歸的靈魂，因為它們一直在找尋活生生的宿主，由於流浪者的亡靈無法回到自己的祖國，所以就會尋找願意收留它的主人。

如果人類不願意收留它，該人就會獲得疾病，而此病是歐洲西方醫學無法根治的，必須仰賴占卜師的治療。如果診斷出有遊靈附身，病人必須決定要接受或拒絕它。如果他不接受遊靈，占卜師會將雙手放在動物身上，將遊靈轉移給其他動物（通常為雞或黑山羊），然後占卜師會將動物趕至荒郊野外，正如古代的以色列祭師，將人類的罪行寄放於山羊身上後，再將『代罪羔羊』趕進沙漠。

倘若有人未加留意而保有這些受詛咒的動物，他們自己就會成為遊靈的宿主。

但如果接受了遊靈，病痛便會立即消失。初次加入擁有類似的遊靈團體所組成的異教時，會舉辦一種特別儀式。有些成員從事助產，其他成員精通占卜或藥草知識；甚至有人相信，某些遊靈附身的人會因而獲授不可思議的技能，例如足球、賽馬或優異的考試能力！」

20

我睜開雙眼，發現自己正坐在等候室的窄長椅上，樹懶則窩在我膝上。我手裡握著一瓶無標籤的咳嗽糖漿，實習生就站在我身旁，手裡拿著我的包包。

「這是什麼？」我問，檢視著手中的果醬玻璃罐。罐子裡有黏稠的液體晃動，帶著有毒硫磺的顏色。

「巫術，用來淨化妳的負面能量。」

「就像是你們剛剛對我下毒的東西？」

「它能幫妳消除頭痛，動物魔法很強大的，妳可能會有些後遺症，需要的時候就使用它吧。」

「還真是感謝你們了。」我竭盡可能語帶諷刺地說，把罐子丟入袋子裡，心裡想著一回到家，我絕對要把它倒入排水管。

雷聲在頭頂轟隆隆作響，震動著窗戶玻璃與錫製屋頂。日光已漸漸暗去，我蹣跚地步出房門，將樹懶抱在懷裡，眼前的一切似乎已崩塌剷平，或許這只是巫醫對我下毒的殘存後果。樹懶咕噥躁動著，我解下頭巾，把它變成裝載樹懶的吊帶。

我車子旁的人行道上有玻璃碎片在閃閃發光，車子的邊窗遭人擊碎，我猛然想起在我倒出袋子所有物時，蘆葦墊上的物品裡不包含手機。我肯定是在和喬說完電話掛掉後，就把手機留在副駕駛座上了。

我現在頭痛欲裂，比宿醉頭痛還更惱人。蟬叫聲在我耳邊唧唧作響，交通嘈雜震耳，碩大的雨滴猶如沉重的油脂般自天空濺落。我踉蹌走到正在切橡膠的男人身旁，他現在已經開始收工，連遊客都開始躲避暴風雨，停車場變得空空蕩蕩的。「不好意思，你看見誰打破我車子的玻璃嗎？」

他的目光移向遠方。

「你人就在這裡，肯定是看見了。」

他往我腳邊扔出一塊橡膠邊料，鄙夷的態度等同於直接朝我吐口水，「滾開，妳這動物。」

我四處尋覓著剛剛在此站崗的黃眼少年，他已不見人影。雨勢愈來愈大了，但空氣中卻帶股鮮明的甜味兒，引導我走到樹下搭建的防水帆布棚。我低頭鑽進帆布，但就在眼睛還沒適應黑暗之時，我已經發覺這個避難所實際上往更深的內部延展，住在這裡的人肯定特意在碎石下挖掘出更多空間，來擴建他們的藏身處。我彎下腰，往裡面瀰漫著的煙霧挪動腳步，煙霧遠比鎮定劑或甲基安非他命還濃厚，帶著一股酸味兒，或者不過是體味罷了。空氣中還瀰漫著另一種味道，一種我太熟悉的味道——下水道。我隱約看出有三個人正蹲坐在地上，彼此傳遞著一根吸食管。

「嘿，滾開！去他的妳想要幹嘛？」當我腳步移向他們時，一個女孩尖聲大喊，手裡防備地緊握著吸食管。她年紀不是挺大，正處青少年後段時期，也許二十出頭，但她的生活方式已啃噬了她的外在，她的臉部坑坑巴巴，掛著疤痕和瘀傷，下巴慍怒地皺起，形成了個疙瘩，頭髮也糾結成塊，頭上還有數個紅腫的禿髮區塊，彷彿有人從她頭頂扯下大把頭髮。

「我只是要拿回我的手機。」

「天啊，我告訴過你了。看吧，我就告訴過你了。」黃眼少年的神情既瘋癲又害怕，一名更年長的男孩走向前，神態兇狠蠻橫。如果黃眼少年是個毒蟲，這傢伙肯定更難纏。在他身後的陰影處，有另外一個人影正在躁動，發出咔噠咔噠的聲響。我錯估整個情勢了。

「這裡沒有妳的手機，小姐。快給我滾。」黃眼少年說。

「不然只要把ＳＩＭ卡還給我就好，那對我來說可是值錢的。」

「值多少？」那個女孩問。

「閉嘴，布絲！」較年長的少年斥責，布絲退縮了一下，彷彿他已經對她動粗似的。

「兩百蘭特換回我的ＳＩＭ卡，」我喊價，「如果手機也一起的話，三百蘭特。」

「四百蘭特。」

「好吧。」我打開錢包，小心不讓他們看見裡面還剩多少錢，取出四張百元鈔票，將錢高舉於他們面前。

「嘿，要是我們光把錢拿走，又有誰能夠阻止我們？」布絲又試探地發言，睨視著我說。

「我。」過去在太陽城受到監禁的日子，除了教導我等待之外，還讓我學會其他事情，例如以眼神壓倒對手。我的眼睛已習慣晦暗的光線，因此可以辨識出後面的背景，是個類似洞穴的地方，也許是這群孩子挖空而成的下水道，或者他們當初在此架起帆布時，就已經毀損了。他們可能就在裡頭棲身，像老鼠窩的鼠輩般，全部擠在一塊兒睡覺。那裡還站著一個人，拖著腳步前後移動著，他的動作引起乾燥的刮擦聲。

「妳以為妳是忍者嗎？」難纏的傢伙對著其他人訕笑道。

「你想試試看嗎？你想知道我的遊靈是什麼嗎？你想知道我剛剛在市場買下什麼巫術嗎？」

「五百蘭特。」布絲說。這一次難纏的傢伙當真舉起手背打她，她痛得哀嚎，朝我投射怒視的目光，彷彿一切都是我的錯。也許真的是吧。後面拖著腳來回踱步的傢伙遲疑了一會兒，然後又繼續他那暴躁緊張的步伐。滂沱大雨猛烈拍打著防水帆布。

「我在此提議，錢要拿或不拿全看你們，這筆錢可不少。」我揮揮手上的鈔票，黃眼少年伸過手想要搶，但卻慢了一步。「想都別想，先把手機拿來，還有叫你後面那個鬼鬼祟祟的傢伙站出來，讓我看見他的人。」

難纏的傢伙一臉趣味盎然，他拍拍自己的大腿，彷彿叫狗似的，然後一隻豪豬便拖著腳從黑暗中現身，以三隻蹄瘸著腳步走路，牠身上的刺嘎吱作響。牠帶著戒備的親暱，用粗短的鼻子摩擦他的膝蓋撒嬌，牠的下巴上掛著粗繩般的口涎。豪豬的眼神呆滯，後蹄已經不復見，斷肢處的癒合狀況極差，組織呈現灰色，毛刺與凝固的血液和膿汁結成塊狀。牠聞起來潮濕腐臭，正如牠剛爬出來的破裂水泥洞那般臭氣沖天。

「你該死的對這動物做了什麼？」

「換了不少錢。」難纏的傢伙口蜜腹劍地嘲弄我，「妳要試試看嗎？那隻樹懶價值不菲吧，很稀有的動物，是吧？先從手指開始，還是手掌好呢？」

「整隻手臂，」布絲大膽地說，又一點一滴採取主動。「妳不會想念它的，甚至根本就不會注意到它不存在了。」豪豬用牠豆子般的小眼盯著我，我不由自主，顧不得在太陽城學到的原則，逐漸緩慢地往後退。去他的手機，歐狄負擔得起我的新手機。但這時難纏的傢伙已經成功繞到我身後，擋住出入口。

傾盆大雨的聲音有如足球場群眾的狂吼，外頭的冰雹叮叮咚咚地砸在水泥上。難纏的傢伙從口袋裡抽出一支螺絲起子，底端削切成尖頭狀。這招真的很卑劣——如果你被這玩意兒刺傷，破傷風是你最不需要擔心的事。我見識過驚悚的傷口，監獄裡的一名幫派份子，就是被她女朋友刺傷而導致腎臟穿孔，她過了好幾週才死於感染。

「別想這麼快就走，寶貝。」難纏的傢伙提高分貝，壓過外頭大雨如注的聲響。

「如果你早點告訴我有派對，我就會帶杯子蛋糕來的。」我說，我鬆開手指，讓鈔票飄落到地面。我預料到女孩會跪下來撿鈔票，也給了我分散注意力的機會。

在難纏傢伙還沒來得及舉起螺絲起子前，我抓起樹懶的手臂，拿牠的爪子刮花那傢伙的臉。他一邊大叫一邊向後跌倒，用手摀住自己的鼻子和眼睛。我並沒有留下來查看我所造成的傷害，轉過身以全部的力量撞擊黃眼少年，他被撞得倒在女孩的背上。女孩還跪在地上撿鈔票，她的頭撞到地板，應聲發出感覺很痛的巨響。我沒有時間感到歉疚，太陽城的規矩是：擺平老大，盡可能想辦法離開現場。我闖過豪豬身邊，豪豬身上的尖刺勾破我的牛仔褲，我往難纏傢伙所預期的相反方向奔跑，跳入凹凸不平的洞裡，深入下水道的黑暗之心。

我在地道中靠著雙膝移動爬行，先是經過一團混亂的毯子，毯子帶有菸味、汗味以及尿味。我一手摸著粗糙的水泥尋找方向，運動鞋在腐爛的泥濘中嘎吱作響。我什麼也看不到，但我感覺得到水花在我身邊潑濺。「我希望你看得到我們前往的方向。」我低聲地說，仍驚魂未定的樹懶僅能以短促的吱吱聲回應我。地道在中央水流處應該會變得寬敞，也會有可以讓我直接走出大街的維修孔，我只要趁他們逮到我之前逃出去就行了。

我可以聽見後面的憤怒吼叫，回音傳到我耳中已經扭曲變形。希望他們還在決定我剛剛是往左還是往右跑了，然後分頭行動，這樣比較好對付。我在黑暗之中繼續往前進，現在我已經可以站起身子、彎著背走路。水滲進我的鞋子，起初我以為是因為地道變寬了，但其實是水位因為磅礴的雨勢而升高；這是另一個我得盡快離開的理由。

地道中央忽然出現一個廣闊濕滑的高台，樹懶發出警告的咕嚕叫聲，但終究是遲了一秒，我踩到高台的側邊時打滑，摔落約兩公尺高的距離，重重地在階梯邊緣以尾骨落地。疼痛的感覺彷彿鐵軌的道釘，狠狠地直接穿刺我的脊椎，疼到我都快不能呼吸，我癱瘓地躺在原地，樹懶嗚咽呻吟著，要我趕快爬起來。

我橫躺在一個往下的巨大階梯的邊緣，階梯每一階呈三十度角傾斜。我往頭頂上看，看見階梯上有數個支道，每個支道正湧出黑色的穢水。在支道和階梯上方，拱起的天花板有如教堂般延展，我之所以看得到這些，是因為有個彷彿天窗的光明圓圈，有道窄小的金屬梯通往這個出入孔，距離還有一層樓高，像是嘲笑我一般地讓我伸手搆不到。

他們的聲音愈來愈接近了，黃眼少年探出頭，就在我頭上一至兩公尺高的支道，拿著手電筒往下照。「在這裡！她在這裡！」他興奮地尖聲大喊。遠處傳來一聲沉悶的回應，像是有人在水裡說話的聲音。「快幫我！讓我爬下去。」黃眼少年尖聲叫著。樹懶在我的耳邊彈舌頭，扯著我的肩膀，要我趕快站起來。我撐起四肢痛苦地爬著，停下腳步，拔除小腿上的豪豬刺，然後爬下樓梯，一階一步吃力地爬著。

階梯最後總算到達平地，來到了一公尺寬的主要幹道，我嘗試靠著渠道的狹窄堤防行走，但水泥地已經粉碎，而且軟泥讓路面滑溜不堪。我沒有時間沿著邊緣踉蹌前進，於是直接讓自己滑入急湍。水的高度達到臀部，而且異常溫暖，就像是有人剛在水中尿尿。我背後某處傳來一陣水聲，聲音在地道裡扭曲變形，所以我壓根不曉得他們有多近，我冒險地回頭一瞥，卻只能看到一片漆黑。

湍急的水流衝進一個凹室，在主道行至轉彎處之前，凹室可讓暴雨雨水獲得緩衝。到了這裡，周圍的景色已完全變調，現代的水泥變成了古老的磚牆，是城裡維多利亞黃金時期所殘存留下的遺跡。我將自己撐出湍急的水流，找到躲藏的地方，讓背部完全塞進內凹的牆面中，並於石礫中蜷曲起身子，盡可能讓自己縮得愈小愈好，但也同時準備好隨時跳出來攻擊。樹懶窩在我胸前，牠還躺在吊帶裡，全身抖得厲害。我感覺到背上有東西搔得我發癢，我決定不要多想，我希望牠們只是蟑螂。

「來這裡，膽—膽—膽小鬼！」難纏傢伙在地道某處喊著。他聽起來很惱怒，女孩以緊張的笑聲回應他。意思就是說，黃眼少年要不是對於找到我的位置悶不吭聲，就是他們比我更清楚這個地道，而他刻意分道走，正在上面的某處等候。我非得再回到梯子那兒不可。

潑水的聲響逐漸退去，取而代之的是拿著手電筒的黃眼少年，接著則是遠處由渠道中間跋涉而來的難纏傢伙，他將螺絲起子高舉過水面，臉上還有兩道深長的抓痕。我希望他的傷口感染，遭到靈獸感染的傷口，有時會以古怪驚人的方式潰爛。

我努力將背縮進牆裡，樹懶壓低肩膀，讓牠看起來更小了，牠把頭鑽到我下巴底下，我們兩人都屏息以待。他們渾然未覺地經過我們身邊，黃眼少年不成調地哼著歌曲，如果他們走得夠遠，我就能以原路折返。

在他們身後，女孩忽然驚訝地尖叫。

「別鬧了！」難纏傢伙稍微扭過頭大吼，他連回頭看都懶。布絲隨後冒出來，用我手機的光線，側著身在堤岸上移動。她像隻小貓般抖著腳，手裡提著一只濕透的球鞋，垂掛於上的鞋帶因為污垢而發黑。

「圖米——」她抱怨道，試著扭乾鞋子，「這裡好滑。」

「那就走到中間啊。」難纏傢伙從地道遠方冷冷回應。

她彎下腰穿回濕透的鞋子，然後她抬起頭，眼神直接對到我們，我將手指放在嘴唇上，乞求她不要叫。她盯著我們。一隻鱷魚，兩隻鱷魚，三隻鱷魚，四隻鱷魚，五隻鱷魚，六隻鱷魚。然後她就大叫了：「在這裡！圖米！她在這裡，她在這裡，她在這裡！」

該死，受害者不是應該團結合作嗎？我把她推進渠道裡，她尖叫出聲，微弱的叫聲在她陷入水中的瞬間消失，一秒後她又浮出水面，猛烈地扭動身體，使得水花不斷地噴濺，現在她的手裡，既沒有原先提著的鞋子，也沒有我的手機。

「站起來！」我對這個愚蠢的女孩大叫，她壓根沒發現水深只到腰部，對她來說可能是胸部。難纏的圖米回頭朝我涉水而來，咧嘴而笑，黃眼少年則跟在他背後，邊走邊濺出水花。

「你也許該幫幫你的女朋友，」我站在原本的位置，背靠在牆上，用一隻手搜尋腳邊的瓦礫，「水位在上升喔。」

「她可以顧好自己。」他說，但黃眼少年停下來把她拉起，她倒在他身上啜泣，差點也把他拖進水裡。

「那你呢？」我問圖米。但我這麼做的用意，只是在拖延時間，我已經找到我要的東西了。我的手握住一塊碎磚頭，然後站起身，用盡全身的力氣劃過——不是他的臉，而是他的手。圖米痛得大聲哀嚎，丟下手中的螺絲起子，螺絲起子咚地一聲掉入水中，馬上消失不見，激流將凶器及其他碎石一併帶走，布絲驚慌地尖叫。

圖米腳步不穩地爬出水面，朝我猛撲上來，但他抓到的是樹懶的手臂，他將牠拖出吊帶，立刻扔進渠道裡，樹懶落入水中，驚訝到無法發出聲音。

「現在怎麼樣啊？」圖米斜眼瞪視著我，他並沒有發現樹懶浮出水面，開始游向堤岸；樹懶的長臂優雅地划著水，但牠的力量敵不過湍流，往岸邊行進的軌道角度變得偏斜，漸漸被水流拖離岸邊。

「你去死吧。」我說，然後舉起斷裂的豪豬刺，往他的脖子側邊猛刺下去。接著我抓緊我的包包，跳入渠道之中追樹懶，並未逗留此地目睹他們的下場。

我們被水流沖到數公里外的地方，彼此緊緊依著對方，因一路上撞擊到水泥牆而渾身痠痛，身上還有好幾處小傷口，包括意外地撞上卡在水底的斷枝，而刮傷手臂和腳。

我花上許久時間，才重新找回站起的力量，然後繼續前進。當我將樹懶甩上肩膀時，由於牠渾身濕漉漉的，彷彿多了十公斤的重量。樹懶格外安靜，可說是不祥的徵兆；這顯示我們真的已經衰到家了，因為通常牠會是第一個抱怨的人，在我耳邊以微弱的叫聲指控我。

最慘的是，我並不曉得自己身在何方，雖然我並非約翰尼斯堡下水道權威，但也曾為了尋找失物進入過下水道好幾次，所以知道下水道的基本路線。但是這裡的一切卻顯得陌生，地道就像一團黑暗的白蟻洞，有些時候突然變窄，成了死胡同，像是挖掘地道的人挖著挖著，突然間感到無聊而決定放棄就此離去。也許這是最初的淘金客所為，當時約翰尼斯堡充斥著毛髮茂密的探礦者，隨地胡亂挖掘泥土。也許我們可以找到什麼，並且能帶走樹懶頭顱大小的金塊。

樹懶指引我通過黑暗，牠的手像抓住手把似的捏著我的肩膀。如果我們能找到任何一樣失物，我便能循著感應找到回家的路，就像跟著麵包屑的路線走一般。

但經過數個小時之後，我們還是沒能找到任何東西，既沒有失物，也沒有出口，更別說是通往任何地方的通道，只有在潮濕陰暗之中，看到一條又一條的死路。我無力地倒在牆邊，樹懶發出微弱的吱吱叫聲。我的雙腳疼痛不已，胃也緊緊糾結成一團，飢餓就像是一顆它吸吮著不放的糖果。

「別擔心，夥伴，我們會找到出去的路的，」我說，「別擔心。」

但牠其實看得出來，連我都不相信我自己了。這裡一片漆黑，我的眼前開始出現鬼影，以彌補感官能力喪失。黑暗中的黑色水波，一片又一片地漾開，這裡彷彿煉獄般寧靜。

這時樹懶嘰嘰叫著，猛然抬起頭往上瞧。游泳不是牠唯一強過我的技能，我全神貫注地聆聽，然後我的心一沉，沉到我打結的腸子裡：「是他們嗎？」

有一陣低沉的隆隆聲，幾乎難以察覺，但卻漸進式地愈加清晰，像是舞池裡漸強的浩室音樂，我趕緊站起身，「還是大水？」每年都有報導指出，孩子在地道裡抽大麻或尋找忍者龜的時候，被突如其來的莫名洪水襲擊而溺斃於下水道。

但樹懶卻惱怒地咯咯叫，要我閉上嘴，牠需要仔細聽清楚。是別的東西，牠緊張地用手掌拍打我的臉，在我睡過頭的時候牠也會這樣拍。「好啦，好啦。」我說，搖晃著身軀站起來，順著牠引導的方向，找到噪音的源頭，最好不是一堵洪水牆。

有個聲音正在地道裡迴響，蔓延成教人牙齒相撞的嘎嘎震動，前方閃著微弱的光線，彷彿正是文明之火。我的心裡燃起一絲希望，我步履蹣跚地向前走，轉過一個角落，隨後走進一道人工的刺眼光線裡。我看到排列在地道上的大型鐵條，地道就像是機械鯨魚的胃。然後玻璃和金屬轟隆隆地在距離我臉部數英寸的距離掠過。

有張模糊不清的粉紅色臉龐，正透過窗戶錯愕地盯著我瞧，他的嘴型還呈現驚嚇的完美圓形：這個人就是唯一目擊「銀子．十二月於南非鐵路之瀕死經驗」的人。

21

不列顛區稱不上是全新崛起的梅爾維爾[5]，但拜「恩薩可之屋」以及全新開張的「反革命」所賜，該區現在的行情也逐漸看漲，同時亦搭配慍怒的居民，抱怨著俱樂部的噪音指數，以及汽車擋住他們的私人車道。我帶著些微蹣跚的步伐走到入口，我可是花了好幾個鐘頭的時間，才洗淨樹懶毛皮上的水溝臭味兒，而現在我在六〇年代的無袖連身裙內套上一件長袖上衣，試圖遮掩身上最嚴重的傷痕。除此之外，比對這天所發生的慘劇，現在的我們還算是挺好的：我必須說服南非鐵路局的警衛才得以通行，然後還費盡心力，才在桑頓區攔到一輛計程車，願意載渾身骯髒發臭、濕淋淋的動物化人士到市中心，好讓我可以回去拯救我的愛車。

浮尤給我的共同付費電話號碼，是「快可快可」計程車行的號碼。計程車業者願意協助追查週日凌晨兩點四十六分的通話。「是的，我們確實接到一通電話，」她口氣暴躁地說。「通知計程車到不列頓區高百利路十四號某間俱樂部外頭接人，那間俱樂部應該是『反革命』吧？客人說目的地是晨邊區。那妳要付款嗎？」

「付什麼款？」

「客人後來並沒有依約出現，我們的司機苦等了二十分鐘，這段時間足夠載上兩趟，白白損失一筆收入，這——」但我早就掛掉電話。

「反革命」的大門誇張地龐大，光滑的黑色門面搭配巨大的銀色把手，兩個把手分別是倒反的「C」與「R」，彼此互相面對著。嘻哈音樂隆隆低沉地從俱樂部裡頭竄出，輕快的歌詞壓過有害身心的旋律。站在大門前的保鏢戴著墨鏡，身穿紅黑雙色的夾克，翻領上釘著金色頭盔佩章，搭配高聳健壯的肩膀，以及身上挑釁狂傲的肌肉。但正當我還在門外遲疑時，他擱下高姿態，拉起絨布繩。

「妳要進去嗎？」

「我在等人，」我說，「謝了。」我指的人至少還要一個小時才會到，我來得太早了，但

譯註5：梅爾維爾（Melville）是約翰尼斯堡內一個市郊住宅區，境內開設許多餐廳和酒吧，為著名觀光景點。

今晚不是為了要見喬。

「到裡面等比較溫暖，」保鏢說，「只是跟妳說一聲。」

「唉呀，可是我在裡面不能抽菸，」我輕敲著菸盒，取出一根香菸，菸盒是全新的，特別為這個場合所添購。「就像流行歌詞一樣啊？我抗拒規則。」

「規則勝出，」他同意，點燃一個廉價的塑膠打火機，再將打火機移在我的香菸頭底下。抽菸仍是人與人之間打破沉默最好用的方法，他的視線掃到我手腕上的瘀傷。

「樹懶會是個問題嗎？」

「妳說呢。」

「但其實沒有官方政策管制吧？」

「入場權是保留的。」

「誰能決定入場權？」

「我能。」

「你這個人話不多。」

「他們不是為了要我說話才付錢請我。」

「所以誰不能通過你，進入俱樂部？」

他扳著手指細數犯規行為，指節上掛有微小的疤痕，其中兩隻手指還以夾板夾起。我猜想他從事業餘拳擊，因為保鏢在這塊高級地區並不會碰到這麼多滋事的場面。「如果客人未遵守著裝規定、如果客人已經喝醉、如果我們知道客人是毒販、如果我不喜歡他們的態度。」

「那我達到了著裝標準嗎？」

「有的。」

「你還滿意我的態度嗎？」我丟下殘餘的香菸，用靴子的尖頭碾扁菸蒂。

他的態度三百六十度大轉變：「嘿，妳是新來的員工嗎？」他突然問我。

「也許我會想成為新員工。」我完全沒預料到這個策略。

「員工入口在後門。喬伊知道妳來了嗎？」

「我不確定。」

「妳最好去搞清楚，還有，帶上妳的屁股。」我過了一秒鐘才知道他指的是菸屁股。

「謝了——我還不知道你的名字呢？」我說，撿起菸蒂塞入口袋中。

「羅那度。」

員工入口直接通到廚房，有個男人正從冰箱取出事先預備好的壽司卷，他指引我往樓上走，我在心裡暗記千萬別吃這裡的壽司。我通過一條走廊，旁邊有一排員工置物櫃，然後行經一扇通往廁所的門，廁所的門敞開，裡面有一群樣貌標緻、年輕得嚇人的女服務生正在補妝，然後我繼續走上樓梯，直到一個門前，門上標示著「經理」。我敲了敲門，房裡一個粗啞的聲音喊著「進來！」，我便遵照她的命令走進房間。

房門打開後，映入眼簾的是一個簡樸的辦公室，俯瞰著樓下的舞池，還有連接監視錄影機的監視器，鏡頭每二十秒左右即轉換攝影機，包括廁所洗手台上方裝置的攝影機。有名壯碩的女人正在瀏覽試算表，我是從她身後的鏡子反射看到的。她疲憊地抬起頭來，然後一把摘下眼鏡，彷彿自己並不習慣戴眼鏡，或不習慣被人看到她戴眼鏡。

「唉呀，不。不行，不行，不行。」喬伊一看到我連忙說道。她有一頭灰金色的頭髮，頭髮如軍中的折床般熨整得筆直整齊，銀色亮粉眼影強調出她兩眼的差異，一眼藍色，一眼棕色。她穿著西裝外套以及束腹馬甲上衣，讓她碩大的身形略顯縮小，但她的胸部可未受到束縛，正竭盡所能地想跳出上衣征服全世界。她在「前世」肯定賺了不少錢，我猜應該脫離不了在鋼管間摩擦，以及在許多人的大腿上跳舞。「我不知道是誰讓妳進來見我的，親愛的，但妳真的太老了，我很抱歉。」

「難道我連當——服務生都不行嗎？」我放膽一試。

「抱歉，親愛的，但就算對我們家的客人來說，妳還是算太特別了。我們只要舞者，但也許其他俱樂部會考慮像妳這類成熟的女生。」

「但我真心想在這裡工作，」我抱怨並嘗試裝出任性的神情，「歐狄說我可以的。」

「哦，他這麼說的嗎？嗯，這就有點為難了，甜心，妳可不是咱們的小卡門。妳可以告訴歐狄他親自露面的話，才可以對雇用員工提出要求，在此之前恕我無法同意。」她低下頭，注意力又回到電腦螢幕，彷彿螢幕就是塊吸鐵。「妳還不走嗎？」她頭也不抬地說。我聽懂她的暗示，離開辦公室前往吧檯。

在俱樂部的前側，「反革命」就是二〇年代的頹廢風遇上華麗電音。是擁有女神卡卡姿態的大亨蓋茨比，帶著銀色與白色的色彩。一大盞抽象剪裁的珀斯佩有機玻璃吊燈就掛在橢圓形吧檯上方，吧檯的檯面低矮，霓虹白光輕柔地自吧檯底下透出。歐狄不在現場廝混。這裡與俗氣的「低音車站」音樂酒吧相去甚遠，波浪形排列的雅座圍繞著舞池，雅座座椅為別具個性的奶油色皮革，弧形的角度經過特殊調整，給予雅座一些隱私的空間，但同時也保有極大的可能，讓客人可望出包廂，也讓自己能被他人瞧見。座位對面的樓上，便是播放音樂的ＤＪ包廂。

DJ包廂為三個大型拱道，設有隆起的平台，以綁有緞帶的白色竹條圍起。

「妳是新來的嗎？」調酒師問我，他的頭往舞者的籠子點了一下。他長得如小牌模特兒般好看，除了他的長鼻子和白皮膚之外。他的皮膚在霓虹白光下顯得過於蒼白。

「我只是常客，你可以幫我調杯琴湯尼嗎？不要加琴酒。」

「沒問題。」他說，接著倒出湯尼水。

「其實，我看這樣吧，不妨幫我調杯真正的琴湯尼。」我不顧樹懶在我耳邊抱怨，「我想這是我應得的。」

「妳說了算。」他說，倒給我兩者組合而成的調酒，樹懶伸出手，試圖將玻璃杯從吧檯上推倒。

「調皮的小傢伙，」我責備牠，逮住牠揮動的爪子，「抱歉，牠不太能喝。」

「是啊，這我有耳聞，」調酒師說：「妳會影響到動物？」

「這的確是個問題，」我承認，「你們有可以關牠的地方嗎？像是衣帽間之類的地方？」

調酒師搖搖頭，覺得好笑，但我這麼問不是為了逗他笑，小傢伙總算停止試圖阻止我喝酒，我感到無所畏懼，這種感覺很好。

「我來得太早了，是吧？」我說，環視整個場地。

「大約十一、十二點才會開始熱鬧。平日夜晚也一樣。」

「來這裡的人都是怎樣的？」

「富有、時尚、漂亮，還有很多權威人士。」

「我猜你一定很常有豔遇吧，你叫什麼名字？」

他的臉脹紅了。「我有女朋友了，我叫邁可。」

「邁可，你不調酒的時候都做些什麼？」

「我是學生，在約堡大學讀海洋生物。」

「海洋生物？你還真選錯城市了。」

「可不是。」

「我可以贊助你一點搬去海邊機構的旅費嗎？」我往我的杯墊下塞了五百蘭特。

「妳這是在做什麼？」

「我只需要一個名字。和小曲．拉德貝很要好的那個保鏢是誰？」

「妳是《狂熱》雜誌的記者？」

「差不多。」

「我之後會捲入麻煩嗎？」

「邁可，拜託了。我連你叫什麼名字都不知道。」

他將杯墊從吧檯移走，五百元也神不知鬼不覺隨著杯墊消失。「羅那度。小羅。但我不認為之後會有什麼發展。」

「小羅是愛吃醋的類型嗎？」

「不，他真的是個很貼心的傢伙，總是細心地照料她，也不喜歡她這麼年輕就來這種場所，充滿負面影響，妳懂吧？」

「喔，我懂。」

「幾個月前有人想在她飲料裡攙麻藥，那傢伙被他打得慘不忍睹。有時會發生這種事的，上週五我們發現有個女孩昏倒在廁所，我們還得撞開廁所隔間的門，喬伊真的氣炸了。妳去過廁所了沒？」

「還沒。」

「妳應該去看看的，那可是俱樂部的重頭戲，撞壞一扇廁所門，一萬元就沒了。」

「這裡毒品很氾濫嗎？」

「官方政策上並不會這麼說的。」他的態度瞬間轉為冷淡，忽然開始忙著為調酒製作碎冰。我猜想毒販的八卦不包括在費用裡，大多數俱樂部的「政策」都不過是嘴上說說，或只是種杜絕非常客毒販的系統，阻擋提供詭異產品或不願與俱樂部分杯羹的毒販。大多數俱樂部都有自家的服務供應商，如果你知道去哪兒找，其實一點也不難尋。

我啜了口我的琴湯尼，看著俱樂部的人潮湧進。調酒師所謂的「權威人士」，其實就是上了年紀的男人，帶著身穿不同套裝和黑色小洋裝的年輕女孩入場。他們占滿雅座，點了最高級的香檳和單一純麥威士忌。更年輕一些、來跳舞的群眾，則穿得較為休閒輕鬆，僅著名牌牛仔褲和球鞋，而且通常直接走向吧檯。這群人身上沒啥樂子可尋。

我確實注意到駐店毒販，或者說是他注意到我。就像戀童癖者專門注意幼童般，毒蟲的費洛蒙牽引著他向前而來。他左搖右晃地坐到我身邊，就像是個男孩，想要搭訕坐在角落的寂寞樹懶女孩。他長得很討人喜歡，留著一頭黃棕色鬈髮，穿著學院風襯衫和斜紋棉布褲，是爸爸會很樂見女兒帶回家的類型。「哈囉，親愛的，」他說：「我之前沒見過妳喔。」

「我第一次來。」

「玩得開心嗎？」

「當然。」

「邁可說妳在找某樣東西？」邁可正在弧形吧檯的另一角忙碌，忙著照應一群打扮時髦的女孩。她們穿著珠寶上衣和黑色西裙，態度開始變得有些放肆不檢點，本來只是下班後喝一杯，現在卻變成徹夜不歸。

「他這麼說嗎？」樹懶聳起肩膀，對著毒販齜牙咧嘴。

「嘿，這可是他說的，要是我打擾到妳，我可以離開。」

「我今晚喝這個就夠了，多謝你。」

他從容的笑容並未打折，「也許晚一些吧，親愛的。」他擠擠眼，隱身在人群中，之後再看到他時，他已經在和另一個女孩共舞。那位女孩穿著緞面上衣和低腰牛仔褲，牛仔褲顯得有些太低，低到她的亮片內褲和一大塊臀部都洩了底。

「總算找到妳了。」喬一屁股往我身旁的吧檯椅上坐下。雖然他努力抑制自己，但他聽起來依舊微慍。他身上散發一股淡淡的昂貴古龍水香味，「妳為什麼都不接我電話？我打了一整晚找妳。」

「我的電話和我分道揚鑣了。暫且說是戰略性絕交吧。」但他並沒有仔細聽我說話。

「剛剛那傢伙來纏妳嗎？這地方還真是人肉市場。」

「我需要你幫我一個忙。」

「嘿，等等，小姐，我想妳所謂『正式幫忙』的戶頭，現在已經呈現赤字囉。」

「和我吵一架，到外面去。」

「我們現在確實是快要吵起來了。為什麼我們要吵架？」

「我們過去曾吵翻天，你還記得嗎？」

「三條街外的鄰居都還記得，小銀，別忘了後果也讓人難忘。」

「我不記得你抱怨過扮裝性愛的事。」

「我嚇到不敢抱怨。」他咧嘴而笑，但他也為此感到興奮。過去我們會在床上玩遊戲，會把尖聲爭吵當做權力遊戲。

「來吧，到外面。你可能必須對我來硬的。」

「還真是全新的嘗試。妳在監獄裡學會的嗎？」我走向門口，他一路尾隨著我，我只希望小羅不要對他下手太重。

在我們就快要走到門口時，我用力朝他胸口推了一把，大叫：「我已經說過了，你他媽的別再來煩我。」然後衝到街上，刻意蹣跚一跛。

他捉住我的手臂，疑惑地說：「什麼？」

「你自己想清楚吧，喬凡尼，一切都結束了！」我可能有點誇張了，琴酒在我腦中嗡嗡作響，「我們兩人之間從來就什麼都不是！我受夠了你老是跟蹤我！」

「是這樣嗎？」喬醒悟過來配合演出，「那麼……我們的孩子怎麼辦？」

「那孩子不是你的。」我啐了口口水，即興演出。

「婊子！」他舉起手作勢要賞我巴掌，但他的手臂還來不及往下揮，就硬生生被阻擋下來，一顆拳頭緊緊鉗住他的手，拳頭的大小與喬的頭一般大。

「你今晚的慶典必須提早結束了，我的朋友，」拳頭的主人說，「你還不快跑嗎？」羅那度向下扭轉喬的手腕，迫使他整個人也必須跟著他的手臂一起旋轉。

「噢，事情不是你想的那樣，」喬短促地尖聲叫道，「噢。」

「我不是告訴過你了嗎，你這變態跟蹤狂！」我提高聲調地說，「一切都結束了，給我滾遠一點！」

「你都聽到了，你沒有東西留在裡面吧？」羅那度繼續扭轉喬的手臂，直到喬痛到跪地。喬點點頭。

「那祝你有個愉快的夜晚，先生。」羅那度說，鬆開喬的手腕。喬步履蹣跚地爬了起來。

「暫時別再讓我見到你回來。」

「老天！」喬丟給我一個嫌惡骯髒的眼神，髒到連污水管都要自慚形穢，「這下妳開心了吧，」他沿著街闊步離去，活動著他的手腕，一邊還低聲詛咒。

「謝謝你，你不會相信——」

「妳也一樣，」他緊緊捉住我的手臂，低聲對我嘶吼：「我也暫時不想看到妳回來。我不曉得妳在玩什麼把戲，但我沒興趣。」

「好，我很抱歉……」我結巴地說，決定要對他坦白：「我的確試圖引起你的注意，我知道你幫過小曲．拉德貝，而且——」

「看看我現在變成什麼模樣。」他突然打斷我，取下臉上的墨鏡，靠近我的臉以便讓我看見全貌。有人狠狠修理過他，他的臉上布滿瘀傷，右眼成了只剩一條滲著淚液的眼縫，整個瘀青浮腫。他那隻捉住我手臂的手腕內側還有香菸燙傷的痕跡。也許他手指上的夾板根本不是拳擊比賽得到的傷口。

「我必須知道她人在哪裡。」

「我都不告訴他們了，」他說，強押我至角落，「憑什麼我要告訴妳？」

「因為我想要幫她。」

「這我就不知道了，也許妳自己也不確定。」

「至少告訴我他們是誰。」

「我真的受夠你們這些該死的動物化人士了。」

「等等，你說的『他們』是禿鸛女嗎？還有瑪爾濟斯男？」

「意思是說，妳再也別回來了。」他用力把我推到角落，大力到讓我的腳踝扭傷，我的鞋跟啪一聲折斷。他轉過身，走回閃著燈光的大門，以及從俱樂部大門裡流瀉出的低音音樂，獨留我一人站在街燈底下，比剛來的時候少了一隻鞋，更少了些尊嚴。

樹懶張開嘴巴嘆息，一副「我早就告訴妳了吧」的態度，「想都別想了。」我說，朝嘴裡丟了一顆薄荷糖，以掩蓋琴酒的氣味。

22

「我們不能這麼繼續下去。」貝瓦說。他從凌亂汗濕的床罩上舉起我的臂膀，轉過我的手，用他的嘴唇輕觸我的指尖，一隻接著一隻，以最輕柔的力道吻著。

「什麼，這不是說廢話嗎？再多做一次對你老婆構不成影響吧？她的餘生都能夠擁有你，或者至少擁有你，一直到你們因為某個事件離婚，例如為了從牙膏上緣擠出牙膏的小事離婚。或者是你知道，五年後你們可能會形同陌路。」

「但對我有影響。」

「嗯，可是你的餘生也擁有你自己啊。」我翻過身跨坐在他身上，「這樣的話你可以接受吧？」

「快下去，妳這蕩婦。」

「你才不是真心的。」我低下頭吻他，靠在他的胸膛上，還有他胸膛上已喪失知覺、平滑的死疤組織。

「難道我就不配擁有一些恢復的時間嗎？」他說，拉起我的手腕，彷彿要用摔角技巧將我摔下去，但他並沒有這個意思。

「讓我來告訴你你應得什麼。」我說，往更低的地方吻去。

事後我坐在床沿，一隻腳壓在臀部下方，努力想點燃我從羅那度那兒偷來的廉價塑膠打火機，點燃的機率跟俄羅斯輪盤一樣低。「你知道自己要去哪裡嗎？」

「蒲隆地，他們就在那裡的一個營區，在東邊的魯伊吉省那裡，營區叫做包吉里薩。遠離戰亂之地，他們說的。他們正在合併，將所有人都移到同一個地方，這樣比較好。」

「但還稱不上是度假飯店。」

「這倒是真的，他們確實得關閉度假村。」他微笑著，但他的笑容與跳蚤市場的名牌貨一樣假。

「棉花糖機器故障、氣球也飄走了，反叛軍在離開前還劫走所有絨毛布偶。你跟她說到話了嗎？」

「那裡只有一支衛星電話。」

「所以你還不能確定就是他們。」我總算見到火花，但並沒有持續太久，仍不足以讓我點燃香菸。可惡，咔噠咔噠。

「聯合國救援人員掃描存證了一份她的身分證。」

「可能是被別人偷走的，身分錯認了，現在英國難民中心就會進行基因測試，確保你真的就是如你所陳述的人，你會要求與你真實的老婆進行基因比對嗎？他們有她的牙科紀錄嗎？」

咔噠。咔噠。

「這對我來說也不是那麼容易的，」他說。

「哦，滾開啦，貝瓦。」我說，咔噠咔噠，仍試圖點燃打火機。

「我很開心妳找到新對象。」

「迪尼士那個愛監視人的雜碎也一併滾開。」咔噠。咔噠。咔噠。

「這是好事，銀子，這是妳需要的。」

我將該死可惡沒用的爛打火機，往該死的牆上扔去，然後馬上就後悔了。現在我得爬下那該死的樓梯，到該死的商店買另一支該死的打火機，但商店可能在這該死的夜晚、這該死的時段已經該死地關門了。我小心翼翼地爬到牆邊，拾起地上的打火機，小小的塑膠尖頭已經掉了，這下打火機確確實實已經該死地陣亡了。

「無論我和喬之間有沒有什麼，我今後的人生都沒有你發言的餘地了，貝瓦。」

「我不知道我曾有過發言的餘地，」他看著我的方式，彷彿我才是壞人。「妳想看他們的照片嗎？」

「我為什麼會想看那些照片？他們可是害你離開我的元凶。」

「因為我想讓妳看看。」

「哦，我的老天爺。好吧。」

他花了好幾分鐘才從他樓上的房間拿來照片，於此同時，我也跟一個用頭頂著水桶上樓的女人，成功要到一盒火柴。

貝瓦回到我的房間裡，然後搶走我嘴裡的香菸，自己抽了一口。我從沒看過他抽菸。然後他就坐到我身旁的床上，膝上放著一捆用塑膠袋包起、以橡皮筋固定住的東西。接著他解開橡皮筋，將東西整齊地排放在身旁，其中有些已經腐爛了，即使胸前有朵毒花在啃噬著我，我仍舊感到無比好奇。

「你上次看這些照片是什麼時候的事情？」

「昨天，在那之前的話，我不確定，一年吧？或兩年？過去我每天都會拿出來看。」

他展開一個大賣場的袋子，物品一層又一層地包裹住，然後又是一層又一層，最後以一捆紙緊緊包裹著，再以軍用綠色雨衣和繩子捆繫起。

裡面裝的是相片和電腦列印出的照片，已經褪色，紙張經過觸碰及跨洲旅途而變得柔軟。貝瓦、一個女人，以及三個估計年齡介於兩歲至七歲的孩子，端正地站在矮牆前，臉上不帶笑容地擺出拍照姿勢，他們的臉因為已經褪色而變得模糊不清，看起來就像是鬼魂。

下一張，同一個女人，她看起來很疲憊，身上裹著亮黃色的被單，懷裡抱著一個削瘦的新生兒，嬰兒的眼睛因強光而緊閉，另一個小女孩從照片邊緣的角落探出頭，彷彿她不甘遭到冷落。

同一名小女孩用手托著小嬰兒的手臂下方，抱著他到處跑。

小男孩坐在紙箱裡，張著嘴燦爛地笑著，露出一顆牙齒。

又是一張正式的全家福，背景為市區的噴泉前。

同一個背景，但這一次貝瓦倒抓著小男孩，似乎隨時要丟他進噴泉，而全家人則笑得東倒西歪。

但讓我的心重重一沉的是另一張照片。那個女人用圍裙遮著臉靦腆地笑著，看得出她在跟相機嬉鬧，或者說，是跟相機後方的男人嬉鬧。

「席爾薇，」貝瓦說，「亞曼、吉內兒和塞雷斯丁，他是我最小的兒子，兩歲半，精力旺盛，你得拿條皮帶拴住他。」

我算了一下：「所以他現在六、七歲了。」

「七歲，他生日在四月，就在下週。滿七歲，算長大了呢。我得開始存他的大學學費了。」他嚴肅地牽動嘴角，這次可不是假笑。我們都想到大學令人難以置信的學費、上一般大學的難處，以及大學學歷能帶給你什麼。想到我的學士學位，又想到貝瓦讀到第三年的機械工程學系。

他開始收拾照片，重新放回塑膠袋裡，然後以橡皮筋綁好。

「你要怎麼跟他們交代？」

「爸爸走失了一陣子。」

「貓鼬怎麼辦呢？」

「啊，」貝瓦揮揮手，「牠會習慣我家人的。他們可能會扯牠的尾巴，但會沒事的，牠只會對帶著樹懶的壞女孩耍狠。」貝瓦說，推了我一下以示強調。

「喂，很好，這下我永遠都不會再想你了。」

「我一秒也不會想妳。」

「我根本不會記得你，我會忙著跟別的男人上床，然後心想：貝瓦？誰啊？」

「等跳蚤蛋孵化時，妳就會記起貓鼬了。」

「我才不會，我才不會記得你，也不會想你。我從沒愛過你，也根本沒喜歡過你，而且你身上有股怪味兒。還有你的腳，那雙噁心長繭的腳？真的很噁心耶。它們離開我的床，我樂得可開心了。」

「妳身上也有股怪味兒啊。」他說，然後就親吻我靠近破相的那隻耳朵旁的臉頰。我將頭靠上他的肩膀，好一會兒我們就只是這樣靜靜地坐著。

我正在運動俱樂部的健身房泳池長泳，來來回回地游著，在泳池兩端完美地翻身折返——這是我一直都無法確實做好的；我繼續來回折返地游著。

我是唯一一個待在泳池的人，似乎也是唯一一個在俱樂部的人。我划動四肢，攪動著泳池裡的水，水面形成一摺又一摺起伏的小波浪。耳邊傳來一個帶著韻律的哨聲，要我必須跟上，但我卻不斷地落後，我無法跟上腳步。

在我下方的泳池則深不可測，彷彿懸浮在大陸棚上。水底有樣東西正在緩緩升起，朝我游了過來，是某個帶有利齒的東西。

23

我忽然從夢中驚醒，心跳猛烈加速，貝瓦仍然熟睡著，蜷曲著身子躺在我身後，彷彿我們是一對引號。他的那個部位勃起，帶著一種無辜的執著，頂到我的後背，對於我們已決定放手對彼此的愛戀，彷彿毫無所知。但這不是夢，而是真的有聲響。

我坐起身子仔細聆聽。我先是聽到一陣跑步聲，來自街上的吼叫聲，甩門聲，接著更多的吼叫聲及槍響。彷彿毫無邏輯可言，我立刻聯想到小曲。悶響聽起來像是從推思特街那側傳來，我望出窗外檢查，街上很安靜，連樹上都見不到塑膠袋飄蕩。

床尾那側冒出貓鼬的臉，牠用後腳站立盯著我，鼻子抽動著嗅了嗅空氣。

「看來只有我們兩個醒著，」我溜下床，穿上衣服和工作褲，「不神聖的聯盟。」貝瓦動也不動一下。

六〇八室的燈還亮著，我輕輕敲著康先生的門，他是一名小個頭的裁縫師，他太太的才能就是將防盜咒語縫入他的作品。康先生隨即開了門。他過去曾在普連街有間小店，但他現在主要接極樂高地的生意。他的太太——康太太，除了咒語縫製外也兼職顧問，為居民申請政府津貼。她的動物是隻黑蠍子，這對她來說很方便，當她帶著申請表格和身分證本子去社會福利局時，可以輕輕鬆鬆將牠藏在手提包裡。

康先生對我做出招呼的手勢，要我快點進屋，然後他的腳步快速移動至窗邊，觀看公開上演的戲碼。我跨過幾匹布料，然後擠過桌上的裁縫機，靠在窗戶邊緣。康太太以及他們十二歲的女兒、住在他們家對面的性工作者、還有一名男人——猜測應是她該鐘點的恩客，全部都已經占好觀賞位置，往街頭盯著瞧。我們不是享受這場凌晨四點劇場的唯一住戶，左右兩側都有人探出窗外看戲，一邊抽菸一邊聊天。

「是那群幫派份子。」康太太連聲嘖嘖，移動著身軀，調整孩子在她臀部上熟睡的姿勢。「還有那可惡的私人保全。」你已經聽過警察無能的笑話，特警人員巡邏動物城市和市中心的方式，就像小狗在自己領地撒尿一樣。他們只在意保護自己的建築，如果對街發生犯罪行為，他們會裝做沒有事情發生似的。一旦離開他們的管轄區，他們就喪失管理的興致。很不幸地，極樂高地和金大樓不在私營法律管轄內，我們的房東吝嗇到不願為住戶安全掏出一毛錢。

接著又是一陣槍響，槍口的光火反映在角落建築的破窗戶上，然後有個男人從街頭的樹底藏身處慌慌張張地跑了出來，一邊還扭過頭開火回敬。當他在濕柏油路上打滑時，他的球鞋發出猶如選手在網球場上的嘎吱聲響。有隻熊笨重地跟在他身後，彷彿查看來車似地左右觀望。

這還不是我在這條街上看過最荒謬的事。過去曾有個人試圖強暴婦女，最終遭到阻止——因為康太太叫醒我們這層樓所有的壯漢，然後他們把意圖不軌的強暴犯打到昏迷。還有迪尼士遭到刺殺的那晚，可惜並未致命。幾週前也曾在樓梯間發生謀殺案。但最離譜的事，莫過於某晚當地妓院的老闆，命她旗下的小姐以及她們的動物裸體遊街，以刺激生意上門。

「混戰的情勢不妙，」探出六一〇室窗外的一名男子語帶權威、肯定地說道。

「現在下注還不算晚。」他留著山羊鬍的朋友說。但他們的笑聲卻顯得相當空洞。

「不了，」康太太帶著厭煩的口吻說：「這都是你熟悉的劇情了，絕對是幫派戰爭，二〇七室的人兩週前曾對喀麥隆人下手，這是場血債血還的報復，你等著瞧吧。」

康先生想趕女兒回床上睡覺，「快去睡吧，我的乖女兒，妳明天還得上學。」但女孩卻一動也不肯動；這比電視還精采，就人生教育來說，也許也比學校教育精采多了。

樓下的街頭又傳來另一聲槍響，熊的肩膀扭動一下便隨即癱垮，牠痛苦地哀嚎，想要把整個身體直立起來，但隨後決定放棄，男人扯著熊的臂膀，試圖拉牠往前走，牠又哀嚎了一聲，四肢癱軟地倒在地上，於是男人只好開始奔跑，著急地用手勢示意熊快點跟上，牠開始跟著他跑，但一切都太遲了。

更多顆子彈射穿了熊的軀體，這次是AK47步槍打得牠向旁邊倒。男人驚叫出聲，回頭跑向熊的身邊，但卻忽然遲疑了。熊踉蹌搖晃了一步，隨後便朝背後倒下。牠詫異地喘氣，嘗試爬起來，卻感到格外迷惘。這時AK47步槍又開火了，於是只見熊的前掌無力地滑了下來，牠的下巴喀噠一聲撞上路沿，聲響清晰可聞。窗邊圍觀的人全都忍不住皺眉蹙額，然後熊的頭便緩慢地垂向一側。男人轉過身，瘋狂地奔跑著，彷彿地獄正在背後追趕他。

地獄會來找他的。

全部的人都屏住呼吸，一名歹徒謹慎步出樹下的搭架，手上拿著革命份子、罪犯和成為罪犯的革命份子所鍾愛的武器。AK47步槍靠在他的臀部旁，已經準備好隨時大開殺戒。有團模糊的翅膀在他肩膀上盤旋著，是一隻太陽鳥。他走近熊的身邊，提起腳戳了戳牠，熊一動也不動，但他仍是對牠補了幾槍，清空彈匣。太陽鳥飛向前瞧了一眼，又飛了回去。

遠處傳來警笛聲，但那是私人保全，不是警察，你可以從警笛鳴叫的音調辨識出兩者的差別。歹徒抬起頭來，看到大樓裡半數住戶都在窗口圍觀。他朝我們開心地揮手，隨後又走回樹下，他的鳥在他的頭周圍飛舞著。

我們都知道接下來會發生什麼事，沒有人開口說話。貓鼬在窗台上來回踱步，牠的鬍鬚顫抖抽搐著。警笛的聲音愈來愈大聲，熊毫無動靜地躺在人行道上，就在合法攤商的金屬框架旁邊。

氣壓愈來愈低，就像暴風雨前的空氣。一陣慟哭聲低沉輕柔地升起，彷彿它一直都存在，只是在人類聽覺範圍之外。慟哭聲轉而變成嚎啕大哭，然後樹上開始滴落黑影，彷彿風暴過後的雨滴。黑暗聚集、凝結，然後沸騰。

日本人相信這些是飢餓的鬼魂；山達基教派則宣稱這是記憶痕跡的實際展現。經部分目擊者報告形容，他們親眼目睹陰影裡有牙齒在碾磨和撕扯。影像錄影僅顯示出難以洞悉的黑暗，我寧可想像它就是黑洞，如外太空般冰冷又客觀。也許我們到了另一邊時，都會化作天上的繁星。

在黑影朝逃跑男人的方向奔去時，我轉過身子不看，康先生遮住女兒的眼睛，但其實他該保護的是她的耳朵。尖叫聲只維持了幾秒鐘便完全消失。

「嘖。」康太太開口，打破這陣壓得我們喘不過氣的沉默，就像有人調高了地心引力一般，「這座城市喔。」

但我卻想起另一件事情。「妳的父母在哪裡？」我喃喃自語道，想起那個毒藥般的幻覺，以及那位別著名牌的店員，名牌上面寫著「殺人凶手！殺人凶手！殺人凶手！」——她彎著腰，問著夢中只有五歲的我。

「父母？總有人要告訴他們的。」康太太同意道。「妳過來。」她對她的女兒說，催促她離開窗邊，並且驅散我們這些圍觀群眾。

24

因為睡眠不足，我早晨醒來的時候既無力又暴躁，市政府的掃街人員已經結束清潔，血跡也經水管沖洗乾淨，熊的屍體已不復在。該事件確實發生過唯一剩下的證據，就是柏油路面上放射半徑般的黑色污垢，以及圍起整條街的黃色警察封鎖帶。

如果清潔隊員也能清理我的車該有多好。貝瓦只是不發一語地盯著卡布里。我不是昨晚唯一出事的人——我那台卡布里也慘遭破壞，而且是徹底地破壞。門板被踢凹了、車頭燈也被砸碎了，上面還留下一個難以辨別的字，如果你將眼睛瞇起來看，可能能夠看到一個「幹」字，這個字就被刻在引擎蓋的油漆上，每個字母有十公分高。破碎的擋風玻璃內凹下陷形成蛛網紋，凹陷是由金屬物多次重擊而成的，哦，我會知道是因為我在後座發現一支鐵橇，鐵橇也被拿來撬開座椅皮革，錦上添花的是抹在引擎蓋上的排泄物——根據氣味判斷，應是出自人類。無論是誰的傑作，我猜我都應該竊喜，至少他不是在車內座墊上留下這個傑作。

「職業傷害。」我告訴貝瓦。現在我的態度當然可以輕鬆了，昨天當我找到計程車，願意將抹著「水溝牌香水」的我從桑頓區送達麥買市場時，市場已經關閉，夜色在停車場蔓延擴散，除了卡布里的殘骸外，停車場早已經空無一人。我堅持要計程車司機留在旁邊，直到我的車發動了才能離開。我不確定他們是不是還在那裡，正在防水帆布下窺視著，或還在城市某處遊盪，但我仍是朝他們比了個中指。照理說我應該把車留在那裡才是，但我就是如此頑固。此外，我也不打算讓一群下水道鼠輩般的毒蟲嚇破我的膽。

當我正在開車時，貝瓦看著我手臂上的瘀傷和抓痕，今天的狀態看起來比昨天還慘，如果我能夠預料到如此情況，今天就不會穿上無袖洋裝。

「妳應該報警的。」他說。

「警察根本不會在乎，貝瓦。」

「至少也讓我陪妳去吧。」

「你白天不用上班嗎？」

「反正我遲早也要辭去工作。」

「而且你還要安排回家的旅程。」

「妳大可以說『不了，謝謝你』就好，親愛的。」

「你可以幫我一件事，不過挺冒險就是了。」

他嘆了口氣，「妳找我準沒好事。」

「嘿，迪尼士比我差勁多了吧。」

「但他不如妳漂亮。」

「我要向你老婆告狀。」我回嘴道，但這是下意識的自動模式。我們之間輕鬆的玩笑話，現在則爬滿了凹凸不平的芒刺。

「我納妾的提議還有效喔。」他說，謹慎地防護著假象。

「如果你能幫我弄到羅那度的住家地址，我也許可以考慮考慮。他是『反革命』的保鏢，姓氏不明。他也在『哨兵保全公司』工作，徽章也是那個愚蠢的頭盔。」我伸手輕輕揮向艾力亞斯名牌上的佩章。

「我盡力而為。」他說，我把車停在裝瓶廠旁，也就是貝瓦今天受指派巡邏的地點。「哨兵保全公司」喜歡讓保全人員換工作地點，這樣一來就不會過得太舒服閒散、對於來來去去的人太過熟悉，然後像迪尼士那樣賣消息給他人。誰能保證資料是不是洩漏給幫派或武裝搶匪？

「我可以不來的，」貝瓦說，留在車上。「今天少一個保全人員不會怎樣。」

「什麼？然後害艾力亞斯丟掉工作嗎？」我努力將手停留在方向盤上，這樣才能抗拒自己伸手撫摸他。

「至少帶著我的手機。」

「我會沒事的，我會遠離下水道還有那幫手持螺絲起子的下水道毒蟲。我保證。」

他一臉的痛苦與掙扎，「那我們晚點見，親愛的。」他說，在我臉頰上留下純情的一吻。

半小時過後，當我駛進梅菲爾高爾夫住宅區時，我才發現他竟逮到機會，把他的手機偷偷留在手煞車下的零錢槽內給我用。狡猾的混帳。

不幸的是，當我踏進路修利太太家時，我車裡及身上的水溝味仍舊揮之不去。但她很有禮貌，對此隻字未提，還泡了杯濃茶給我，沒多問就幫我加了牛奶和糖。我坐著喝茶，她則上樓翻找物品。

約莫十分鐘過後，她帶著一個鞋盒回到樓下，戴上眼鏡、開始將照片一張張取出盒子，「妳確切要找的是什麼樣的東西？」

「我看到就會知道。可以借我看看嗎？」我把盒子裡的東西一股腦倒在檯面上，一張又一張地過濾相片，大多都是冰冷逝去的東西。

我捉住其中一張，翻轉過來，這是張白色婚禮的照片，裡面有一男一女——是小曲和席布的父母，兩人在陽光下瞇著雙眼，站在一級台階上，台階則通往一間社區會堂，又或者是間外觀樸實至極的教堂。他的白西裝有著大翻領，而她的手上則彆扭地抱著粉紅玫瑰與大波斯菊做成的捧花。我感應到一絲微弱的聯繫，褪色、脆弱，在光線下難以辨識，但就在那兒。我從沒靠照片尋找失物，除非照片本身就是失物，我也從沒試著從影像中尋找線索。我眼前忽然間又閃過世貿中心，著實離譜得令人心煩。

「真的很不公平，」路修利太太嘆氣，「他們這麼年幼就失去父母。」

「我可以借走這個嗎？」

「我不知道我有沒有底片……」她的表情有些不確定，但我已經跟著那條微薄的細繩走到門外，繩子彷彿就是希臘神話英雄提修斯[6]的那球線繩，我只能祈禱在線繩另一端等著我的不會是牛頭人身怪物。

如果我真找到牛頭人身怪物，恐怕會是戲劇性的大進展，因為事實上我什麼也找不到。我漫無目的地開著車繞圈、努力捕捉微弱的線索，但線索卻彷彿收訊不良的收音機般，不斷地消失萎縮。而正在此時貝瓦的手機響了。情況真的教人絕望，小曲有可能在城市任何一角：也許在咖啡廳啜著摩卡奇諾，或在一個骯髒車庫裡，整個人被綁在椅子上。如果我能靠得夠近的話，就有可能銜接起線索，但我要從何處下手？我瞥了眼貝瓦的手機，手機正反覆唱著「樂幫」樂團〈哦耶〉的前二十秒。螢幕顯示電話來自一通私人號碼，我直接讓手機進入語音信箱，但手機又堅定地響了第二次，害我分心沒看到死巷的標示牌，直接闖進死胡同。等它響起第三次，我很輕易就接了——就算是他那老婆從蒲隆地打來也罷，總比再聽一次〈哦耶〉好吧。

「哈囉。」我說，我正粗暴地進行三段式迴轉，把手機夾在我耳朵和聳起的肩膀中間。哦，是動力方向盤呢。

「我沒有明確的地址可以給妳，」貝瓦說，「但我可以告訴妳，他就住在希爾布羅區。」

「你不知道這條線索此刻對我有多重要。」我說，將卡布里駛回高速公路。

「即使情報來自迪尼士？」他說。

「我不在乎你從哪裡獲得情報的，親愛的。」

「好啊，那就好，他說妳這筆情報欠他兩百蘭特。」

這讓我心情頓時變壞，但只有微微變壞，因為當我愈來愈接近市區，我總算感覺到自己銜接上正確的軌道，那一絲線索愈來愈清晰了，雖然還是很脆弱，但至少現在能牽引至某處，而不僅是逐漸削弱消逝。

當我看見線索，感覺就像臉上被人甩了一個耳光。那棟大樓不是世貿中心，而是「高點」大樓，婚禮相片的線索直勾勾牽引著我往那兒去。它就靠我那麼近，我幾乎隨時可能被它絆倒。要是我能花點力氣抬起頭，要是我能認真看待那場毒藥般的夢境。

我在兩條街外的地方找到停車位，停車場警衛看了幾眼卡布里的慘狀：「唉唷，我的姊妹啊。」

「只要確保我回來時車還在就好。」我說，往雙棟公寓大樓的方向前進。

譯註6：希臘神話中，提修斯曾經身陷迷宮，靠著一球線繩標記來路，才得以逃脫。

如果希爾布羅區的前身是約翰尼斯堡的迷人皇冠，那麼「高點」大樓就是鑲在皇冠中心的那顆鑽石，裡面盡是時髦的單身漢公寓和高級公寓，住著年輕有野心的專業人士以及國際化的都會家庭。

公寓入口就在一棟一塵不染的露天購物中心裡，購物中心是座消費者的神聖小島，有服飾店和快餐食堂，人行道乾淨到可以當桌布，但客人也並沒有飢餓到願意嘗試。這裡幾乎像是正常世界——完全稱得上是郊區的風格。我很快就明白原因了。周邊有幾個鬥牛犬般的男子，正勤奮不懈地來回巡邏著，他們頂著平頭，手裡拿著催淚瓦斯，身穿防彈背心。

這是種破窗型的加強執法，概念起源於，湮滅社會混沌的火花就有助不讓它蔓延成重罪惡火。不許閒晃、不許亂丟垃圾、也不許拉客——不過一些看起來打扮得光鮮亮麗的毒販就站在街角聊天，這些人似乎有外交豁免權，只要他們不必太靠近就行，就像對街睡在破舊睡袋裡的流浪漢。

我往裡面走去，上了手扶梯，搜尋公寓建築的入口。總共有四道沉重的防盜門，想要進去僅能以一張感應卡開啟大門。門邊有一間牢籠般的警衛室，於是我便試試自己的運氣。

「你好，我是訪客，要找六一二室的人。」我說，胡亂編造了一個號碼。

「請問大名？」表情呆滯的警衛與外面的年輕巡邏員調性不同。

「銀子・十二月。」

「沒有喔，姊妹。住戶名單上沒有銀子・十二月這個人。」

「不是的，我很抱歉，我是銀子・十二月，」我孤注一擲，「我來找羅那度。」

「哪一位羅那度？」

「住在六一二室的羅那度。」

「妳不知道他姓什麼？」

「我忘了。」

「那妳得打電話給他，請他下樓接妳。」

「可是我沒有通話時數了。」我可悲地向他乞求。

警衛聳聳肩，繼續回頭看他的八卦小報，頭條寫著「更多工作機會不幸流失！」。熊遭謀殺的事件連頭版也沒能登上。

「我去用公共電話好了。」我說。

我回頭尋找後門或太平梯，什麼都可以。但就在這時，我看到一位年輕鬥牛犬巡邏員，於是便直接走向他，謹慎地讓自己看起來既無害又不像是閒晃。「不好意思，你可以幫我個忙嗎？」

這孩子聚精會神地轉過來面向我，他看起來最多不超過十九歲，湛藍的眼珠燃著一種小狗般的熱切，這種熱切可以解讀為搖尾巴，也同樣容易解讀為狠咬。

我斟酌祭出記者牌的勝算，最後還是把它撤回伎倆錦囊裡。「我在尋找一名失蹤的女孩。」

「您找錯地方了，女士。這棟建築並沒有閒雜人等進入，妳也許可以試試看對街，問問那些人。」他說，手指著角落那幾個行徑可疑的人，頭還順勢點了一下。「他們認識很多失蹤的女孩，妳就相信我吧。」

「我相信他們認識失蹤的女孩，但我要找的人就住在這棟公寓裡，這點我是清楚知道的，所以我需要進去。」

「妳是警察嗎？」

「不，我算是……私家偵探，我專門尋找失物，也尋人。比較少偵查的部分，大部分重在尋找。」

聽到這兒他突然活躍起來，「讓我問問看可不可以幫妳。」他拿起掛在他催淚瓦斯旁的無線電，低聲說著聽不清楚的話語。我的眼神禮貌性地迴避，看著那幾個可疑人士。我希望小曲在這棟建築裡，而不是對街陰暗破舊的矮房子裡。都已經正午了，矮房子的窗簾卻仍緊緊拉上。大多數的人口販子通常連運送箱子都懶，而是刊登廣告，刊登內容完全不提賣春，而是祕書或協助店面的工作，薪資卻高得不合理。而有些人既迫切需要工作又天真得很，一旦人口販子逮到她們，女孩就會先遭到輪姦、沉淪毒品，然後被迫外出賣淫。

「好的，沒有問題，」男孩回來對我說，「但我會和妳一起去，妳不得滋事打擾到住戶，這可是棟高級大樓。」他語氣嚴肅地補了一句。

「沒問題。」他陪我走回電扶梯，使用感應卡讓我進入警衛大門，坐在自己牢籠裡的警衛連頭也不抬，繼續讀著報紙。

「你認識一位叫做羅那度的人嗎？一個很壯的男人，他是保鏢。」

「不認識，抱歉。但我們這裡大約有一千兩百名住戶，也有可能更多。如果有人偷偷帶客人回來，這是觸法的，被抓到的話要受到驅逐。抱歉，電梯壞了，我們得用走的上去。是住戶造成的。我們日前有些供水問題，大家打開水龍頭後，發現沒有水流出來，隨後便忘記要把它關上，所以當水又恢復供應，大樓就這樣淹水了，水淹至電梯井，這下要花上一大筆錢維修了。」

「住在二十六樓的人怎麼辦？」

「只好走路囉，即使提著購物袋或推嬰兒車也是，但無所謂的，我們告訴住戶，直到電梯修理完成之前，他們都可以直接把垃圾丟出窗外，我們會派人清理。這樣做確實不好，但總得對住戶公平吧。妳要找的女孩住在哪層樓？」

「我還不知道。」

「嗯，我希望妳體力夠好。」他說，推開門，敞開面對著一個光禿水泥的樓梯間。「我一天需要上下樓梯約八到十次吧。有時是有人喝醉引起騷動，有時則是因為門卡住了，我們就像警衛兼維修人員，妳知道嗎，我們之前也曾發生過類似的事情。」

「類似的事情？」

「類似妳找失蹤女孩的事情。有個女人遭人強暴，我們知道是其中一名住戶所為，所以就在外頭等他，就我和她兩人，站在門外兩天，這傢伙一出門，我們立刻就逮到他。」他站到一旁，讓一名老人先通過，老人提著兩袋鼓脹破舊的大賣場購物袋。樓梯間沒有標示樓層，但據我估計，我們爬到第十七或十八層時，樹懶緊緊地抓著我的肩膀。

「我知道，夥伴。」我感覺得到線索那端彷彿有學步兒興奮地拉扯著。

也就是這個時候，我們頭頂上那層樓的大門忽地打開，有個女孩慌亂地竄進樓梯間，用力撞上男孩警衛，她試著要擠過他身邊，但他卻把她緊緊摟在胸前。

「喂，喂，喂，」他說，制止住她。「妳還好嗎？」

「放開我，你這王八蛋！」

我錯了。小曲不是哥德龐克風的小公主，她是新八〇年代地下摩登搖滾樂手，她的衣著更加繽紛多彩，眼線顏色亦然，而且她是個大麻煩，或者應該說是個超級大麻煩。

「小曲．拉德貝？」這個問題根本是多餘的：她就和雜誌裡的照片一模一樣，也許稍微不修邊幅一些，她有著濃密的髮辮，以亮紫色寬頭帶固定在後，搭配一雙同樣是紫色的蛇皮牛仔靴。她看到我，或該說是看到樹懶時，眼睛突然睜得老大。

「哦，該死。」她掙脫男孩警衛抓住她的手，然後往樓上折返衝刺，一次爬上三階。

我們隨後從樓梯間一腳踏進陽光耀眼的走廊，以及僵持不下的局勢：小曲困在我們與禿鸛女和瑪爾濟斯男之間，他們身後的一九〇四室大門洞開。

「好了，各位，」男孩警衛說，他的手移至他的催淚瓦斯旁，準備隨時掏出來，「我們好好解決問題。」

「瞧瞧是誰來啦。」瑪爾濟斯男冷笑。

「妳派對遲到囉，」禿鸛女說，「而且還一直不肯接電話。」

「你們在這裡做什麼？」

「哦，親愛的，妳都不聽妳的語音留言嗎？我們已經不需要妳的服務了，我們靠自己找到她了。」

「我的手機被人偷走了。」

「還真是不專業。」瑪爾濟斯男咂咂嘴。

小曲看向我，又看向他們，然後又看向我，接著她忽然蹲在地上，雙手摀住耳朵，開始尖叫，大聲到連開普敦的人都可以聽見她的叫聲。我不清楚她的歌喉如何，但她的聲音特訓確實可見成效。完美維持在一個音頻的尖叫聲，刺激到小野狗，牠突然狂亂地開始吠叫。

年輕警衛打開裝有催淚瓦斯罐的皮套，「好了，我可是認真的，現在到底是怎麼一回事？」

「別讓他們帶走我。」小曲抽噎著說，她撲向他，抱住他的褲管。

走廊上一九一〇室的大門，突然打開一條縫，年輕警衛對著走廊大喊：「關上門，這裡沒有你的事！」

「也沒有你的事。」禿鸛女說。

「他們想要綁架我！」小曲驚聲叫著，雙膝跪趴在地，伏在年輕警衛的腰帶上，抬起塗有眼影粉的雙眼望著他。

「她已經一週沒吃藥了，」瑪爾濟斯男說，慢慢地解開西裝外套的釦子，小心謹慎的動作像是在說：我這裡可沒有私藏武器喔。「她這是在犯妄想症。」

「等等，等一下。」年輕警衛亂了方寸。

「我有一封她的醫生親筆寫的信，」瑪爾濟斯男的手伸進外套內袋，取出一張紙。他小心翼翼地打開信紙，露出「避風港」療養中心的信頭。

「等一下！我們重新開始。你們到底是誰？」

「這封診所的來信能夠說明她的狀況是嚴重的妄想妄念症狀。她已經失蹤好幾天了，我們是來帶她回家的。」

「拜託，這是陷阱，千萬別聽信他說的話。」小曲嗚咽著。瑪爾濟斯男遞出信紙，但當警衛想伸手拿取時，小曲抓住他的催淚瓦斯，使勁將它扯出皮套，然後拿瓦斯噴他的臉。他又嗆又咳，整個人向後縮，用拳頭拚命按住眼窩。

我們也吸到殘餘的瓦斯，樹懶開始哀嚎。我的眼睛和鼻子也因灼燒感而開始流眼淚和鼻水，但還不致於太嚴重，我仍舊可以抓住小曲纖細的手臂，然後將她拉回來。我以強大的衝勁將她扯回來，導致她整個人往後撞上窗戶，發出嚇人的咔啦聲。有那麼一刻，我等著看玻璃被她的體重震碎，她則摔出十九層樓的窗外。但所幸玻璃撐住沒事。

「噢！賤女人！」她咒罵。

「冷靜下來，沒人會傷害妳的。」我試著安撫她。

「妳跟我開玩笑嗎？妳剛剛不就試圖傷害我。去死啦！」她企圖以靴跟踹我的腳背，但我及時閃避她的攻擊。年輕警衛半跪在地上，一手遮住眼睛，匆忙對著無線電傳喚救兵，禿鸛女和瑪爾濟斯男興味盎然地冷眼旁觀。

「你們能幫一下忙嗎？」

「哦，不，妳要靠自己賺得妳的薪資。」禿鸛女說。她的鸛仰起頭，發出難聽的吸氣聲，彷彿在嘲笑我。

小曲瘋狂地扭動身體掙扎著，像是半癲癇發作的模樣。她的頭猛然向後攻擊我的鼻子，我捉住她的頭髮、固定住她的頭，推著她向前走。於是我們就如此走下十九層樓梯，一路上她身軀不斷扭動，嘴裡還不忘一邊咒罵。年輕警衛踉蹌跟隨在後，一隻手沿路扶著牆壁走。我試著和她說話，聲音盡可能地輕柔，不讓禿鸛女和瑪爾濟斯男聽到。

「妳為什麼要逃跑？」

「妳去死。」

「是歐狄做了什麼嗎？」

「有什麼是歐狄做不出來的？」

「妳這個小渾球，我可是想要幫妳。」

「把我送回去算是幫我？妳這忙幫得可真好。」

「妳以為妳在這裡做什麼？和妳的保鏢男友玩扮家家酒嗎？」

「他才不是我男朋友，這裡也不是他家，小羅住在我樓下三層的公寓裡，這間可是我自己的，是我付錢的。」她多加一句以示強調：「用我自己的錢，自己賺來的錢。」

我嘗試另一種策略：「妳害路修利太太很擔心妳。」

這句話讓她靜了下來，但只有那麼一會兒，「我很抱歉。」她刻意放大竊竊私語的音量，故意讓旁人都聽見：「但他們想要殺了我，這妳是知道的。」

「我完全能夠理解。其實我自己現在就很想殺了妳。」

「問問他們賈布發生什麼事了。」

「誰是賈布？」

「問他們啊，問他們他現在身在何處，」她大吼著這個名字，整個樓梯間都迴盪著：「賈——布——拉——尼．恩庫沙！」她朝我翻了翻白眼：「妳問他們啊！」

當我們走到樓下，一輛警車已經停在路邊，車邊聚了一小群「高點」大樓的警衛，不以為然地看著我們。他們的長官是一個較為年長的男人，相貌像曾經遭到烈陽和痘疤的蹂躪。他把牛奶倒在年輕警衛的臉上，以中和催淚瓦斯的效果。

禿鸛女架著小曲進入停在對街的賓士車，然後鎖上車門。瑪爾濟斯男走向警察，拿出能「解釋一切」的「避風港」官方信函，和他們溝通。在遞交信紙給警察時，我瞥見信紙裡藏著一疊藍色的百元鈔票。

「賈布是誰？」我假裝不知情地問禿鸛女。

「賈布？是她在勒戒所認識的一個壞男孩，他偷走她的錢，讓她傷心欲絕，然後離她而去。」

「就這樣憑空消失？」

「也許他回到父母身邊，我怎麼會知道？我又沒在他身上裝追蹤雷達。」

「那她常常——？」

「荷爾蒙失調，躁鬱症，管它是什麼症狀，她本來應該要服藥的。」

「你們是怎麼找到她的？」

「她打電話給她的一個朋友，然後她朋友打給我們通報。不用擔心，妳還是會照樣領到工資，只要妳謹言慎行。」她打量了我一番，「我可不想在網誌上看到關於這件事的報導。」鸛像之前一樣大口抽氣嘲笑我，可是我聽不懂她的意思。

「我何時可以領到錢？」

「天啊，我們現在時間很趕，過幾天我們會再拿給妳。妳可以接受現金吧？」

「我明天過去領錢，而且我也想再看看小曲的情況。」

「妳的關懷很令人感動。」她冷漠地說。我瞥向她的失物，它們異常清晰。也許是她的關係，或接近她的都是這樣。手套和書本仍舊扣在她的失物之中，但手槍顯然已經不在了。

「看來妳已經找到手槍了。」我說。

「什麼？」她的頭往我的方向轉了過來，鳥的喙嘴朝我啪噠啪噠地一張一合。

「那支維特手槍啊？」

「啊，對啊，我其中一樣『失物』嘛？我確實是找到了，謝謝關心。」

「這把槍有執照嗎？」我眼神掃向警察。

「如果妳知道我經歷過的事，就能理解我需要些自保的東西。」

「我一直在想妳那個沙丁魚的故事。」

「啊？」

「對我來說，妳不太像是其中一條沙丁魚，比較像是鯊魚。亞密拉，妳真的藏在箱子『裡面』嗎？還是妳人在箱子外，安排船隻的通行？這算是另一種形式的採購嗎？」

「我呢，則覺得妳是個蠢女孩，腦子裡淨裝些瘋狂的想法。」她修長的手指朝我的方向點了一下，然後就闊步走向他們的轎車。我看著賓士車揚長而去，往郊區的方向前進。

我現在脫離鯊魚的捕網了。

25

迪尼士和他那群狐朋狗友以狼嚎猴吠迎接我，他們大多已經喝得醉醺醺，四仰八叉地躺在極樂高地外的階梯上。

「嘿，女上男下的小銀子！」迪尼士尖聲怪叫，「妳可以像牛仔跨騎在我身上，寶貝！」他蹶起臀部，一手則假裝在頭頂晃著牛仔套索。

「你需要找份工作，迪尼士。啤酒喝多了可是會腐蝕你的腦袋。」

「哦，我找到工作啦。妳眼前可是新的艾力亞斯。我週二開工。」

上樓後，我看到一張列印出來的紙，以圖釘釘在我的門上，充分解釋了迪尼士剛剛的行為，以及稍早禿鸛女的挖苦。這篇文章來自《馬赫》雜誌的網誌，搶先報導關於即將登場的特輯（完整故事在五月號裡！），標題為「動物園之愛」。

還附上照片。

有些照片是五年前的偷拍照。他發誓照片已經刪除的。

有些是幾個晚上前拍的：兩人靠在骯髒建築外的那一吻；「畢果」酒吧裡的熱舞；我坐在汽車後座一臉惆悵的模樣，車窗玻璃映照著城市流瀉而出的燈光。我完全不記得戴夫拍了最後一張。

裸露照還不是最糟糕的，而是文字的部分。

文章將事實與虛構混合在一塊兒。喬描述我們試過的所有性愛姿勢，包括牛仔反騎。至少這個部分是根據過往的經歷，但其餘的都是他憑空捏造的，例如我和樹懶之間有種連結，所以我達到高潮時，樹懶會忍不住顫抖嚎叫；而對此他是感到無比驚恐，還稱之為「假性人獸3P」，甚至稱得上是群交，因為感覺與我們同床的還有我謀殺行凶後留下的罪惡陰影，這也算是我們之間的第四個伴侶。

他寫道：媽媽一向告訴他要避開壞女孩，但是呢，他有那麼一刻柔情地承認，他曾經愛過我。

「去他的王八混蛋大爛人！」我出腳踹門做為強調，在門上留下一道明顯的凹痕，也踢裂了油漆。康太太從六〇八室探出頭來，擔心地問：「妳還好嗎，親愛的？」

「好得不得了！」我咆哮道，然後走上貝瓦位於樓上的公寓。他現在應該已經回到家了，我只希望他沒看見這篇文章，但迪尼士肯定多列印了幾份，直接塞到他的面前。

貝瓦正坐在地板中央整理他少到不能再少的衣物，他就坐在垂垮的尼古丁焦黃色沙發前。這張沙發當初遭遺棄於花園鎮的人行道，是他和艾曼紐一路拖回來的。

這個盧安達孩子先看到我，他正在替劣質紙箱封上膠帶，紙箱是他們從小超商取得的，重新拿來廢物利用。裡面裝的東西是貝瓦在世上所有的資產。我可以將自己裝進其中一個箱子裡，然後等待他的歸來。

「貝瓦。」艾曼紐說，他的聲音帶著一絲警告意味，告訴我事情已經變調了。

貝瓦抬頭看到我站在門口，然後又不發一語繼續手邊的工作，但他看起來無力疲乏，猶如一塊遭人踐踏的地毯。貓鼬目帶兇光地看了我一眼——我們昨晚在窗邊共處的時光已被牠拋諸腦後。

「那都不是真的，」我說，惱怒地加了一句：「艾曼紐，你可以先到一旁涼快去嗎？」

「呃——」艾曼紐看向貝瓦，想以眼神與他確認，但貝瓦卻毫無反應：他只是繼續折疊捲起他的短衫。艾曼紐一向都有些怕我，他放下膠帶，縮著脖子迅速通過我身邊，走出大門時，他說：「我很遺憾。」彷彿參加喪禮一般，安慰似地捏了捏我的手臂。

貝瓦每折完一件衣服後，便整整齊齊把臘腸般捲起的上衣，放入那些破爛的格紋袋子。我跪坐在他身邊。

「拜託不要用這個醜袋子，我有個背包可以借你的。」他對我置之不理。

「謝謝你借我手機，還有你提供的資訊，我找到她了。沒有你我真的辦不到，明天我就可以領到錢，我可以幫你支付偽造文件的費用，讓你可以搭飛機。」

「我不要妳的錢。」他說，再次取出所有已經捲好的上衣，重新再捲一次。

「哦，該死。聽著，喬凡尼和我幾年前確實在一起過，但其他都是捏造的。你可以看得出來，那些話全都是狗屁，什麼樹懶也會同時高潮那番鬼話——」

「哦，那個嗎？」貝瓦說，「我才不在乎那個，銀子。」

「你之後要去哪裡？」

「中央衛理公會，反正剩不到幾天我就要離開了。」

「去那裡跟人家爭個你死我活，就為了睡在僵硬的水泥地板和樓梯邊緣嗎？拜託，如果你這裡已經有人要承租，你可以待在我的公寓啊，我不會要你跟我上床的。」

「我覺得這個主意不好。」

「我真不敢相信，你竟然相信那個噁心的毀謗，讓它破壞我們之間的感情？幾個小時前我們還好端端的，現在這是什麼？為了該死的陳年往事？」樹懶在我耳邊安撫地低語，牠討厭我這般大呼小叫。

「跟他沒關係。」貝瓦舉起袋子放上沙發，然後起身面對我。「而是妳的關係，銀子。我用了妳的電腦，因為我需要寄信給救援人員蜜雪兒。」他看我一臉慘白，於是向我闡明。

「喔。」我重重地往他袋子旁的沙發上坐下。

「我發現妳的詐騙郵件，不是我自己去找的，而是收件匣裡有回信，許多許多的回信。」

「那又如何呢？如果你明白狀況的話——」

「那妳知道他們的狀況嗎？這些被妳詐騙的對象？」

「我只是撰寫故事，貝瓦，你以為我日子過得很輕鬆嗎？幫別人這邊找找遺失的鑰匙、那邊找找護照，我光靠這樣賺來的小錢能生活嗎？我也有債務要償還的。」我很清楚這番辯駁聽起來是多麼幼稚。

「我們都有債務要償還！」貝瓦第一次提高音量，手指向門口。「這裡所有人都一樣。」

「我的不僅是財務的債，更是道德的債。」

「我從不知道妳竟然這麼自私。」

「我是癮君子！所以還是該死的有差別的。我很抱歉我該死的不像你那完美無瑕的太太，我也希望她如你所願，還是像你記憶中那般完美，身上也沒有背著任何動物。五年很長，貝瓦，你怎麼知道她想要你回去？」

「我有她的留言。」

「我也有一整個寄件匣，裡面滿滿是承諾他人致富的郵件。你怎麼知道你不是給人愚弄了，全部歸咎於一個根本就不可能的夢想？」

「我不知道，所以我得親自去探個究竟，看要如何做。」

「好，隨便你。去過你自己的人生。你為什麼要在乎這些拱手把錢送人的笨蛋？」他往我旁邊的位置坐下，沙發憂傷地咯吱作響。「在妳那封愛洛莉亞的信裡，提到那位背部中槍的男孩？我曾經認識一個像菲力普的男孩。」

「這件事我毫不知情，我怎麼可能會知道呢？我不是故意的，貝瓦，真的不是故意要傷害你。」

「講得好像妳寫的信都不會傷害到別人，是嗎？妳根本絲毫不在乎他人，銀子。」

「我當然在乎，不然你以為我這次為什麼要接尋人的工作？跟我過去參與的詐騙相比，現在這份工作甚至更冒險。我這麼做是為了要逃離困境，你難道不覺得你這樣是加諸了個人情緒嗎？」

「我射殺了菲力普。」

「什麼？」

「我們曾睡在教會裡，所有的孩子都一起睡在教會，像我們年紀較大的孩子，則負責照顧其他小孩，當時我十九歲。那兒照理說應該是安全無虞的，但他們還是把我們帶走了，帶我們走的人是聖主反抗軍，他們甚至在現有的這些紛紛擾擾之前，就曾經入侵烏干達邊境，他們也有可能是分裂派別的人。聖主反抗軍打破窗戶，用來福手槍槍托敲破年幼到不能走遠路的孩子的頭；他們也會攻擊反抗的人。在森林裡頭，他們做盡各種壞事，逼得我們全都失去理智：巫術、毒品、強暴、獵殺遊戲。我說的人不叫菲力普，但他是我的朋友，由於他們逼我抉擇，所以我射殺了他。」

「我的老天爺！」

他虛弱地微笑。「老天爺不存在，上帝根本就不在森林裡，祂可能忙著照顧體育隊，或擔心青少年的婚前性行為。我猜他們應該占去祂不少時間吧。」

「我真的完全不知情。」

「這是妳的原則：不過問從前。沒關係，銀子，我原本也不打算告訴妳的，當初和我太太結婚時，我也不曾告訴她。我們有童兵的營地，在那兒他們會教你如何重新當回一個正常人。」

他扯了一下嘴，說是笑容，倒比較像是憐憫。

「你就是在那時得到貓鼬的嗎？」

「那時是一九九五年，在遊靈降臨之前。但牠一直在等我，牠等了我十一年。當時我們正在前往席爾薇父親喪禮的路上，我們知道很危險，但對象可是她的父親。我們不該帶上孩子的。『盧解』攻擊我們，我反擊，殺了其中兩人，這也是為何他們要放火燒我。」

「盧解？」我問，腦袋感到混亂，好像期盼解開這兩個字的含義就能幫我釐清狀況。

「盧安達民主解放軍。我以為我可以擺脫這場攻擊。這對我來說已經恍如隔世，銀子，那幾年來都是如此。我遇到席爾薇、我們生了孩子、我上大學，但剛果的戰爭就像動物一樣，妳擺脫不了的。」他的手掌沿著傷疤撫摸喉嚨。

「那現在怎麼辦？」

「我現在只希望能避開戰爭。而這一次，我會告訴我的太太，但妳能理解了吧，為什麼我不要妳的錢。」

在我的胸口，毒花突然繁茂地盛開，灼熱的種子四散。我想像當巴柏夫婦發現債券是造假的之後，也會有類似的感受。

那是一種深刻的絕望。

第二部

26

黃色的光線彷彿利刃般劃過我的枕頭，這是很適當的明喻。但事實上卻比較類似一隻錢鼠，從我的右眼球一路挖掘著，直到牠爬進我的頭顱。我床上有個男孩，至少我想是一個男孩，畢竟實在很難從後腦勺辨別對方的性別。但我會臆測那是男孩，是因為那頭黃棕色的鬈髮，以及我腦海中開始拼湊起昨晚的記憶碎片。

有個穿著紅黑色燕尾服的彪形大漢站在絨布繩旁，因為我無法面對前往麥克的酒吧，可能給自己招來的麻煩。

「小羅今晚不來工作嗎？」

「如果妳需要，我可以幫妳傳話。」

「我可以給你我的電話號碼嗎？」

「寶貝，妳當然可以給我妳的電話號碼。」

「滾下去，」我半推半拉著鬈髮傢伙的腳踝，把他拽下我的床，扔在地板上。

「這個真的很特別，」娃娃臉毒販一邊說，一邊往他車子的儀表板上擺出另一排藥粉，藥粉呈現顆粒狀，猶如鹽晶。照理說，他不應該和客戶一起放縱的，但是我的說服力很強。

吸進去時充滿灼燒感，就像摻了老鼠藥的安非他命。他說這就是魔法。樹懶盡是不滿地向我抱怨。我的腦袋裡出現一道光，就像購物商場的聖誕節擺飾燈忽然亮起，而我的心臟就快要跳出我的胸膛，世界以慢動作優雅地退開。

「搞什麼鬼？」娃娃臉毒販拽起腿邊的被單。

一位女孩在拱門下，舉起白化症的巨蟒旋轉，拉著巨蟒在腿間來回穿梭，並且弓起她的臀部。也許是毒品的作用，也或者是她的遊靈，但性慾就如觸手可及的海浪，波濤洶湧地襲捲上舞池中央的群眾。

用過的保險套還掛在他軟趴趴的陰莖上。

「鎮店之寶，」娃娃臉毒販在廁所裡如此告訴我，一邊又擺出另一排藥粉：「特別從國外進口的。」

「最強力的喔，嘔狄。」我咯咯笑著，他要我噤聲，但我不確定是因為他不想被人逮到，還是我不該提到歐狄的綽號。

「昨晚很棒，你很厲害。現在該死的快滾出我的房子。」

有位來自馬利的歌手站在台上，對著麥克風深情款款地哼唱著歌曲。他也是特別從國外進口的，也許是採購而來的。

「這裡稱不上是房子吧，」娃娃臉毒販說，他並沒穿內褲，便直接套上褲子，蓋住他皺巴巴的保險套。「對吧，親愛的？」

我把身上最後的一千蘭特當作小費給了那位海洋生物學生酒保：「親愛的，給你自己買個海洋水族館吧。」

「你出去的路上，可不要被人謀財害命了啊。」我沒好氣地說。他甩了門離去。

雖然有證據證實他戴了保險套，我依舊考慮到藥房買事後避孕藥，也許外加一針抗愛滋病毒劑。樹懶生著悶氣不願意和我說話。我試著把牠從櫥櫃拉出來，牠卻拒絕從棲木上爬下來，並且使勁地拍打我，抓花了我的臉頰。這是我自找的。

我剝掉床單，綑成一團往窗外扔，床單卡在下面的樹枝上，有如死屍般懸掛在那兒，像是軟弱無力的鬼魂，或者我用來投降的那面白旗。

我以前也曾走到這一步，最低潮的境地。

27

一切都是無可避免的，就在這間骯髒的教堂地下室，以其骯髒的標誌寫著「新希望」。骯髒的男男女女帶著他們骯髒的動物，枯燥乏味地重複描述他們骯髒的人生，而我的人生故事也包括在內。這之中應該大有關聯才是，惡形惡狀的程度說明了你所承受的罪。但事實上內容卻是令人難以承受地無趣，可以把自己人生搞砸的方式，說來說去也不過就那麼幾種。我們在前二十分鐘就已說完了其中大部分內容。

即使「避風港」療養中心的富家子弟於中途加入，差別也僅在於細節罷了。但來這裡可以讓我維持正常。我也考慮過「鳳凰」、「嶄新開始」、甚至「出名緝毒」等療程，但我已經確定「新希望」療程的可信度，也同樣相信它舒適的教友設施，雖然這裡較沒有樣貌出眾的人，我想伙食也相對不是那麼好。

今日午餐為隔夜的三明治，包裝以貼紙封起，上面驕傲地宣稱來源：「由奇屈廚房餐飲熟食部贊助——經過有機認證」。他們應該讓我們使用正統的餐具，而不是塑膠刀叉，不過呢，來這間十二步驟療程中心的客人，卻也不像「避風港」療養中心的熟客那般優雅。

一位可愛的黑人女孩和這群富家子弟一同進入，往我旁邊的座位坐了下來，她向樹懶打了招呼：「嘿，毛茸茸的小朋友，我還認得你喔。」

樹懶伸出手臂讓她抱，她從我身上抱走樹懶，然後給了牠一個擁抱。

「妳是奈森雅，對嗎？」我說，我認出她是來自「避風港」療養中心那名熱愛分享的女孩。

「妳可以抱著牠，反正牠現在也不是很喜歡我。」

「所以妳才會來這裡嗎？」

「我也要問妳同樣的問題。」

「今天是一日遊，我當司機，」她的頭朝富家子弟的方位點了下，那群孩子現在當真品嚐到低潮的滋味了。「我們每週日都會來。」

「我算是乘客了，從過去的旋轉門轉了回來。」

「沒有自由意志這回事兒。」她同意道，吃起她稍微走味的燻牛肉三明治，並且拿給樹懶讓牠咬一口。

「牠只吃樹葉。」

「抱歉，我今天身上沒有樹葉，如果我知道的話，就會幫你留一些野草的，小可愛。」

「對了，小曲和你們來過這裡嗎？」

「哦，對啊，小曲算是常客喔，料想不到吧？像她這樣難伺候的女孩。我想她是對貧民生活上癮了吧。」

「我有同感。」

「她就是在這裡遇到她的詩人王子的。」

「妳說的該不會是賈布吧？」

「看來妳很清楚小曲和賈布的悲劇羅曼史。」

「他是透過手機簡訊與她分手嗎？」

「很殘忍，可不是？他們兩人真不幸。一位是流行樂公主，另一位則是想成為小說家的窮小子。他和他做零工的媽媽住在貝利亞，在他遠離鎮定劑的那段時間，他能夠靜下心好好創作的時候，他曾經為她寫過詩。她承諾會將詩編成歌曲，然後突然有一天，咻！他從此就再也不回來了。」

「這種事應該屢見不鮮吧，這裡既不是勒戒中心，也沒有人會入住久留。」

「當然了，人來來往往。但就算是以癮君子而言，他的行為也太冷血了。話說回來，妳是怎麼認識小曲的？」

「暫且說我待過音樂圈，只是時間不長。」我把「奇屈廚房」的包裝紙和塑膠餐具放進盒子裡，起身打算離開。

「我們下次再見嗎？」奈森雅充滿期待地問我，我想她真的迷上樹懶了。

「如果妳還會來，」我把盒子扔進一個公用垃圾桶內，「努力正常地工作生活。」

小曲的電話竟然接通了，這種感覺很奇怪，雖然她在足足響了十二聲後才接起。對於我先前忽略她的事，我的內心感到一陣罪惡感般的刺痛。

「哈囉？」她接起電話時，聲音猶如漂浮在海底的亞特蘭提斯島——那是種浸濡於水中、如夢似幻的聲音，跟她氣燄高張的自負性格差了十萬八千里遠，我幾乎確定是我自己撥錯號碼，但這是不可能的，我把她的號碼設為二號快速鍵。

「是小曲嗎？」

「正是。」

「我是銀子，帶著樹懶的那個女人。」

「哦，哦，對喔。妳對我很不客氣。」一絲任性的感覺從海底深處油然升起。

「一切還好嗎？我是說妳。」

「我很好，阿諾倒挺不滿意我回來了。對，我在說你，蠢蛋。但我和歐狄談過了，他說只要我們的唱片一發行，巡迴也結束了，我們就可以討論拆夥單飛的事情。他說對我們兩人來說，這都是個很好的跳板。」

「嗯，那很好啊，對吧？妳要從事地下音樂嗎？」

「歐狄說名人就像是神祇，妳得給眾人他們想要的，這樣一來他們才會甘願侍奉妳。」

「那賈布呢，小曲？」

「賈布拉尼，賈布拉尼，妳可以叫他去放屁。這是我自己亂編的。歐狄說他對我不忠，他想對卡門下手，妳能相信他竟然這麼厚臉皮嗎？歐狄說為了這件事，他曾對賈布下過警告，所以他才會離開的。但他說他不是故意要傷害我的。我指的是歐狄。歐狄最關心我的屁事了。」

她咯咯笑著。

「妳又繼續服藥了嗎？」

「我之前不吃藥的呀。」

「妳知道藥名嗎？」

「叫做什麼迷的。」

「妳現在有筆嗎？」

「要做什麼？」

「我要妳記下我的號碼，我要妳在煩惱的時候，或捲入麻煩時打給我。」

「這樣妳又可以該死地扯我的頭髮嗎？」

「這樣我才可以試著幫妳。」

「不用了，妳的號碼顯示在我的手機上了。」

「我還是希望妳記下。」

「我希望妳別再煩了，」她尖叫著，突然瘋狂地咯咯笑：「閉上妳的狗嘴，阿諾。」

「我可以和妳哥哥說話嗎？或是德司？」

「德司不在，他是不定時炸彈，現在他不在家。來吧，和蠢蛋說說話。」

「阿諾？」手機經過一陣搶奪後，轉交到阿諾手上。

「我告訴過妳了吧，我是不是警告過妳了？」阿諾抱怨道。

「她現在的藥量很重。德司去哪兒了？路修利太太在嗎？」

「不在，他們離開幾天，回去千山谷參加一個喪禮。德司的表弟上吊自殺了，」他用事不關己的口吻說：「他才二十二歲，可能是愛滋病的關係。」

「席布呢？」

「他在房間裡寫歌。」

「阿諾，你可以幫我一個忙嗎？你可以給我小曲服用的藥物名稱嗎？」

「呃，當然可以，等等，我要先上樓。」

小曲在背後喊著：「喂！喂，你這個王八蛋！那可是我的手機耶。」

「她完全失控了，」阿諾對著手機竊竊私語。「比以前還更糟糕，席布則是呈現呆滯狀態。他現在也在服藥。」

「拿一枝筆來，記下我的新號碼，一有不尋常的事情發生，我要你立刻打給我。」

「不尋常？像是什麼？」

「各種不尋常的事。總之，先打給我，好嗎？不要打給歐狄，然後再打給警察。」

「妳嚇到我了啦。」

「我只是擔心你們的安危，而且路修利太太又不在家。這樣吧，我每天都會打來查看你們的狀況。隨後我還會和社工報告，好嗎？」

「好。」

「你幫我找到藥名了嗎？」

「呃，等等。米—達—諾。這是什麼啊？」

「等等喔，我找找看，」我快速在筆電上搜尋一會兒，「好的，沒事，只是一種安眠藥，」我說，而且刺激性超強。「你看看能不能讓她躺下好好睡覺，如果遇到什麼不尋常的事，記得要通知我。任何事都不能放過。」

「小曲很反常要算嗎？」

「除非她的行徑特別反常。」

自我上一次造訪過後，房子的狀況可說是每況愈下。屋內看起來更加黯淡骯髒，老人味兒和花瓶水的腥味則更加強烈了。卡門穿著六〇年代萊姆綠的不規則比基尼，看起來顯得瘦弱蒼白。當她拿著托盤奉上難喝的茶飲時，我注意到她骯髒的指甲，彷彿她整個上午都在田裡挖掘胡蘿蔔。她的兔子在她的摺疊躺椅下，精神不濟地四肢張開躺臥著。

但真正令人震驚的是歐狄，他看起來格外教人作嘔，他身穿褪色的一九九九年「歐皮可比音樂節」短衫，短到露出他毛茸茸的肚皮，肚皮上方有一道舊疤，要不是他的大肚腩遮住，這條疤就會環繞過他的臀部，但它實際上是一排疤痕，微彎的弧度彷如手術縫合的痕跡，又像是一排齒痕。他的臉頰深陷至頷骨，更不彰自顯的，便是立在他鐵椅旁的滾輪架，以及架子上頭那管點滴注射器。他頭頂上如黑色腫瘤般鋸短的觸角，比往常更加肥厚、更加劇烈地蠕動著。

「我不知道為何妳覺得非見我不可。」他在那副大墨鏡後充滿敵意地說。

「我其實是想見見小曲，看看她是否安好。」

「妳的意思是說，在妳搞砸工作之後嗎？看看妳是不是還能領取全額酬勞。有妳的關心真好。」

「你願意付我這麼高的酬勞，去接一份你們能靠自己完成的工作，好的人應該是你才對吧。」

「我能怎麼說呢？我雇用的員工很優秀。先抵達現場的人是他們。別擔心，妳還是拿得到妳的酬勞。」

「你真的很慷慨，但我想這筆費用應該比較像要封我的口，而不是我靠自己能力所賺來的吧。」

「妳想要以什麼樣的心態收下這筆錢都隨妳。」他說，咂著嘴啜茶。

我身體靠向桌子，「我本來想問問我們能否私下交談，但我想卡門應該會有興趣聽聽。」

「卡門已經不是小孩子了。」他說。

「我是這麼想的。你和小曲上床，還有卡門和身邊所有的人。小曲逃跑，也許打算勒索你，也許想向媒體披露這個事實，更精采的是，你在你的俱樂部裡暗中進行毒品交易。這些只是我的猜測，但我猜禿鸛女和瑪爾濟斯男協助這一塊生意，這也算是一種採購，不是嗎？你還讓他們經常於國際間往返旅行，其中包括走私毒品，是嗎？因為我試過『反革命』裡的貨色了，我可以告訴你，那些可都是上等的好貨。這難道不就是讓『低音車站』捲進麻煩的原因嗎？」

歐狄張開嘴欲加以反擊，我舉起一隻手指制止他：「我話還沒說完。小曲的勒戒所男友賈布可能在幫助她，也許甚至在整件事情上扮演慫恿的角色，但你把他嚇跑了，所以她無助地轉向保鏢羅那度求助。你已經派人毆打過他，我猜瑪爾濟斯男和禿鸛女又回去找上他第二次，也許甚至把他打死了，而這一次他們總算從他口中逼問出小曲的下落。不過，嘿，一個失蹤的摩洛哥保鏢，在整件計謀中又算得了什麼？我猜你對所有礙到你的人，都做得出相同的事情。」

一陣長長的沉默過後，卡門語帶哽咽地說：「不好意思。」她的雙頰緋紅，抱起她的兔子，然後喀噠喀噠踩著高跟鞋走進屋裡。

「你說得太過分，害她不開心了。」歐狄說，但看起來並不是很在意。

「確實不是值得開心的事情。」

「妳這個說法，」他說，掐玩著自己豐厚的下唇，「該怎麼說呢——黑道影集中的陰謀論嗎？具原創性，但不夠聰明，也不真實，雖然頗具原創性。妳難道不擔心我找人做掉妳嗎？」

「如果我說我已經沒有東西好損失了，我勸你最好還是相信我。」

「那麼接下來怎麼樣？妳要去找警察嗎？」

「我手上有什麼證據？半生不熟的陰謀論嗎？不，我只是要你知道，如果小曲．拉德貝出了什麼事。我是指出了更多事，我就一定會去找警察。琳迪薇．查巴拉拉警官是我的舊識，我說的話她會聽的。」我說「舊識」其實指的當然是「拷問過我一次的警官」，但我想我有誇大言論的自由。

「這可是不著邊的指控，我可能需要將這件事交給律師處理。」

「悉聽尊便。」

「妳有實際的地址嗎？好讓我把禁制令寄過去給妳？」

「你手下的人知道要怎麼找到我，但只要小曲繼續健康安然地唱歌，我未來絕對不會再來煩你，歐狄先生。」

「妳以為我沒對妳投保嗎？」

「像你給雙胞胎分別投的一百五十萬元保單嗎？」

「小女孩，妳做的調查還真周全。」

「麻煩你現在就付酬勞給我。」

28

我在米開朗基羅飯店大廳裡，將現金遞給浮尤。這間飯店是我唯一想得到尚可勉強進得去的高檔飯店。我配合場所穿了一件背心裙，戴著墨鏡，提著一個我在行李店購得的紅色假蛇皮手提箱，這可是專門為這個場合添購的，還攜帶了一支嶄新的手機，現在的我負擔得起。人生有些時刻是值得高調一點的，尤其是打算辭職的時候。

我就在浮尤身旁，坐在華麗大廳的沙發上，咔噠一聲打開我腿上的手提箱，完全不在意他人的眼光，我感到膽大無畏。

「全額都在這裡了，加上最近額外的費用。你要點一下嗎？」

「我相信妳。」浮尤說，冷靜地闔上手提箱。一位穿著開普敦紀念短衫的胖子，正對著我們瞪大雙眼。「我們在綵排電影，」他面不改色地對胖子說。

「你不應該相信我的。」我回應他。

「我可以說我很難過嗎？」

「你可以，但不會造成什麼差別。」

「我很難過。我們可是合作無間啊。」

「是我工作，你暗中監視。」

「啊，但我知道妳總能應付好各種局面。銀子．十二月，妳是個精明冷靜的女人，有時妳只是需要別人推妳一把。」他仍沒有把手提箱拿走。「我希望這不是圈套，不會有警察突然衝出來吧？」

「我確實想過，」我承認道，「但我急著遠離自己目前的困境，已經忙得不可開交了。」

他俯身靠近我：「這筆錢？我願意雙倍奉還給妳，今後每年薪資五十萬蘭特。回來跟我們並肩作戰，妳可是組織重要的資產。」

「比起我回頭為你工作，樹懶忽然長出翅膀、開起自己的航空公司，可能性還比較高。不是我不感激你的提議，我只是想要洗心革面。」

「銀子，妳要做什麼呢？為那幾個錢幫老人挖出細瑣的小玩意兒？」

「比這個更好一些的工作，或差一點，全看你對媒體的觀感，我當然希望是更好的。」

「嗯，如果妳需要牙醫的話……」

「我有琵蕾小姐的電子郵件地址。」

他站起身握了握我的手，然後，就這樣，我總算重獲自由。

或者其實不盡然。

我的電子郵件收件匣裡，有三千九百八十六封新郵件，全部尚未讀取。我設了一封自動回覆，發給全體寄件人。

這是詐騙郵件。

沒人會無端送你百萬現金。
存下這筆錢。
拿去買冰淇淋。
外出用餐。
帶你心愛的人週末度假去。
拿去付信用卡帳單。
進行一趟冒險。
花在特技跳傘課程、喝酒、妓女或賭博上。
但無論如何都請不要把錢給我，或任何與這封險惡虛構郵件相關的人士。
還有，下一次請別這麼該死的天真。

浮尤肯定會氣炸，但還不致於氣到把我給殺了，至少他現在身上沒有動物。而且未來還會有其他人上鉤的，蠢蛋出現的速度，可是比快餐店廚房裡大腸桿菌滋生的速度還要快。

我最後加了一行字，雖然比起他所對我做的，這算是無力的報復，而且也多少會暗示他這是我所做的好事，又或者至少我的隱匿假名Kahlo999，會讓他知道誰是始作俑者。

還有疑問嗎？請聯絡喬凡尼．康堤：gio@machmagazine.co.za

要寄完三千九百八十六封郵件相當耗時，看著狀態列表一一消去郵件數字，一種深切的滿足感油然而生，但滿足感卻在一個地址彈回時，頓時卡住了。要被四一九詐騙集團騙上鉤，對方對科技必須是天真不設防，但這些人通常不會單純到連自己的郵件地址都寫錯。

這是 smtpauth01.mweb.co.za 的郵件系統主機。

我很抱歉在此通知您，您寄出的郵件無法傳遞給單一或群組收件者。郵件附加於下。

若需要其他協助，請寄信給郵件管理員。

如果您欲寄信給管理員，請加入此問題回報。您可以刪除回郵訊息中附加的原始郵件內容。

郵件系統〈無此人〉：查無此主機或網域名稱，網域名稱服務錯誤：找不到 inventedzoocity.

com這個網域名稱。type=A: 查無此主機

回報-MTA: dns; smtpauth01.mweb.co.za
X-Postfix-Queue-ID: D4AF5A024B
X-Postfix-Sender: rfc822; Kahlo999@gmail.com
寄件日期：二〇一一年三月二十七日星期日 21:51:59 +0200 (SAST)

最終收件者：rfc822;〈無此人〉
原始收件者：rfc822; ghost24976@limboworld.za
動作：失敗
狀態：5.4.4
診斷碼：X-Postfix;查無此主機或網域名稱。網域名稱服務錯誤：找不到〈無此人〉type=A:
查無此主機

來自：Kahlo999
日期：二〇一一年三月二十七日星期日 21:51:59 +0200
寄至：〈無此人〉
主旨：回覆：

這是詐騙郵件。
沒人會無端送你百萬現金。
存下這筆錢。
拿去買冰淇淋。
外出用餐。
帶你心愛的人週末度假去。
拿去付信用卡帳單。
進行一趟冒險。
花在特技跳傘課程、喝酒、妓女或賭博上。
但無論如何都請不要把錢給我，或任何與這封險惡虛構郵件相關的人士。
還有，下一次請別這麼該死的天真。

還有疑問嗎？請聯絡喬凡尼·康堤：gio@machmagazine.co.za

＝＝＝＝＝＝＝＝

來自：〈無此人〉
日期：二〇一一年三月二十七日星期日 21:51:59 +0200
寄至：〈無此人〉

主旨：〈無主旨〉

我跳舞跳到腳都斷了，跳到我的鞋都染血。一直以來，我都希望能夠成為故事書裡的女主角。

這太詭異、太詩意了，不可能是詐騙郵件。我打開Word文件檔，把文字加在先前蒐集的詭異郵件裡。

這深深困擾著我，就像卡在牙縫間的陰毛，或住在機器裡的鬼魂。

反正我現在的人生也沒其他事情好忙，所以我把筆電拿下樓，走到四條街以外的網咖，列印出這些郵件。網咖的店員幫我用牛皮紙袋包好列印文件，所以一直等到我返家，把文件攤開在地板上時，樹懶才嚇得抓狂。

直到剛才為止，牠還一直半夢半醒地在我的背上休息，但我把文件一張張攤開擺在亞麻油地氈上時，牠開始發出警告的喝斥，扯著我的臂膀想把我拉走。

「你這是怎麼回事？是這個的關係嗎？」我拾起一頁紙，牠聳起肩膀，打掉我手裡的那張紙，倉皇爬下我的背，撤退到角落，然後躲在床鋪後，全身毛髮都豎起來，彷彿紙張遭到鬼魂附身。也許浮尤說得沒錯，這確實是可怕的巫術，是犯罪組織競爭對手所下的侵入咒語，也或許這是造成所有事情的前因，籠罩我人生的黑暗陰影。我在我的袋子裡翻找，看看之前巫醫給我的那瓶巫術液體是否還在。這有什麼困難的？

樹懶覺得這個主意不好，我跪在公寓中央，在線香座上燒起蠟菊，一縷帶有香氣的輕煙冉冉升上半空中，我將郵件揉成一團，扔進一個大的空桶子裡，「你有更好的建議嗎？」

牠張開嘴巴。

「最好是不用再回去麥買市場的建議。」我很快補上一句。

牠立刻閉上嘴巴，然後接連打了兩個噴嚏。

「看吧？這可是徵兆。」

樹懶逆來順受地伸出牠瘦長的手臂，讓我以珠寶盒裡的一枚復古胸針輕戳，取得牠的一滴鮮血，接著便將血珠塗抹在最新收到的郵件上。

我往桶內的紙團上隨意倒下一點煤油，灑上幾滴巫醫給的咳嗽藥瓶內的巫術淨化液，並且吞下一大口以求好運，然後點燃沾有樹懶血液的郵件，再投入桶子內。燃燒吧！聖靈降臨吧！

但接下來降臨的不是聖靈，而是兩尺高的火焰，從桶子裡竄升燒焦我的眉毛。我驚嚇地往後大退一步，然後腳不小心撞到桶子，燃燒中的煤油灑到地板上，樹懶嚇得尖叫，開始爬上牠的攀爬柱，神速地移動爬到自己的杆子，伸出手鉤住掛於天花板的繩索圈環，然後隨即盪至前門，這麼做也許算是明智之舉。如果我還有辨別是非的能力，應該也要如此做才是，但我卻抓起身邊第一個找到的東西，正好就是我的黃色皮外套，然後開始撲滅火焰。

火焰頑強地抵抗著，但我最後終於成功撲滅火勢，而我的外套也無法倖免。火焰似乎並不甘心、幾近憤恨地嘆著氣熄滅，油膩惡臭的黑煙從桶子迎面撲來，從地板上消逝。這股味道既讓人窒息又令人作嘔，我摸索著打開窗戶，然後感應忽然襲擊而來。

黃色粉末狀的沙丘，如同浪濤般地翻滾起伏，足以讓你溺斃喪命。土墩從起伏的沙丘中冒出，往沙子上頭吐出白蟻，然後又再次被吞噬，浪濤仍然不絕地翻騰著。

一位無頭國王把頭顱抱在腿上，皇冠下的頭顱翻了個白眼，咧嘴一笑，露出沾滿鮮血的牙齒。帶著我，帶著我，帶我到你的蛛巢。他穿著一件褪色的「山丘上音樂節」短衫。

鳥兒在空中盤旋，數量如鳥園內的鳥兒一般多，摻雜各種不同品種：鶴、鴿子、老鷹、禿鷹、太陽鳥、麻雀。

老電影的畫面一閃而逝，《超世紀諜殺案》[7]裡的人造食物，果真是以人肉做成的。

一個帶刺鐵絲網籬笆。一個亮黃色的標誌。私人住宅區。非法進入將遭到（巫術）斷肢嚴懲。

一片人工指甲，約一公分長，躺在排水溝裡頭，寶石紅的指甲上頭彩繪著銀色繁星，是骯髒之中的個人銀河系。褪色的字體模印在路緣：科特奇、科茲、科特茲。

一個裝滿白色塑膠叉的超市推車，它著火了，叉子扭曲變形融化。

羽毛如雪片般從天而降，部分羽毛末梢黏著紅色的肉塊，忽然轉變成青蛙從天而降。

醒來！清醒過來！快點清醒——

我睜開雙眼，看見樹懶嗚咽著搖晃我的肩膀。

「好了，沒事了，我很好。」我小心翼翼地坐起，揉揉我的後腦勺，剛剛似乎撞到地板，而且可能還反覆撞了好幾回。我的腳踝發疼，彷彿我在發作中不斷敲擊到腳踝。我很慶幸並沒有把自己的舌頭咬斷。

譯註7：《超世紀諜殺案》（Soylent Green）是一部一九七三年的美國反烏托邦科幻電影，內容根據科幻小說《*Make Room! Make Room!*》改編，描繪資源枯竭的未來世界，人們被迫以人造食度日。

或者折斷指甲。

29

「我是大衛·拉思羅。」電話裡的聲音拖曳著尾音。

「你是攝影師戴夫嗎？我是銀子·十二月。我們之前在『畢果』見過？」

「我想過妳是否真會打來，」他聽起來很無奈，「妳想破口大罵吧，我能夠了解。但這是我的工作，喬付我薪水，只是他從沒告訴我照片要拿來做什麼。」

「別管這個了，我打來不是為了這件事。我想要寫一篇故事，一篇真的故事，我希望你來掌鏡。」

「噢，老天，妳真是會挑時機。我有法庭的案子、首映人物攝影、南非國家橄欖隊記者會、還有某個新診所開幕式——這些還不包括每天臨時派來的工作。」

「臨時的工作現在來了，而且這是你欠我的。」

「我以為妳不是為了這個打來的。」

「我不是啊，但這不代表你沒欠我。拜託啦，動物園的故事我會幫你搞定，你不是想要做內幕報導嗎？通往動物城市的全面通行證；你想知道毒品、性、犯罪或狗咬狗嗎？我可以讓你進來，但你得幫我這次忙。」

「妳就是不肯放棄，是吧？」

「正是。」

當我的車駛進「龐特大樓」下的加油站時，戴夫正在複合式商店裡等我。這棟浮華的公寓大樓曾以其圓形設計出名，它的中庭先前滿載幫派、非法占屋者、毒販、妓女、垃圾和自殺案件，現在則又轉變回浮華的公寓大樓。我懷疑它是否很快地又會通過自己的那扇旋轉門。

「進來，」我幫他打開車門鎖。車子的窗戶還沒修好。「我的車讓我們安全無虞，不怕被搶。」他一臉猶豫，但隨即仍然屈就了。

「我們現在要去哪兒？」他問。

「你幫我剪下了我要的流浪漢命案報導嗎？」

「剪下來了，」他從他口袋挖出一捲薄薄的影印紙。「這傢伙真可憐，連個專欄的份兒都沒有。這份是《星辰報》。」

流浪漢遭活活燒死（《星辰報》二〇一一年三月二十三日）

【艾李斯・帕克】豪登省警察指出，派翠克・賽馮坦（現年五十三歲）焦黑的遺體，週二於特羅耶維的一座橋下尋獲。警長路易斯・普雷西司表示，跡象顯示該流浪漢在攻擊者放火之前，明顯曾遭到毆打。該男的身分由其遺留於現場的南非身分證獲得確認。警方已對該命案展開偵查，並呼籲目擊者出面說明。——南非聯合新聞會。

「然後這份是我的報導。」

報紙張貼一張噁心的男人臉部特寫，皮膚焦黑起泡，嘴唇向上掀起露出牙齒，彷彿他才剛從火山爆發的龐貝城度假歸來。

「警視檔案」蔓德拉卡茲・馬不索的罪案觀察（《真相日報》二〇一一年三月二十四日）

自製燒烤流浪漢

我就直接進入主題吧。某個人渣於週二放火燒死一名流浪漢。派翠克・賽馮坦本來住在特羅耶維的一座橋下，擠在紙箱裡過活，直到他遭到一名或數名歹徒毆打，然後在脖子上被套上輪胎燒死。由於沒有目擊證人，所以歹徒的身分到現在仍舊不明，依然悠哉地逍遙法外。

這位可憐流浪漢的臉焦黑變形到無法辨識，警察僅憑身分證得知他的真實身分，只希望這確實是他本人的證件簿，該證件是警察於遺體附近的舊超市推車裡一些個人用品中所尋獲。南非警方拒絕推測該起虐殺背後的動機，這該不會是一個預告，繼仍在逃的摩西・席瑣勒後，又出現另一名連續殺人犯？

昨日還發生其他醜聞：昨天在文特斯多發現一名九歲失蹤兒童的遺體，孩子就溺斃於農場水壩裡。至少在遺體尋獲後，他的父母也能夠寬心了。光想到這座城市裡，忽然消失並且再也找不回來的失蹤人口，就讓人感到十分難過啊，各位。

其他部分撕掉了，我挑起一邊的眉毛：「還真是高品質的報導。」

戴夫聳聳肩：「我只負責拍照啊。」

「沒提到他身邊是否有動物。」

「不是所有社會邊緣人都有動物吧。這是怎麼一回事？」

「派翠克．賽馮坦是一個線索，姑且說他的死與一封電子郵件不謀而合吧，有他生前的照片嗎？」

「只有他的身分證照片，我幫妳從蔓德拉那裡要到的，她說如果我們能找到什麼很棒的情報，就可以記在她的作者署名列上，妳可以掛名『補充報導』。」

「我不確定『棒』是我會使用的字眼，」我嚴肅地說。

「我們要去哪裡？」

「去拍下一個與另一封電子郵件相關的屍體。」

我在科特茲街尋獲的紅寶石色壓克力指甲，現在正躺在儀表板上。與它相連的、遠遠牽引著我們的線索，呈現黑色萎縮的狀態，但仍舊有跡可循。前提是關於黃沙丘幻覺般的夢境，真能給予你一些方向，告訴你應當從何下手。

「妳收到殺人犯寄來的電子郵件嗎？妳與這個人有私交嗎？他在向妳洋洋得意地炫耀？他們都會這樣對吧？這些連續殺人狂？」

「我不知道殺手是誰，我想寄信給我的是他的受害者。」

「但他們死了？」

「正是如此。」

「好吧，隨便。」戴夫躺回座位，把玩著他的相機。

我一路往南開，前往其中一個現今少數僅存的礦場——硫黃色的人造山丘，經過氣候和再處理的蹂躪，現在已經成為一片廢墟，周邊仍長有茂盛的草地和尤加利樹。醜陋的山谷經過挖鑿，運走成噸的沙土，用來濾出之前礦場公司首次挖鑿時所遺漏的最後幾塊金子。說約堡這座城這麼做是在自相殘殺，可能是再恰當也不過的說法。

我駛入一條泥巴路，兩側長滿蔓生的樹木，然後開了整整三點八公里，回程時我計算了距離。當我們下車時，一陣微風捲起黃沙，引起樹木焦躁不安，沙沙地喃喃低語。我拖出後座沉重的毯子，然後蓋在帶刺的鐵絲網籬笆上。纖上一回造訪刮破我的牛仔褲之後，這一次我可是有備而來。上一次我是等到回家後，才發現褲子上的破損裂痕，以及腿上乾涸的血跡。

「妳這樣是擅闖私人土地。」我將樹懶放上鐵絲網籬笆時，戴夫提醒我。

「別擔心，我之前來過，第二次就不算擅闖了。」我小心翼翼地輕握住手心裡的紅寶石指甲。感應變得愈來愈強烈了，我們已經很接近了。

我們攀爬上礦場的一個小山坡，細沙吞噬掩埋我們的腳，每一步都淹至腳踝。由於遠離樹木的庇蔭，風勢可說是愈來愈反覆無常。沙子的漩渦在我們周圍旋轉翻攪著，刺痛地噴灑在我們裸露的肌膚上。我拉起連帽上衣的帽子遮蓋住樹懶，但保護仍然相當有限，牠低下頭躲在我的脖子後方，緊緊閉起雙眼。

「該死，」戴夫說，「我沒帶可以保護鏡頭的東西。」

「我們到了，」我本來希望第二次不會那麼糟糕，但同樣的噁心和恐懼仍舊交織糾結著，自我的喉嚨後方緩緩高漲。戴夫下意識地舉起相機，然後一張照片都拍不下去，便又放下相機。

「妳怎麼找到這裡的？」

「算是它找到我的。」

麻雀變性人四肢攤開橫躺在沙中，雙手則扠在腰際，兩眼空洞地望向天空。沙子嵌入她身體的每一處凹洞與皺褶，就在她彎起的掌心裡、她眼皮下方堆積著，彷彿好幾顆尚未掉落的淚滴；沙子亦凝結堆積在她手臂、腿、肚子和頭部血淋淋的刀傷裡。她似乎曾努力想要保護自己，因而造成指甲斷裂。指甲是壓克力顏料，如同紅寶石般艷紅，上面還綴有亮片，想必是與她的鞋子搭配成套。

戴夫打開嘴巴，卻又闔了起來。他無話可說，只能躲到鏡頭後方。傷口大約為三英吋長，像兩片紅色嘴唇般地撕裂開來。要將人劈砍致死，可得花費相當大的功夫，你去問當年盧安達大屠殺的胡圖人就曉得了。無論是誰幹的，肯定都對這份差事充滿熱忱。

「你發現有什麼東西不見了嗎？」當他停下來換新的記憶卡時，我詢問他。

「我——不，我不知道。有什麼東西不見了嗎？等等，這裡沒有太多血跡，意思是說，她是在別處遭到殺害的。」

「而且她的動物不見了。」

「妳怎麼知道她有動物？」

「她在我那條街上工作，動物是隻麻雀。」

「一隻麻雀？那牠肯定很嬌小了，這很容易錯過的。」

「相信我，牠真的不在這裡，」我之所以會知道，是因為我已經把這片沙丘翻來倒去地搜過，看看有無棕色小鳥的屍體，看看能否發現火柴棒般的小鳥細足，蜷縮在牠的胸口下。但主要也是因為我能感應得到，「牠不見了。」

在我打給警方的一個半小時後，他們總算姍姍來遲，而且臉很臭。這是因為沙塵和強風，以及已無生命跡象的變性人，眼睛凝望著天空，彷彿她正在觀雲，也是因為隨之而來的文書作業、蒐證工作、還有我涉入這件命案的事實。

他們將我送到偵訊室，又是兩個小時與優秀警官查巴拉拉的對談，這一次她廢話不多說，直接切入主題。

「妳怎麼知道如何找到屍體？」

「我的檔案裡已經寫了，是我的遊靈——」

「妳的遊靈就是尋找失物的能力。」

「所以我才找到她的屍體。」

「怎麼找到的？」她追問。

「我跟隨感應找到的。」

「妳怎麼認識受害者的？」

「我不認識她，只有在街上見過，她是——她過去是性工作者，但我不認為是客戶所為。」

「妳不認為？妳跟這件凶殺案有關聯嗎？」

「沒有。」

「三月二十二日星期二的上午，妳人在哪裡？」

「這不是另一個案子的案發時間嗎？」

「妳說呢。當時妳人在哪裡？」

「如我先前所述，露迪茲奇太太遭遇刺殺身亡時，我人在我公寓的家裡。郵遞區號二〇三八，希爾布羅區動物城市極樂高地公寓六一一室，我正和我男朋友貝瓦．柏坎加斯在一起，關於這點，我想他已經出面證實過了。」

「貝瓦．柏坎加斯。我們審核過他的資料。」

「他的資料沒問題。」

「但是他的難民身分到期了，需要重新申請。」

「如果妳想要勒索的話，那就勒索我吧。我相信妳找得到其他弱點。」

「這倒是。」她改變策略：「十二月小姐，妳——和妳的魔法遊靈——無端捲入上週內的兩起命案，關於這點妳要如何解釋？」

「我運氣出奇地差啊，警官。」

「妳有刀嗎？」

「我有個廚房，廚房又小又髒，但該有的各式刀具都具備了。」

「我們可以搜查妳的住處嗎？」

「妳要有搜查令才行。」

「這個可以安排。」

「律師也可以安排的，警官。」

30

前癮君子必須要盡心盡力，才能在上午十點挪動他們充滿罪惡感的身體起床，或者從他們的臉看得出來，他們可能早已不知該如何入睡。不妨給他們安眠藥吧。

我幫忙發放保麗龍杯給本日「新希望」療程的早鳥顧客，裡頭盛著噁心的即溶菊苣特調咖啡，並把握這個機會給大家看燒焦男子的身分證照片。

問題是大家想討論的是史鏻哲，原來他不是大家所想的真英雄。他們正在傳閱一份《真相日報》。

「想也知道，黑人的鬣狗是冒牌貨，」一個十分高眺的傢伙勇敢發言，他的頭髮上還洩密似地露出一塊塊頭癬。他手裡拿著一個倒放著的時髦舊棒球帽，裡面有一隻蜷曲著身子的刺蝟。

「所以他一直在說謊嗎？」一個瘦巴巴的紅髮傢伙說，他的眉毛是畫上去的。「而且竟然沒人發現？你們這種人不是有辦法辨別那些動物的真偽？」

「你們這種人？真偽？」

「唉呀，老兄，你懂我的意思嘛。」

「我們又不像同性戀，沒有神奇的動物雷達偵測其他動物人士啊。」

「這真的很教人傷心，這傢伙之前拉了動物人士一把。」

「他是拉了自己的知名度一把。假扮『幫派動物硬漢』想引起爭議。」

「可以借我看看嗎？」我問，手指著報紙。帶著刺蝟的傢伙把報紙推到我的面前，然後又回到說教模式：「這些人知道怎麼操縱媒體、激怒家長。你看他的唱片銷量就知道了。小甜甜布蘭妮也是一樣，還有阿姆以及那個眼睛詭異的可怕吸血鬼？他們都是想引起他人的反應。」

有兩張照片並列於首頁，上面的頭條寫著「馬戲團把戲」。第一張照片裡的史鏻哲手持烏茲衝鋒槍，擺出硬漢的姿勢，旁邊還有隻戴著鑽石項圈的鬣狗，以及一群身穿金色超迷你比基尼的女生，每個女生手上都舉起自己的步槍。另一張照片與這張形成對比：一個男人穿著一套深綠色運動服，外套蓋住頭部、努力閃躲狗仔隊的騷擾，並且往一台休旅車逃去，休旅車的門敞開，露出一個女人正扭過身體，急欲遮蓋住自己的臉。

我往後翻頁，翻過第三版的蠢聞以及一則報導，報導內容在描述經濟衰退是如何重創人民，所以有人在獵殺家貓果腹，隨後我才找到麻雀命案的報導。戴夫答應我會放在頭版的，但史鱗哲的醜聞硬生生把這則命案擠到第六版的狹窄方塊，不過是又一篇的警視檔案。

「警視檔案」蔓德拉卡茲．馬不索的罪案觀察（《真相日報》二〇一一年三月二十九日）

仇恨犯罪引來砍人殺機

一具狀似男性的年輕屍體，昨日午後在本城最黑暗的南部「皇冠礦場」的其中一個礦堆間尋獲。經過通風報信，本報攝影師率先發現遭到嚴重砍傷的屍體。受害者據傳是夜間工作的變性人，顯然先前進行過魔法和手術整形，瘋狂殺人犯在此之後，使用自己獨到的殘忍手段，以彎刀將他／她／牠的身體切成緞帶狀。這難不成會是一樁仇恨犯罪——不滿意的顧客用極端手法來抱怨？對此南非警方不予置評。

對此我自己有個人的解讀與評論，但我的評論無關乎同性戀變性人的仇恨犯罪。我完全不認為這跟整個事件有關聯，但由於目前尚未收到其他神祕郵件，所以我也無從解釋。

我留下來參加集會，但沒人從身分證照片認出派翠克．賽馮坦，連活動工作人員也不認得他。其實我也不期待他們認得他，畢竟「奇屈廚房」的剩餘餐點，跟「在飛機上用餐」還是有些差距，不過仍舊提供了我一點想法，當然另外也包括巫術幻覺裡，出現滿載塑膠叉子的火燒推車。

我整個早上都忙著與航空公司通電話，佯裝要為《最佳企業雜誌》撰寫一篇關於「回饋社會」的故事。結果發現國內只有兩家航空公司會捐贈剩菜給需要幫助的人。「飛銳航空」的企業社會責任部門主管說：「現今的社會喜愛打官司訴訟，所以我能理解其他航空公司因為顧慮捲入食物中毒的指控，而不樂意捐贈剩菜。但我們堅信公司的食物品質，即便是隔夜飯亦然。」她輕快地補上一句：「如果乘客喜歡我們的伙食，需要幫助的人也肯定會喜歡的！」

再打了兩通電話後，我得到「飛銳」和「青鶴航空」所羅列出來的救濟機構名單。根據派翠克的年紀，我首先刪除「光明新起點」中途之家，因為他們收的是少年犯，另外還有「伏加！」弱勢學童營養計畫，所以現在我只剩下亞歷山大黑人區的「聖詹姆斯教會」施粥所，以及「卡蘿華特斯收容所」，該收容所就在路易博塔外圍，與特羅耶維僅一石之遙——不過大約是奧運選手所擲出石頭的距離。暫且說是出於直覺猜測吧，總之我首先選擇前往這裡。

這間收容所是棟破舊優雅的維多利亞式建築，有飛簷和鐵製雕花裝飾，牆壁的藍色油漆像曬傷般剝落，室內空無一人，而且絕對乾淨，但卻瀰漫一股絕望的氣息，宛如有毒的芥子氣在屋舍上空縈繞不去，是世界上各種地板和玻璃清潔劑都無法洗刷得掉的。拿著拖把的男人指引我走到行政辦公室。

瑞尼爾．思奈曼大約三十歲出頭，他還很年輕，相信自己能夠改變世界，但也到了年紀，開始感覺到奮鬥的沉重。他為人很和善，但當我向他自我介紹是記者，需要做一份命案報導時，他的態度變得格外警惕。

「我無法保證能幫得上妳的忙，我們並沒有記錄前來此處的人。」

「你可以幫我看一張照片嗎？」我取出影印紙，擺放在他面前的桌上。

「嗯，我得說他看起來不太面熟，但有可能是因為證件照是一九九四年發給的，而且大家通常看起來都不像自己證件照的模樣，對吧，經過多年的露宿街頭後更是如此。我們可以問問一些長期待在收容所的人，他們現在在外頭，我們放他們十點到五點間自由行動，但大部分的人還在附近逗留。我們一起走過去吧。」

我們走向約伯特公園，這個時刻已經聚集毒販，少數辦公室員工也提早在太陽底下吃起午餐。瑞尼爾直接走向一間公廁，那裡有群明顯看得出是流浪漢的人，正蜷縮在一塊兒，傳遞著一包銀色鋁箔包的廉價酒。他們眼神充滿懷疑地瞪著我們，一個滿臉皺紋的女人則抓緊站在她身邊的老男人手臂，偎著他想得到保護。

「有什麼事情嗎，隊長？」我們靠近時，老男人對我們喊道。皺紋深深地刻在他的臉上，深到足以讓你站在裂縫中淘金。「什麼東西被偷了嗎？小偷又回來了？」

「不是這樣的，漢恩斯。這位年輕女士想和你還有安娜瑪莉談談，她想詢問一個可能待過這裡的男人。」

我把影印紙拿給他們看，他們來回傳閱，跟傳遞鋁箔包酒的態度一樣認真。

「不認識，我不認得這個人，」漢恩斯搖搖頭。

「你確定嗎？他的容貌可能改變了。」在他燒得如炭一般焦黑之後，他的容貌絕對是改變了，但我不會給他們看那組照片。「他叫做派翠克・賽馮坦。」

「再說一次？」勾住他手臂的老女人說。

「派翠克・賽馮坦，五十三歲，來自克隆史塔德。」

「不認識，小姐，」漢恩斯搖搖頭重複一次。

老女人拍拍他的肩膀，用方言說道：「年輕人！這是阿派啊！你記得他吧！」她雙手顫抖地握住影印紙，若不是帕金森氏症，便是酒精使然。「對啊，蓄著鬍子的傢伙啊，是吧。還有住在這裡的東西。」她比出抓下巴的動作，彷彿在抓一隻蝨子。「你記得吧，思奈曼先生，帶著大食蟻獸的那個傢伙。」

「所以他確實有動物囉？」我問。

「我的確還記得他，」思奈曼搖搖頭，「那隻該死的食蟻獸，總會把舌頭伸進所有東西裡，尤其是砂糖，害得我們的廚師很受不了。」

「他還餵牠吃小蟑螂，思奈曼先生。你還記得吧？」她舉起手指和拇指，比出間距五公分的大小示範。

「那才不是小蟑螂。」一個看起來悶悶不樂的男人帶著濃濃的德國口音說。他就靠在一個購物手推車上，手推車裡面裝著殘破不全的單人床墊。

「在這裡算是了！」老女人吹噓地說，手掌一拍大腿，連陰沉的德國人和思奈曼都不禁笑了出來。

「你們上次見到他是什麼時候的事了？」我問。

「至少是幾週前的事了，」思奈曼沉思著，「也許一個月前，他常這麼來來去去的，如果我沒記錯的話。」

「他自己獨立生活。」漢恩斯贊同地說，「收容所並非適合所有人，有的人比較喜歡自由，無法老跟著別人的規矩過活。」他對靠在他手臂上的老女人警告似地點了個頭。

「你呀！別逗我笑了。」她說。

思奈曼說：「我們的住戶多半來來去去的，他們會在街上睡，直到天氣轉冷才回來——冬天是我們住客最密集的時候；或等到發生事情的時候，他們就會回來，可能是打架、遭人毆打，或者意外，外面的世界是很險惡的。」

「還有其他你們已經好一陣子沒看見的人嗎？任何帶著動物的人？」

他們互看一眼，然後搖了搖頭。

「我們怎麼會知道？」悶悶不樂的德國人說。

這一點正中殺手的下懷。

31

蔓德拉卡茲的身材不只是肥胖，而是龐大。她的肚腩上還長出另一層肚腩。她駕車載我們去見目擊證人，一路上嘴巴也不得閒，嚼著一袋印度素食三角餃。她一手放在方向盤上，另一手則伸進袋子裡，接著再伸回嘴邊，動作有如生產線般規律。樹懶立刻就喜歡上她，雖然很有可能是因為她不斷給牠白胡桃三角餃。

當我今早在查看航空公司的慈善活動時，這位「目擊證人」打了通電話來，聲稱看見完整的事發經過。戴夫打電話來通知我，於是我便堅持要跟他們一起來。

「戴夫說妳和果汁小鬼混得滿熟的。」蔓德拉卡茲滿嘴塞滿三角餃地說，我過了一秒才弄懂她在指果子雙人組。

「對啊，我之前在寫關於他們的文章。」

「之前？太可惜了，寶貝。戴夫告訴過妳嗎？我之前是《週日時報》的八卦專欄作家。」

「他跟我提過。」

「他提到我怎麼被解雇的嗎？我太紅了，獨占全部社會版面。」她放聲大笑，「不，我開玩笑的，我只是受夠了，那玩意兒跟癌症一樣，名人的狗屎屁事，如果妳不加以阻止，它們可是會把妳生吞活剝。」

「撰寫犯罪領域就不會嗎？」

「我的感想是，撰寫名人的領域，好像死於隆鼻手術後的壞疽，或是死於屁股癌一樣，蠢得不具一絲價值。給我一槍轟頭斃命，或者致命的刺殺也好，至少還有些價值。那妳對這次的邪惡謀殺案有何看法？是某人因反動物情結長久積怨，所以才對動物人士磨刀霍霍嗎？」

「是巫術謀殺案。」

「是的話就好了！去他的史鱗哲還有他的假狗，我們可以整週占滿頭版。妳有什麼想法？」

「一週內發生兩起謀殺案，兩位受害者都是動物化人士，兩具屍體發現時，動物都不知去向。」

「妳會發現這兩宗命案有關聯，是因為……？我的意思是，一方面我們知道妳的流浪漢命案，死者是被套上輪胎燒死的；另一方面，我們手上的是殘暴的刺殺案，這兩者怎麼看都不像同一人所為，而且寶貝，相信我吧，我很了解連續殺人狂的。」

「我收到了電子郵件。」

「殺手寄給妳的？」

「受害者寄的，躲在機器裡的鬼魂，告訴我他們獨特的個人失物。」

「那是妳的能力對吧？尋找失物？」

「是我的能力沒錯。」我坦承。

「但妳怎麼知道這不是變態殺人狂臨時起意？」蔓德拉卡茲在牛仔褲上揩手指。

「我在麥買市場外頭遇到幾個小毒蟲，還有隻豪豬，他們切斷牠一隻腳掌，賣給別人進行巫術，他們提議要對樹懶做同樣的事，有人會出錢買的。」不過話說回來，這個城市裡總在進行交易：性、毒品、魔法。只要有專人牽線，你可能還可以獲得買一送一的優惠。

「動物人士的巫術嗎？」戴夫激賞地吹起口哨，「肯定所費不貲吧。」

「為了巫術謀殺小孩才是所費不貲。」我糾正他。這不常發生，但每年總會有幾樁上報的案件：尚未進入青春期的少年遇害，身體部位遭到拆售賺取收益：嘴唇、性器官、手指、手、腳。他們尖叫得愈大聲，巫術的力量就愈強大，不過停屍間的黑市交易也同樣活躍。將一隻砍下的手埋在你的店鋪門前，便能帶來源源不絕的顧客；食用未成年少男的性器官，則能夠治療性無能。

「人們會懷念這些孩子。動物人士呢，尤其是流浪漢、拉客的妓女，卻是無人會懷念的，也許連他們消失了都不會注意到。所以我不知道是否所費不貲。」

「不過也很冒險就是了。」戴夫說。

「也許很值得，」蔓德拉卡茲說，「人們願意花大筆鈔票買犀牛角或南非鮑螺，而且這都是遊靈出現之前的東西。擁有動物已經是了不起的魔法了，再加上巫術的話，誰知道會有什麼效果？我是不知道的，但我可以跟妳說，這絕對會是很棒的故事。」

我們在購物商場樓下一間開放式咖啡廳與目擊證人碰面。她坐在咖啡廳最後面的位置，可憐兮兮地蜷縮在一個雅座裡。她很瘦小，年紀最多只有十五歲；她聳起肩膀，像在表示她這輩子都不想引起他人注意。

「妳是蘿貝塔嗎？」蔓德拉卡茲問她，並伸出手和小女孩握手。

這位女孩快速地點了點頭，速度快到只消你一眨眼便會錯過。她並沒有伸出手，只是指著我說：「我只要和她說。」

「親愛的，我是記者，妳會想要和我談的，如果妳需要隱私，我可以請其他人先迴避。」

她搖搖頭：「我只要和她說。」

「動物人士可真團結，是嗎。好吧，我們到外面的桌子那兒等。」她悶悶不樂地拿給我她的錄音機。「按下右邊的那顆紅色按鍵。」

「跟騎腳踏車一樣簡單。」

四十分鐘後，我出現在蔓德拉卡茲和戴夫的桌邊，找了個位置坐下。「好了，第一，她說不能通知警察，至少現在還不行。也許晚點你們可以說服她。第二，她真的嚇壞了，嚇到不敢回家，我要你們其中一人收留她幾晚。」

「為什麼妳不能收留她？」蔓德拉卡茲說。

「因為我就住在她家附近，也就是謀殺案發生的地點，這事情發生在她朋友身上，她朋友跟她一樣也是妓女。」

「她可以住在我那兒，至少今晚可以。其餘我們明天再來規畫。如果故事有看頭，報社可以安排她住飯店。命案方面，她說了什麼？」蔓德拉卡茲急切到都快噎著了。

「妳應該自己聽聽看。我已經幫妳記下重要資訊的時間碼了。」我遞給她一張紙巾，上面記錄著跟服務生借來的原子筆所寫下的註解。

「嘩，瞧瞧妳，真是大無畏的女記者。」

「比『補充報導』來得有價值嗎？」

「這要看帶子的內容。」

我跳到錄音機五分四十三秒的地方，他們必須身體前傾，才聽得見蘿貝塔的聲音，她的聲音輕得幾乎像是細語，還摻雜著背後的濃縮咖啡機研磨聲，以及杯子碰撞的聲音。

銀子・十二月：好，我想先回到剛剛說的地方，「像幽靈一樣」，這句妳指的究竟是什麼？

蘿貝塔・梵桐德：我告訴妳！那裡一個人也沒有，一分鐘前她才彎腰調整她的鞋子，那只鞋的鞋跟困擾了她一整晚，然後啪！啪！啪！啪！啪！

她在咖啡廳裡用手刺向空氣，臉部不自覺地扭曲。

蘿貝塔：〔繼續〕她全身上下湧出鮮血，她的頭、她的手臂，接著她就倒在牆上，血液到處飛濺四溢，嘶地一聲噴了出來，但是啪！啪！啪！啪！她被刺了更多刀，好多血！之後她就倒在地上了，抱著她的頭尖叫，可是接著出現更多聲啪！啪！啪！

銀子：那她的麻雀做何反應？

蘿貝塔：好像瘋狂似地到處亂飛，咻地飛過來，又咻地飛過去。

銀子：彷彿牠看得見幽靈？

蘿貝塔：彷彿牠看得見幽靈。
銀子：那牠像是在攻擊幽靈嗎？
蘿貝塔：我不知道，我真的不知道。
銀子：然後接著發生什麼事妳就不曉得了？
蘿貝塔：不曉得了，我跑呀跑呀跑，跑到我以為我的心臟就要爆炸。
銀子：我很抱歉，我只是想再確認一下我是否真的明瞭妳的意思。所以妳看不到任何東西或任何人，是嗎？
蘿貝塔：對，什麼也看不見。呃，也許有一片灰色的東西，像是影子，也像惡魔，一個看不見的惡魔！

「噢，親愛的，我們挖到寶了，」蔓德拉卡茲說。
接著幾個小時，我們忙著謄寫錄音帶內容，然後拼湊編寫出草稿。

32

我十一點之後才回到家，全身感到精疲力竭。由於極樂高地外的道路施工，所以我必須將車子停在兩條街以外的地方，簡直讓我氣壞了。也許他們總算願意修理那該死的水管了吧。蘿貝塔目前平安安置於蔓德拉卡茲的住處，新聞也撰寫成一篇扎扎實實的小故事，不過為了帶給《真相日報》讀者刺激情節，我硬是加油添醋了一番。想要白手起家的話，任何事物都可以是跳板，小報新聞亦然。也許這件事結束之後，我真的會開始撰寫勒戒所之旅的故事——但是是幫有格調的出版社撰文，而不是《馬赫》雜誌。

由於我真的已經疲憊不堪，以至於沒能察覺門鎖的咒語遭人破解。我把樹懶放在門邊的攀爬杆上，然後打開室內的電燈。浮尤拿著槍坐在我的床沿，他手裡輕輕握著槍，雙腳張開，躺在雙腿中間的手槍，宛若陽具一樣地垂掛著，他的神情透出一股無奈。

我的電話偏偏選在這個時刻響起，歡騰地唱著果子雙人組的南非巴甘加搖擺舞曲〈狂熱〉，我們兩人同時跳了起來，手槍在他腿上輕微抽搐。

「妳要接那通電話嗎？」浮尤問我，但很明顯地，他並不想要讓我接。

「不了，我晚點再回電給他們。」我盡可能若無其事地說。這個來電鈴聲是我專門設定給某個群組的，群組聯絡人是阿諾、小曲、席布。

「你想喝杯茶嗎？我今天真的很累，需要來一杯。」我喋喋不休地說，藉此排出一些緊張的腎上腺素，腎上腺素來得比跆拳道冠軍的腳還要猛烈，同時我也假裝取出茶具，實則是在搜尋武器。「你的茶想要怎麼樣的？我喜歡濃烈的純茶。對了，這可不是什麼性暗示唷。」

我得鼓起極大的勇氣，才能轉過身背對他。我依稀聽得見他晃動膝蓋時，牛仔褲發出的微弱沙沙聲。我頭一次見到他穿的不是西裝，這點尤其讓我恐懼。

我拉開收納廚具的抽屜，然後迎面看見異常的景象，遠比來自死人的郵件或床上坐著帶槍的男人還更為驚悚。那是一把大型切肉刀，邊緣排滿鋸齒，其中兩顆鋸齒已經缺損，上頭也生鏽無光澤。這把刀絕對不是我的。眼前不屬於我的東西，還包括一隻調皮舉起爪子的貓咪瓷器娃娃，瓷器娃娃也沾有鐵鏽，但事實上我知道那並非鐵鏽，絕對不是鐵鏽。違背常理的想法閃過腦海：「所以我持有謀殺工具嗎？」我大笑出聲，發出像是抽噎般的打嗝聲。

「這是你的嗎？」我轉過身面對浮尤，手指捏著刀子頂端，彷彿我捏著的是一隻死蟑螂。

「別逼我對妳開槍。」他說，他的聲音聽起來疲乏。

「你要為了一封電子郵件對我開槍嗎？」

「有人還會為了更微不足道的事，做出更可怕的事。但不是這樣的，會這樣做全是因為妳讓我難堪，所以我才要對妳開槍。把刀放下。」他的槍指向我的頭，我遵從他的指令。

「你確定你不想喝茶嗎？」我木然地說。我母親深切相信茶的能量，此外，我的茶壺又沉又堅固，而且比刀子讓人沒有防備。我冒險轉身面向流理台，手伸向我的舊式金屬茶壺，但說時遲那時快，他穿過房間，一把將我拽得轉過身，抓住我的喉頭、猛力把我推向流理台。

「不，我不想喝妳那該死的茶，」他嘶聲說道，飛沫噴濺在我臉上。他的槍抵在我的臉頰上：「我要把我的錢拿回來。」

我想舉起茶壺，他卻抬起膝蓋用力頂我的雙腿之間，我的眼前瞬間一片空白，然後聽到金屬應聲落在鋪有亞麻油地氈的地板上。

他的手鬆開我的脖子，我倒在流理台上，努力回想如何呼吸。他面無表情地把槍插回牛仔褲後袋，準備好痛毆我一頓。

「我不——我給——」我困難地開口。

他舉起一隻手，反手打我的臉頰，指節幾乎要把我的骨頭震碎。「妳知道妳讓我很難堪嗎？站起來，我說站起來！」浮尤一把將我整個人拖拉起來。

「我已經給你錢了！」我嘴裡滿是鮮血。

「妳以為我他媽的不會發現嗎？妳難道忘了妳是跟誰打交道？」

「發現什麼？等等——」

他不予理會，捉住我的手臂，便往我的肚子送出拳頭，我整個人被打擊力道打得彎起來，但他卻不讓我就這麼跌跪下去。

「發現什麼？發現那是偽鈔啊！每一張藍色鈔票都他媽的是假的！」

「不是我，這是圈套，浮尤，是他們給我設的圈套。」

「我真的受夠妳滿口謊言。」浮尤說，手伸向牛仔褲後袋，但他還來不及抽出手槍，樹懶便由天花板跳到他身上，一團從天而降的暴怒毛球壓得浮尤倒地，手槍滑過地板、滾進床底下。我爬過去想要取槍，但臨時改變心意，改往另一個方向奔去。

這時我聽見樹懶的尖叫聲，於是便硬生生地停下腳步，畫面凝結在一個女孩彎下腰想拿茶壺的動作。我用手掌握住茶壺手把，非常緩慢地轉過身，看見浮尤用力向後扭著樹懶的手臂，角度看起來很可怕，他的膝蓋頂在樹懶的雙肩之間，將牠壓制於亞麻油地氈上。浮尤的臉上和脖子上出現好幾處深深的凹洞，臉頰也被尖銳的草食性動物利齒扯下一塊肉。

「你可以折斷牠的手臂，浮尤，但我會在你下一個動作之前，就把你該死的頭骨敲一個洞。」我說。

浮尤斟酌著，樹懶嗚咽著扭動身軀，試圖擺脫手臂上的箝制力。我們之間的連結是單向的，我感受不到牠身體的痛楚，但光看到牠痛苦的表情就夠我受的了。

「陷入僵局了。」浮尤嚴肅地說，血液由他的鼻尖滲下。我手裡的茶壺很沉，可以輕易地打破僵局，之後卻會讓情況變得更複雜麻煩。

「或者，」我咬緊牙關一個字一個字地說：「遊戲重新開始。」

「什麼？」

「我們回到原本的地方。」

「不可能。」

「目前誰知道了嗎？關於錢是偽鈔的事情？」

「我知道。」

「還有誰？」

「沒別人了，至少目前是這樣。」但他卻笑逐顏開，那是一種充滿激賞的淺笑。

「二十萬元。」我提議。

「四十五萬。」

「這太誇張了。」

「妳要知道，要是換做別人早就死了。」

「但我可是組織的資產。」

「妳確實是資產。」他同意道，鬆開樹懶的背。樹懶感到解放似地輕呼，朝我飛奔過來。

我用單臂抱起牠，另一手仍把茶壺半舉在空中。

「現在滾出去。」

「我的槍。」

我笑了：「把槍算在我那筆該死的帳上。」

我是資產，好吧。不僅如此，我更像之前幫他釣上的蠢蛋。如果浮尤真想懲罰我，他大可射殺樹懶就好。甚至不用麻煩，直接把牠丟出窗，省下子彈也好。但他才不會冒這個險，讓「罪影」有機可乘爬上他的頭頂，害自己也加入動物化的行列。現在正如他所意，他成功讓我回到原先的工作崗位，外加我的債務漲成三倍。

外面傳來一陣騷動，先是聽到甩門、腳步聲，然後有個小鬼從門前衝過去，大喊：「警察來了！警察來了！」——這是本棟公寓的預警機制。

「妳打電話叫警察？」浮尤問，一臉不可置信。他的眼神掃向床，以及床底下的槍，正躊躇猶豫著。

「不是我喔，肯定是在抽屜裡放刀子的人，也正是給我那箱偽鈔的人。」

「妳還真會挑敵人耶。」浮尤滿臉欽佩地說。

「你最好在他們抵達前離開。」

他用手扶著前額：「我會再和妳聯絡，」他說，然後躲進像蟑螂般傾巢而出的混亂人群，其中夾雜著趁亂逃跑的妓女、毒販和小流氓。

我拽起一條毛巾布，包住切肉刀和瓷貓咪，然後扔進我的手提包裡——這肯定就是歐狄的保險單了。但他們在我尚未捲入整起事件前，就殺了露迪茲奇太太，意思就是說，他們設局陷害我的是別的案子。但有什麼是比在某個老太太家裡把她刺死更嚴重的？

我把樹懶綁在我的腰上，像是孕婦的大肚子一樣，然後在我的洋裝外頭套上貝瓦一件舊短衫，佯裝成大肚子。短衫還留有他的氣味，是男人的汗水味和青草膏的味道。

我闖入混亂場景之中，身邊出現許多聲音，但忽然有個聲音大喊：「在那兒！她就在那兒！」帶著自以為是的權威，說話的聲音肯定就是迪尼士。我並沒有回頭張望，只是持續前進，然後就在最後緊急的一秒，我橫跨閃身進入燒焦的六一五室大門。

當警察闖進裝置破水管和凹水槽的廚房時，我早已跳下第二間房間地板上的洞，直接降落於五二六室。但我並沒有選擇走主樓梯間，反而跨過空中走道，攀爬過金大樓五〇七室的窗戶，再爬下破損的防火梯，從半層樓的高度落到街上。請叫我捷徑女王。行經下水道時，我若無其事地把裹著刀子和瓷貓咪的毛巾扔進去。

警察的閃光燈打亮建築物，我數了數，門口總共停了四台警車，意思也就是說，後面可能還有兩台。這可是希爾布羅區，警方可不敢大意，他們全副武裝、嚴加戒備，行頭更少不了火槍、防彈背心和反暴頭盔。看到他們如此認真看待凶殺案的感覺真好，儘管是為了一個手足相殘的樹懶女孩，對非動物人士的老太太殘暴地下毒手。現場還有一輛新聞台轉播車，就停靠在鎮暴車陣之中。

我以此做掩護，以孕婦那種河馬加鴨子的行走方式，搖搖晃晃地走到後面。不幸的是，勇敢無畏的女記者忽然發現我，攝影機隨即轉了過來，讓它的玻璃鏡頭捕捉到我的畫面，但他們在發現更有趣的人情趣聞報導時，便將鏡頭轉開，捕捉新的目標——魁梧的警察陪著康太太和她的孩子走出大樓，一路上他們哭號大喊，警察手中則抱著一堆查獲沒收的假護照。我趁亂開溜，經過道路施工，然後走進我停放車子的小巷弄中。

卡布里的最高時速是一百四十公里，這一點也許算是好事，因為我正像嗑了藥的賽車車神，瘋狂地變換車道，一邊還聽著重複的語音訊息，簡直就是種折磨。我會說是折磨，是因為阿諾的電話怎麼打都沒人接。

「喂？喂！」傳來阿諾壓低音量的低語：「妳在嗎？噢，我的天，銀子，他們來了。這次是真的，比殭屍還可怕。他們就像該死的鬼魂一樣。拜託妳快回電，拜託。」

阿諾的呼吸急促沉重，就像電話騷擾的變態狂忽然氣喘病發作一般。他的呼吸愈來愈沉，然後我聽到一陣門被撞開的聲音。「這下死定了！」隨之便傳來阿諾的尖叫聲，接續著沉悶的摩擦聲響，伴隨隱隱約約的撞擊聲，似乎他是遭人拖行，同時腳踝猛力踢向地板。

然後電話就斷了。

梅菲爾住宅區的入口已無人管制，裡面傳來呼嘯嚎叫的警笛聲，黑色煙霧在詭譎的淡橘色天空中翻騰，我彎下身子鑽過吊桿下方，逕自走進去，然後看到另一個惡意的驚喜：有一張公告貼在牆面上，另外還附上一張以網路攝影機拍攝的模糊照片，是上次我來的時候被拍下的照片。某人還特別花心思用螢光筆圈出重點：

> 闖空門盜賊！
> 請盡快將其繩之以法：各位住戶！
> 請注意以下這位女性！
> 銀子・十二月是已遭到定罪的殺人犯，而且極其危險。
> 她開著一輛橘色福特卡布里轎車，帶著一隻樹懶。
> 如果你看見她，請立即打電話給警衛和警察！

我撕下公告揉成一團，按下升起吊桿的按鈕，然後駛進住宅區內，進入一陣混亂之中；警笛嚎叫，救護車停靠在道路中央和整齊的草地邊緣，消防車和警車則擋住去路。我把車停在救護車後頭，然後將寬鬆的上衣帽子套上肩膀、蓋住樹懶。懷孕的戲碼實在是太不便於行動了，「把頭低下。」我告訴樹懶，這次牠是我駝起的背部，然後我便開始狂奔。

H4-303號有如慘敗的戰場，消防員何不直接在上面撒尿算了，現在房子只剩下黑色的建築硬殼，亮橘色的火焰在二樓的窗口舞動著，那是席布的房間。熱氣像牆壁一樣厚重，逼得圍觀群眾得保持距離站在修剪整齊的草坪上，眾人身上穿著各式各樣的睡衣。

「媒體！」我大喊出聲，一路擠向最前方，看見一具屍體躺在防火布下，是一名體型魁梧的青少年。他的一隻手臂露在布外，袖子上有粉紅色的機器猴子。我的心頭猛然一震，險些就要嘔吐。

「其他孩子在哪裡？」我對震驚的警衛大吼，他現在應該管制群眾才是，但他似乎並沒有聽見我說話，而是被眼前的景象震懾住。一位消防員從瓦礫中拖出另一具焦黑的屍體，屍體有如稻草人般癱在他臂彎裡，屍體個子瘦小、身形如女孩，腳上穿著一雙紫色的牛仔靴，靴子還在冒煙。

「還有一個！」有人從屋裡大喊。

「不要擋路！」一位消防員對我大吼，這下倒讓警衛回過神來。但當我抱歉地舉起手，我的目光捕捉到人群中的某樣東西——那是一團影子。眾人的失物都糾結在一起，但除此之外，還有樣東西在線索間穿梭，宛若鬼魅一般，或是看不見的惡魔。

「過來這裡，小姐，妳不能這麼擋路，」警衛說，並且將我拉開，「妳是怎麼回事？到這裡來啊。」

「抱歉。」我自言自語，任由他引我走進人群，群眾正無意識地撤離那個惡魔，就像有魔法的海洋般，自動開出一條道路，讓惡魔通過前往停車場。

我推開人群追趕它，邊跑邊努力緊緊抓住影像。但如同發生露迪茲奇太太命案的早晨，這已經不只是模糊的影像，而是清晰高畫質的影像，朝著我一躍而上：我看見一根破裂的鼓棒，上面潦草地寫著團名；一件綴有紅色蕾絲的女孩低腰平口短褲；一支橘色的卡西歐塑膠手錶；一支上面有校園卡通娃娃頭的鑰匙圈；以及一本破舊的書，書的封面是一棵金色的樹。

「我知道妳人在這裡，亞密拉！」我大吼，但她卻不斷變淡，與沖洗底片的過程相反，影像是愈來愈模糊不清。她藉由扭曲他人的心智，而非折射圍繞在她身邊的燈光，盡可能讓自己變得不顯眼，使旁人的目光能夠因此錯過她，讓他人的注意力飄移不定。這裡除了那本破書，我什麼也看不到。我盡可能抓緊它，但人群卻抵擋著我，不讓我通行。

「噢，拜託！」

「妳是怎麼搞的？」

有人一把抓住我的手臂，是俱樂部裡那個傲慢的服務生，「我認得妳！」

我往服務生抓住我的手向前跨了一步，然後用力扭轉他的手臂，同時用我另一隻空著的手掌拍向他的喉嚨，他發出窒息般的悶響，隨即鬆開抓住我的手。哼，我今晚的前科紀錄上再加上一筆傷害罪又怎樣？反正他們極可能會把縱火罪推到我頭上。我轉身朝我的汽車逃跑，一路上還聽見人們在我背後大喊的聲音。

我立刻駕車逃逸，輪胎發出尖銳的嘎吱聲。卡布里轎車就像青少年的心一般，無所畏懼地撞開吊桿，逃離現場。

33

車內緊張的空氣沉重凝結，厚重得彷若一顆墜落的星體。貝瓦不發一語，凝望著窗外灑落於車身的街頭燈光。我到中央衛理公會外頭接他時，他並沒有跟我爭執，也沒有問我任何問題，更沒有嘗試要我向警方投案。事實上還是他提議穿著制服通關的，以預防附近的警衛亭吊桿處又張貼著「危險罪犯」的警示公告。

光線折射在他身上的銅製名牌，像是一種沉默的指控。在這陣沉默之中，對於我害他捲入各種冒險，他有太多話都沒說出口；我可能危及他的政治庇護身分，以及他家人未來在南非生活的可能。貓鼬看起來倒是有話要說，牠坐在貝瓦的腿上，以小小的圓眼珠怒視著我，牠的眼神彷彿在說「妳這沒用又愛拖人下水的毒蟲」。

我的車子停在幾條街外的距離，在不顯眼的地方。這裡奇異地寧靜，再過一個鐘頭左右，鳥兒才會開始鳴叫，但此時此刻，夢鄉之城仍沉浸在夢境裡。

「給我十分鐘。」貝瓦說。我把拉哥斯炸雞遞給他，他走下車，漫步走向警衛亭，嘴裡還咀嚼著一塊雞肉。與其說這是用來賄賂的，不如說這是一種偽裝，誰會懷疑一個帶著炸雞的男人？特別是身穿「哨兵保全」公司制服、胸前別著名牌的人。

照明燈閃耀著光線，籠罩在貝瓦身上，很快便毫不遲疑地閃了過去——半夜三點還有行人在路上走動，並非什麼不尋常的事，彷彿約翰尼斯堡自然棲息著兩種不同的物種：汽車和行人。

再過四十二分鐘，凌晨四點接班的警衛就會抵達交接了，但經過一番勸說後，他還是有提前下班的可能。只是所需時間卻比我預計的還久。並非因為警衛勤奮致力於工作，而是他想在回家前，先和貝瓦談天說地，共同分食油膩膩的炸雞。我得用盡我全部的意志力才能乖乖待在車上。最後他終於與貝瓦分道揚鑣，開始往遠離我的方向走，然後走上大馬路。如果他以為凌晨這個時間能攔到計程車，那他肯定也相信奇蹟了。在下一班警衛前來交班並發現異狀之前，我們還剩下二十八分鐘。

貓鼬在道路上狂奔，朝我的車子跑來，我打開門，牠倉皇地跳了進來，發出幾聲急促的叫聲。

「是，我知道，我看到他離開了。」我打了檔，開向警衛亭接貝瓦，但在我看到監視錄影機時，我忍不住低聲咒罵，只是一切都已經太遲。

通往歐狄家的大門已證實不是個大問題，貝瓦曾受過竊賊的專門訓練，可克服家庭防盜裝置，包括這次用上的簡單招式：以輪胎的鐵橇把大門從槽道中撬出來。

我把車子藏匿在數條街外的距離，等到特警人員察覺不對勁時，才不會藉由車子找到我們的位置，然後我們便從庭院側邊溜進去，緊貼著樹木來掩護行蹤。屋內燈火通明，正在舉辦派對，閃耀著明亮的光線。樹懶緊張地用爪子抓著我的手臂。

我們隨著噪音走到車庫，經過停在一側的戴姆勒汽車，車庫的兩扇門大開著，燈光灑落於私人車道，照耀著彎腰伏在賓士車上的詹姆斯，他正忙碌地整理車廂裡的東西，車廂裡鋪了厚厚的塑膠布。

貝瓦做手勢要我先別輕舉妄動，他偷偷潛到詹姆斯身後，等到他驚嚇地打算轉過身時，貝瓦用力地闔起後車廂蓋夾住他，詹姆斯痛得慘叫，然後貝瓦又闔上一次後車廂蓋，緊接著又一次，接著猛然彎腰捉住詹姆斯的腿，將他丟進後車廂裡，隨後闔上蓋子，關門聲幾乎與詹姆斯的尖叫聲同步發生。「去拿鑰匙。」貝瓦說。我從沒看過他這一面。

我跑到車子前座，取出鑰匙孔上的鑰匙。我把鑰匙插進後車廂蓋的鑰匙孔、並且旋上鎖時，我的手忍不住緊張得直顫抖。車廂內的叫聲愈來愈劇烈，我向後退了一步，差點就讓一條延長線給絆倒。延長線連接著一把手術鋸，是那種用於截肢的鋸子，手術鋸就擺在車子旁，另外還有三種不同的鋼鋸、一把斧頭和一支鉗子，整齊畫一地排放在一旁，做為使用預備。車庫後方還有一個冷凍箱，蓋子大剌剌地打開。

「這個歐狄．虎倫究竟是何許人？」貝瓦問，貓鼬一動也不動，舉起單足，鼻子嗅著空氣，抖動著牠的鬍鬚。

「我不確定我是否知道他是誰。」我感到一陣厭惡，腦中浮起浮尤手槍的畫面，手槍現在還在我的床底下。

「他不會窒息嗎？」我眼光掃向賓士車。

「妳在乎嗎？」貝瓦說，將警棒抽出皮套。「要進去房子嗎？」

「如果他們還活著，」我抖動身體，「我們應該從側邊走過去。」

我們繞著房子的側邊潛行，經過灌木叢，鴛鴦茉莉飄散著一股令人嫌惡的甜香。我的心臟以低音節拍發狂似的鼓動著，雙手感到麻木刺痛，要打架或逃跑的首要之務是什麼？良好的動作協調。進化之路還長得很呢。

露台傳出有人說話的聲音，但當我們撥開樹叢時，卻只看見卡門戴著太陽眼鏡，獨自一人於黑暗中躺在躺椅上，她面向著泳池，泳池的噴泉則活躍地噴著水，從仕女的花瓶裡灑出水花，水底一盞黯淡的燈光穿透過水面上的樹葉閃耀著光芒，突顯每一處樹葉的紋理，在地磚上投射出舞蹈般躍動的陰影。

卡門正對著無線電說話，一隻手散漫地在空氣中揮舞著，彷彿在指揮雜亂無章的合唱團。「電影院又不會供應冰淇淋。」她說，因為戴著墨鏡的關係，她的表情難以辨識。她陽光般金黃的緞面袍子浸在一灘鮮血中，看起來就像紮染失敗的料子，她的躺椅下方，有一團以毛巾包裹起的東西正在發抖。

她身旁的茶几上，擺了一個空的馬丁尼酒杯，以及一把彈簧刀。

「貓咪、手套、牙齒、牙齒還有牙齒。」她哼唱著。

然後她突然發現我們，以手肘支撐身體坐了起來，然後輕快地說：「噢，你們也來看本季新品嗎？」她取下太陽眼鏡。若眼睛是靈魂之窗，那這雙眼睛的窗戶，則是遙望著災變的車諾比。

「本季都是皮草商品哦。」

通往室內的玻璃門開了，瑪爾濟斯男從裡面冒了出來，手裡拿著兩杯馬丁尼，他的小狗跟在他的腳邊，小狗看到我們後，便對著我們咆哮，瑪爾濟斯男的臉拉了下來，「啊，」他說，「很抱歉我不知道你們要來，否則就會多調幾杯酒了。」

「你不是說不想受酒精干擾嗎？」我問他。貝瓦站在我身邊，繃緊肌肉隨時準備伺機而動，我用一隻手按著他的手臂。

「酒精只限受害者享用，」瑪爾濟斯男一邊說，一邊放下酒杯，往卡門身旁的位置坐下，輕撫著她的大腿，「就像瓶裝礦泉水一樣：是來自純淨泉源的頂級品。」

「她怎麼了？」貝瓦開口，努力克制自己。他的手緊緊握住警棒，用力到手臂因而微微顫抖。

「這可是她對她自己做的，老外。她嗑了強效的解離性藥物。」

「是米達諾嗎？」

「混合一些K他命和招牌藥品，可以讓她保持清醒，我們正在玩遊戲呢，讓他們瞧瞧啊，卡門。」

「還要啊？」她抱怨道。

「當然還要，寶貝。」他的手放在她的袍子上，撫摸著她的腹部側邊。「我想妳遺漏這一塊了。」

她悶悶不樂地嘆了口氣，拾起茶几上的彈簧刀，直接刺進腹部側邊，然後又從身上拔出彈簧刀，趣味盎然地盯著染血的刀鋒，但似乎感覺不到痛，這時鮮血開始湧出體內。

「不是那麼可怕，是吧？」瑪爾濟斯男說。

「晚安啊，帕薩迪納。」她同意地說著。

「那麼這裡呢？」他在她膝蓋骨上方的皮膚畫圈。

「夠了。」貝瓦出言制止。

「我們才剛開始呢，你們見過卡門的兔子了嗎？」他的手伸向躺椅下方，抓起一對耳朵，把一隻受到驚嚇的兔子拖出來。兔子害怕地緊閉著雙眼，鼻子發狂地抽動著。「我們都以為卡門會成為下一位史鱗哲，也會是讓我們重獲新生的動物化歌手。這遠比跳豔舞有賣點，誰知道史鱗哲根本就不是什麼史鱗哲，如果妳聽得懂我的意思。妳知道嗎？這全都是妳的錯。歐狄和卡門原來好端端的，直到妳莫名其妙地指控歐狄，觸怒了卡門。妳說歐狄玷污小曲，講得跟真的似的，最好歐狄會冒這種險。她跟那個白痴賈布拉尼上床，難道還不夠糟嗎？」

「小曲和席布人在哪兒？」我問。

「漂走了，漂走了，漂走了。」卡門哼唱著。

他忽視我的問題，「妳喜歡我為妳準備的禮物嗎？妳也看得出來，那把刀可是很特殊的，會留下與眾不同的傷口。」

「你也打算把梅菲爾的火災賴到我頭上嗎？」

「妳真該感到羞愧，」他露出牙齒微笑著，「在妳刺死這三名青少年之後，還放火燒他們，妳可真是變態的神經病啊。」

「我只看到兩個。」我努力穩住自己的聲音。

「別擔心，當他們最後終於進到屋裡，他們會找到另一個的。肯定烤得跟餅乾一樣酥脆了，讓人辨識不出真實身分。」

「但他們不是小曲和席布，對吧？」

「他們想得美！只是街上幾個倒楣的小鬼，外貌特徵正好大致與雙胞胎相符，說穿了不過就是平民百姓的死傷。我們是在今天下午找到他們的，給他們享受幾個小時的特殊待遇，讓他們玩Xbox遊戲機、餵他們吃麥當勞、往他們身上倒汽油。跟妳家水槽下剩一半的汽油是同一種類的，妳發現了嗎？還是只發現了刀子？」

「根本沒人會相信你的鬼話。」

「是這樣嗎？妳可是一個殺了自己哥哥的神經病動物毒蟲耶。還對名人狂熱到喬裝知名音樂雜誌的記者，藉此靠近這對雙胞胎歌手。妳的指紋遍布淒慘的露迪茲奇太太公寓，還拿走她的瓷貓咪當做戰利品。妳是在跟我開玩笑嗎?妳最好開始想想受訪內容要說什麼,媒體會愛死妳的。」

我感到一陣天旋地轉,倚著茶几抗拒湧上喉頭的噁心感。

「事實上,妳人還在這裡做什麼呢?」馬克旋轉著他手中的馬丁尼,啜了一口,「妳不是應該逃得愈遠愈好嗎?」

「他們在哪裡?」貝瓦說。

「你說真正的雙胞胎嗎?哦,親愛的,他們人在樓下,正在準備呢,也許已經開始了。」一聽到「開始」兩個字,卡門戴回太陽眼鏡,冷靜地把刀子插進膝蓋上的腿肉。刀子卡在腿上,在她倒回躺椅啜飲馬丁尼時,刀子還牽扯到肌肉,在腿上抖動了一下。

貝瓦再也受不了了,他傾身過去想要拔出刀子,但瑪爾濟斯男的動作比他更快一步,他拔出刀子,這次卡門真的整個人縮了一下。

「你也想玩嗎?」他說,用刀刃側面拍拍貝瓦的臉頰,「我得告訴你,這可是我最喜歡的遊戲。」

「你說樓下的哪裡?在這棟房子嗎?」我問他,因為現在還有比卡門和四人互相殘殺更值得擔心的事情。

「我真的得下去了,他們需要我。」

「需要你幫忙砍人嗎?」

「噢,親愛的,我只是提供我的魔法電力,讓整個儀式更加強勁有力。還是妳一直都還沒發現,當我在妳周遭時,妳的遊靈能力會增強?」

「你是看不見的惡魔。」

「是團隊力量，」他同意道，「只要有我在，亞密拉混淆視聽的能力和效果便會更強，但我們也喜歡一起切割截肢。我們現在這樣只是在浪費時間，孩子等著被獻祭，我們也還得逃跑呢。來吧。」瑪爾濟斯男說，揮舞著手上的刀子，「你看來應該也見識過一、兩場激戰吧。」

馬克朝貝瓦撲過去，同時小野狗也躍上貓鼬身上，發狂似地吠叫著。小狗將貓鼬制伏在地，猛咬著牠的肚子和臉部，鮮血從貓鼬的鼻子滲出。貓鼬掙扎地踹踢著腳，痛苦地露出牙齒，但卻沒發出任何叫聲。

貝瓦拿起警棍擊向馬克的胸廓時，馬克的左手從預藏的刀鞘中抽出另一把刀，在貝瓦的臉頰上留下一道刀痕，刀刃順勢擦過他的下巴、往他的臉頰劃過。

「卡門，」我搖著她，「這屋裡有沒有槍？」

但她彷彿抽搐一般，猛烈地左右搖著頭：「沒有，沒有，沒有，沒有，沒有，沒有。」

我放開她，她彎起膝蓋，把她的兔子緊緊攬在懷中，就像個抱著動物玩偶的小孩，然後輕啜了口她的飲料，她瞪著我，彷彿我試圖要把她的兔子帶走。

這時樹懶發出惱怒短促的叫聲。

「我正在想辦法啊！」我回斥牠。

貓鼬伸直後腿猛踹瑪爾濟斯狗，就像麻花酥捲一般捲曲著身子，想將小狗壓制在地。牠們抱著彼此翻滾，但貓鼬較占優勢。貓鼬的本能是殺蛇，而眼前這隻不過是隻鼠輩般的小狗。牠壓住小野狗的喉嚨，小狗發出尖銳的叫聲。

牠們的主人則不分軒輊，打得難分難捨。貝瓦和瑪爾濟斯男兩人還在謹慎地周旋著，貝瓦用盡全身的力量，舉起警棍擊打馬克的胸骨，讓他不能再靠近一步。馬克往後踉蹌，彷彿呼吸困難，但其實這是個陷阱；就在貝瓦往他靠近時，他低頭閃過警棍，刀子一把刺進貝瓦的身側，然後又躲到貝瓦打不到他的距離。這時我舉起鏤空的鐵椅，往他的後腦勺猛力敲了下去。

這一擊比我想像的還來得輕微，我本來希望可以擊昏他，但他只是踉蹌了幾步，鬆開手放掉其中一把刀子，用手按著後腦勺，一面憤怒地轉過來面對我。

「妳這小賤人，此仇我非報不可。」但當他轉過身時，卻正面迎向貝瓦的警棍，警棍敲打他的頭部側面，力量大到讓他整個人失衡跌倒。

卡門發出開心的驚叫聲。「我可以從空氣中，感覺到它的來臨。就在今夜。」她用一種陳述事實的口吻說。

馬克慢慢地站起來，貝瓦擊向他的膝蓋後側，他倒在躺椅末端，我立刻往前跳上前去，用膝蓋頂住他的背部，吆喝著貝瓦過來。他拿出電纜帶——這是「哨兵保全」的標準配備，而不是手銬，於是我們兩人合力綁起瑪爾濟斯男的手腕和腳踝，再把他綁在沉重的鐵製桌上。小狗咆哮著想咬我的手指，但貝瓦用警棍壓制住牠的脖子，我則拿電纜帶綁住牠的嘴部，並以小狗項圈將牠拴在其中一張椅子上。

「水，」卡門哼唱著，指向泳池，「水啊水，永遠都不夠喝。」

一個陰影從泳池底部竄升而上，遮住黯淡的泳池燈光。那個東西蒼白巨大、帶著魚鱗，從水面爆破衝出，然後用牠強健的下巴猛然咬住貝瓦，在貝瓦還來不及吸口氣大叫之前，又噗通一聲溜進水裡。簡直就像隻該死的恐龍。我仍呆立著眨眼，沉浸在剛剛牠衝出水面時潑了我一身的冰冷水花驚嚇中，而貝瓦就這麼消失了，彷彿他從未存在過，只有水波漣漪能夠證明剛剛發生的事情。

「鼬鼠『啵』一聲就不見了！」卡門說，開心地拍著手。

34

我完全不加思索，直接跟著他跳入水中。冰冷的池水彷彿要抽空我肺裡的空氣，我聽見貓鼬的尖叫聲，然後牠也追隨我的腳步跳入水裡。但貓鼬並不會潛水，我奮力撥開一層厚重黏稠的腐爛樹葉，樹懶害怕地抓住我的脖子，我希望牠知道該如何憋氣。我潛入池底微弱的燈光底下那片黯淡的黑暗之中，池子底部深處出現一個洞，那裡有個地道，寬敞得足以容納一輛卡車。我游了進去，沿著彎曲的管道，竄入一片漆黑當中，彷若游入「罪影」的黑暗之心。我的耳壓由原先的陣陣悶痛，轉變成直直鑽入腦門的尖銳刺痛，但後來水道又往上蜿蜒，就像水槽的U型彎管一般，引領我進入冰冷漆黑的水裡。我可以隔著水聽見扭曲變調的音樂，還有拍水的聲音。我可以感到肺部正在灼燒，於是我踢著腿游向水面，頭部探出水面，嗅著水底洞穴的清涼空氣。

這時傳來一陣音樂節拍，是一首甜美的流行樂曲，果子雙人組的歌曲。

寶貝，這就是飛車，飛車……

原來拍水聲來自那隻怪獸，牠突破衝出水面，在空中扭動著身軀，然後又投回水中，貝瓦則癱軟地被牠啣在嘴裡。那不是隻恐龍，而是一隻白化症鱷魚，長約六公尺，牠翻滾著身體，想要淹沒獵物使其窒息。

我開始游向鱷魚，但樹懶扯住我的手臂，不讓我再往前進。牠說得有道理，在鱷魚索命成功之前，我確實是束手無策。我在黑暗中涉水，盡可能平復狂烈鼓動的心跳，並試著理解眼前所發生的事情，努力不去想那頭野獸的攻擊舉動。

洞穴大約有二十公尺寬，同時具備天然岩石和人造特質：喇叭傳來「果子雙人組」的音樂重拍、赤裸裸的霓虹燈泡則裝置於一列階梯上，陡峭的階梯近乎梯子，從露出水面的水泥岩層升起，岩層則像碼頭般往水面延伸。潮濕腐爛的味道讓人難以承受，是一種舊花瓶水的氣味。

愛飛車

歐狄上身赤裸，肚皮從短褲上方凸出來，腋窩下揹了個手槍皮套，他就和雙胞胎站在階梯平台上，雙胞胎全身赤裸，以手銬雙雙銬在一起，身體輕微地搖晃著，他們的表情呆滯茫然。禿鸛女正在一塊舊式木頭屠夫砧板上，鋪上一層塑膠布。

她的腳邊放著一個籠子，籠子大到可以裝下一隻中型狗。此外，籠子裡還有一樣東西——不是狗，感覺是某種有著棕色皮毛的哺乳類動物，還有東西正侷促不安地拍打著羽毛。

這不是一見鍾情，而是一瞥鍾情

但我不會讓你走，我得冒一次險

歐狄越過水面對著鱷魚大喊：「你嘴裡叼的最好不是卡門！」他大笑，但對禿鸛女補了句：「妳去看看是怎麼一回事。」

「我相信一切都在馬克的掌控之下。」她說。

「那他人是死去哪裡了？那個是誰？」他說，手指向水面。有那麼一刻，我恐懼地以為他指的人是我，但他其實是指向野獸嘴巴裡叼著的貝瓦。

「不管是誰，都已經不會帶來麻煩了。」禿鸛女聳聳肩說。

「動作快點，你這該死的胖壁虎！」歐狄大吼著，「我們得趕快讓好戲開始了。」

我看見你在計程車後座，飛馳經過我的身邊

樹懶在我耳邊驚慌地倒抽一口氣。「沒事的，夥伴，他們看不見我們。」我內心如此期望，樹懶忍不住輕聲哽咽。

我試著舉起手，想引起你的注意

我退至牆壁邊的黑暗中，找到一塊低矮岩石用以攀扶，樹懶渾身發抖爬上岩石。

「我們應該先從動物下手，」禿鸛女說。「也許有其他閒人闖入。」

「我們不需要馬克幫忙加強效果嗎？」

「雙胞胎就夠了，這可是雙重效果——」

「好，好，好，妳是專家，寶貝，妳說什麼我就做什麼吧。」歐狄說，「開始狂歡吧。」

「沒問題。」她一邊說一邊打開籠子，拉出一隻有著兔子般耳朵的動物，牠還有個長長的豬鼻——是派翠克．賽馮坦的食蟻獸，牠還活著。她拾起屠夫砧板上的一把大砍刀。

但你的眼睛卻直直望向前方，錯過了我
而我想知道我對你的感覺可否如此下去

鱷魚慢慢停下甩動的動作，牠爬出水面，劇烈地搖晃著頭，彷彿在測試嘴裡的受害者是否還會反抗。貝瓦的右臂以詭異的姿勢垂掛在身邊，毫無動靜，鱷魚的下顎撞擊水面發出清脆聲響，然後就拖著貝瓦一起沉入水底。

寶貝，這就是飛車，飛車，愛飛車
寶貝，這就是飛車，飛車，愛飛車

我深吸一口氣，然後潛入水裡，尋找我的失物。茶色的黑暗吞噬了我，微弱扭曲的歌詞與恐怖高亢的尖叫聲也伴隨我沉入水底。

飛車，飛車

我克制住自己的驚懼惶恐，以及幽閉恐懼症和黑暗所引起的暈眩，跟著細繩般的線索游了過去。

忽然一陣浪潮向我湧了上來，感覺得出浪潮背後是一個巨大的物體，在黑暗之中朝我的方向游過來。儘管伸手不見五指，但我仍然能夠感覺到牠的血盆大口，我努力對抗恐懼感以及游出水面的衝動。在牠游經我身邊時，灰白色的尾巴橫掃向我，力道之大足以撞碎一條肋骨。

我得靠得更近一點才行，非這麼做不可，於是我又游了好幾公尺，也許甚至接近兩公里的距離，然後手腕撞擊到一塊岩石。我捉住石頭，就像盲女摸索著一張臉龐似的，用手感受它的形狀。我摸到石頭的表面朝下內凹，於是我繼續往下摸索，剎那間摸到一隻柔軟噁心的手，在我捉到那隻手的時候，可以感覺到那隻手的肉已塌陷，我忍不住在水中放聲尖叫，讓珍貴的氧氣散失了一些。

*該死，妳得振作起來。*我再次伸向那隻手，它就像濕濡的麵包一般柔軟黏稠，但我也可以摸到堅硬的邊角。會是骨頭嗎？不，這是骨折時使用的夾板，兩隻手指以繃帶綑綁在一起。是羅那度。他的臉龐浮現在我眼前，已經浮腫得難以辨識，所幸這次我已先做好心理準備。

我拖著自己的身體游過他身邊，往更深沉的水底游去，一面尋找貝瓦，也一面擔心這陰沉的黑暗中，是否還有什麼在等著我。我的手沿著岩石上的裂縫摸索，摸到一具卡在上面的軀體，於是我繼續往上摸，試著辨識軀體以及找到鬆綁身體的方法。小小的氣泡從短衫褶痕處冒出，就像小魚般啃噬著我的手指。我摸到像是塑膠的皮膚，那是貝瓦的燙傷傷疤。

他的一隻手臂卡在裂縫間，而我就快要憋不住氣。我的眼前直冒出黑點，努力用雙腳撐住石頭，試圖將他的肩膀拔出岩石，貝瓦皮膚底下的肩膀呈噁心的角度旋轉，他的手臂在腋窩裡鬆弛搖晃。我又再拉了一次，這次更加用力，於是他整個人總算鬆脫了。只是小羅也跟著他一起。保鏢腐爛的屍體漂向我時，我驚恐地踢過去，一隻腳陷進他的肚子裡，他的唇間竄出一連串大氣泡，頭部猛地後仰、手臂則拖在身後，彷彿受到召喚而升天一般，滯留於他體內的氣體將他送往水面。

我跟在小羅的背後費力踢著腿游水，但由於我身上的一根肋骨斷裂，加上我九十五公斤的前男友拖住我的重量，情勢對我相當不利。眼前的黑點已經變成烈陽般的刺眼光點，我的肺則像是經過汽油燒灼而感到劇痛。最後我終於浮出水面，回到空氣與音樂的世界，我大口喘著氣，窒息地咳嗽，但事情根本還沒完。

寶貝你讓我癡狂，帶我到哪裡都好

歐狄的聲音越過水面傳了過來，「孩子們，這是我朋友鱷魚先生。打個招呼吧，鱷魚先生。牠也想成為你們的朋友，你們特別的朋友，我也就坦白說吧，我已經受夠這鬼東西了。」

但寶貝，你可別傷我的心，寶貝，請你別笑我

我拖著貝瓦將他擱上岩石，樹懶從旁試著幫忙，用牙齒扯著他的上衣。我拉起貝瓦，但他的腳還泡在水裡，任由浪潮拍打著他的褲管。於是我爬了過去，發著抖趴在他身邊。我不知池

水竟是如此冰冷。

貝瓦已經沒有呼吸了，我把他的頭向後傾斜，一手捏住他的鼻子，然後嘴巴靠上他的嘴，朝他口中深深地吐了兩口氣。我將兩隻手指放在他脖子上的動脈。

樹懶看見血從他的上衣滲出時，忍不住低聲嗚咽。「閉嘴，夥伴。」

拜託，拜託。我數著他微弱的脈搏。一隻鱷魚，兩隻鱷魚。一分鐘只跳了三十下，情況似乎不太樂觀，而且他到現在還是沒有呼吸，他正慢慢地失血死亡。

一次解決一件事，銀子。我根本不知道自己在做什麼，如果他有脈搏，我是不是還是應該做心肺復甦術？該死。

我們繼續走吧，繼續開吧
一整夜的旅行

我再次將他的頭往後仰，用嘴唇壓上他的嘴，將空氣注入他的胸腔，「去你的，呼吸啊。去你的，快呼吸啊。」我們彷彿就是可憎的機器，以人體連結起的風箱。「去你的，貝瓦，快呼吸呀。」

沒關係的，寶貝，只要和我在一起
一切都會好轉，會好轉

「我不想要。」洞穴另一頭的小曲用一種小女孩般的語調說著。

我並沒有抬起頭來看，我沒有空閒抬頭看。

「有時候我們不得不做自己不想做的事，」歐狄說，「這就像遊戲一樣。」

「像《血色天空》嗎？」席布問，他的聲音空洞遙遠，猶如人類聲音的回音。

「我不知道那是什麼。」歐狄沒好氣地說。

「是電動遊戲。」

「對，就像電動遊戲。」他的聲音轉變為哄騙的聲調。「你們到底願不願意合作？」

「當然不願意。」

寶貝，這就是飛車，飛車，愛飛車

我用掌根壓著貝瓦的胸骨，兩手的手指交疊。去他的，心肺復甦術又不會怎麼樣，對吧？但是當我手掌壓下去的同時，我聽到貝瓦胸口發出可怕的摩擦聲，他的肋骨似乎也斷裂了，這下我們兩個可說是同病相憐。「自己想想怎麼向老婆解釋，祝你好運。」我壓低嗓音對他警告道，「快醒啊，你這個劈腿的大騙子。」但樹懶卻將一隻爪子放在我的手上。

「對，你說得沒錯，不能再壓了。」我深吸一口氣，試著讓自己冷靜下來。

寶貝，這就是飛車，飛車，愛飛車

「這把刀給妳，小曲。然後這把給你。別擔心，刀子有下過咒語的。準備好了嗎？先殺死對方的人就是贏家。」

「耶！」小曲咯咯傻笑。

我們繼續走吧，繼續開吧，一整夜的旅行

貝瓦靠在我身體下方的身體鼓脹起伏，他劇烈抽搐的時候，牙齒撞上我的嘴巴。他開始咳嗽，於是我爬了起來，然後看著他咳出一小口水及嘔吐物。我讓他側躺，他的眼睛並未張開，樹懶充滿期待地看著我，但我不知道他是不是好了，是不是這樣就已經夠了，因為這又不是該死的電影情節。貝瓦的嘴吐出胸腔裡的積水，然後深吸了一口氣，卻因為水而發出咕嚕聲。然後他又吸了一口氣，這次水聲少了些。他的眼睛依舊尚未張開，但這樣就夠了，他在呼吸了。

只要和我在一起，寶貝

一切都會好轉，會好轉

他身側的手臂呈現詭異的角度，但即使他真的骨折了，也並沒有刺穿皮膚，也許頂多只是脫臼。他右側鎖骨跟鼠蹊間的齒痕就嚴重多了，我只希望那王八蛋並沒有刺穿他的內臟，我盡最大的能耐，以他的短衫綁住他的側身止血，然後一把將樹懶拉了過來，要牠壓住失血最嚴重的區域，這裡是盲腸？肝臟？還是脾臟？天啊，當初我怎麼不多花點心思在生物課上？

「用全身的力量壓住喔，夥伴。不要放鬆。我會盡快回來。」他還是可能因流血過多致死，或者因肺中的積水而死，也可能已經腦部受損。我們得盡快趕去醫院，我們需要醫療儀器和醫生。當我走向階梯平台時，盡可能忽略我內心的恐懼。

會好轉，會好轉，會好轉

歌曲漸漸淡去進入尾聲，然後又再次播放。

小曲的咯咯傻笑轉而變成憤怒的尖叫。很不幸地，我現在不僅可以聽得見，更可以看得到正在發生的事情。籠子的門敞開著，屠夫砧板上攤放著一堆動物皮毛、腸子和棕色羽絨，塑膠布沾滿濕滑光亮的鮮血。食蟻獸的頭掛在邊緣，無神發亮的雙眼有如布偶一般。禿鸛女將一隻蟾蜍按在砧板上，牠絕望地大聲喘著氣，發出呱呱叫聲，牠長滿雜斑的喉嚨有如氣泡般地鼓脹。禿鸛女舉起屠刀砍下牠的頭，鮮血立刻噴濺四溢。

「僅以死亡禁錮牠們。」她說，舉起手背抹掉濺在她臉上的鮮血。

鱷魚趴在平台的另一側，張開牠的血盆大口。小曲和席布繞著圈對峙，他們手上的手銬已經解開，兩人就在那隻巨大爬蟲旁邊互鬥，歐狄和禿鸛女則從台階底層注視著他們。或者應該說是席布在繞著小曲走，小曲站在那兒，她的手用力壓著手臂上很深的傷口，「噢，你這是在幹嘛，席布？」

「去死吧，邪神！」席布大吼著，用電動遊戲的方式瘋狂砍向小曲。他劃破她的手和臂膀，她則是努力地遮掩自己的身體，她鬆開手上的刀，任由刀子掉落在地上。「夠了，笨蛋。別鬧了，你傷到我了。」

這不是一見鍾情，而是一瞥鍾情

「席布，」我從水裡大叫，從羅那度在水面擺動的浮屍旁邊匆匆涉過。「這都是毒品的效果，你快住手！把刀子放下！」

聽到叫喊聲，鱷魚的頭立刻轉了過來，彷彿預備要側滑入水裡。「不，待著別動。」歐狄下令，「已經快結束了。」他怒叱禿鸛女：「妳說一切都在掌控之下，是嗎？」他從腋窩下方抽出手槍，然後對準水面，「無所謂，這次我他媽的自己來。」他的手槍瞄準我，於是我馬上潛入水中。

但我不會讓你走，我得冒一次險。

水中的槍聲猶如斷奏的聲響。他快速地連續發射三槍，我幻想自己可感覺到子彈在水中飛射，並且留下銀色的軌跡。忽然有個東西撕裂了我的腳踝，我驚恐地扭開腳踝，然後慌張地游向羅那度。我用他腐敗的屍體當做盾牌抵擋子彈，第四槍的回音在洞穴裡迴盪著。彈道的速度因為水和屍體得以減緩，但減緩並不表示完全停止，子彈射穿爛泥般的屍體，然後射進我的胸口，卡在我鎖骨的位置。

我忍不住在水中放聲尖叫，吞下大半個湖的湖水，但我仍然留在底下，努力憋著呼吸，繼續讀秒。七十四隻鱷魚，九十二隻鱷魚，一百一十八隻鱷魚。直到我再也無法閉氣為止。但當我浮出水面時，我仍躲在羅那度的手臂下方當做掩護。我踢著腳划向岸邊，將我的盾牌屍體推上岸，然後維持蹲低的姿勢。

但你眼睛直直望向前方，錯過了我

「加快進度吧。」歐狄說，不耐煩地指揮著禿鸛女。她冷冷地看著他，然後走向前。她的鸛展開翅膀，在她的背後拍打著空氣。她捉住席布的手腕，另一手拍掉小曲礙事的手臂，然後舉起席布拿著刀的那隻手，用力刺進小曲的胸膛。

而我想知道我對你的感覺可否如此下去

當禿鸛女鬆開手，刀子已經刺到小曲的骨頭，席布驚訝地叫了一聲，但他立刻明白了，她甚至不必逼他刺第二刀，或者第三刀、第四刀。小曲的尖叫聲與歡樂的副歌交替響起。

寶貝，這就是飛車，飛車，愛飛車

小曲倒在水泥地上，身體蜷縮起來，她試著遮蔽自己的身體，禿鸛女則催促席布上前，他手上的刀就像飛快的食人魚般，來回刺戳著小曲的身體，小曲不住地尖叫哀嚎，直到最後終於安靜下來。

「夠了。」歐狄說。

席布左右環顧，神情恍惚，禿鸛女搶過他手裡的刀，然後遞給歐狄。席布帶著一絲不確定，對著禿鸛女微笑，然後忽然注意到他的妹妹。他跪在小曲身邊，搖晃她的肩膀，「好了啦，別鬧了，」他嘲笑她，「妳這個小鬼頭，快復活啊。」但氣壓已經轉變，我明白小曲已經死了，輪到「罪影」登場。

空氣中發出一聲微弱的嘶吼嚎叫，像是風吹過狹窄空間的聲音。我出於本能向後撤退滑回水裡。

「吃啊！」歐狄對鱷魚說，提起腳把小曲的屍體踢向牠，「該死的我叫你快吃！」

鱷魚緩緩爬向前，心不甘情不願地撕下小曲腿上的肉，頭猛然一拽地把腿肉吞嚥下肚；牠白色的喉嚨因吞下的肉塊而隆起，席布驚嚇地呻吟。

我的目光閃避看向他處，牆壁上有暗影在剝落，在湖水中凝結。那陣嚎叫聲轉換音調，伴隨一股沉悶如齒列撞擊的聲音，現在顯得更加清晰。歐狄看來極為侷促不安，所有動物人士面臨「罪影」降臨，都會是如此的反應，連禿鸛女都退到靠近樓梯的位置，站在塗有白漆的岩石前方。歐狄在他的左手手心劃了一刀，然後將手撫過屠夫砧板上那些血淋淋的動物屍體，嚎叫聲變得愈來愈大聲了。

禿鸛女彷若主持婚禮的牧師般向歐狄提詞。歐狄語調沉悶地重複禿鸛女的話語，他的雙手不住地顫抖。「我將這位男孩取代我獻給您。切勿讓新動物降臨。讓他接受我的動物，以血束縛，以肉束縛。」鱷魚正在撕扯小曲的屍體時，他撲向前朝鱷魚的嘴部劃了一刀，鱷魚氣憤地甩頭，張大嘴巴對他咆哮。

「現在輪到你了，」歐狄對席布大喊。「快說：我接受這隻動物。」

「我不懂──」

「快說！該死的還不快點跟著說！」

「求求你。」席布開始哭了出來。

「你聽見那個聲音了嗎？你知道那是什麼嗎？」歐狄大吼，「小子，那是該死的『罪影』，還不快說，不說它會活活吞了你，把你拖下地獄。」

「我接受這隻……」席布結巴。

「動物！」

「動物。我接受這隻動物。」他看向歐狄以尋求認可，歐狄看向禿鸛女。

「這樣有用嗎？」歐狄尖聲大叫，「這樣該死的有用嗎？」

禿鸛女搖搖頭，她不知道。

「最好他媽的有用！」

席布凝望著妹妹，前後搖晃著身體，兩隻手臂緊緊環抱住自己，胸口因為啜泣而上下起伏。黑色的影子沸騰翻滾著，就像一層浮油，散開包圍住席布，他的手無力地揮舞著，想要驅趕它，「罪影」卻像浪濤般升起，一卷卷浪花似地朝他湧上，彷彿要舔舐他的皮膚，我想到我記憶中的「罪影」，忍不住打了個冷顫。

「是小曲嗎？」席布說，他的聲音微微顫抖。

鱷魚忽然向前奔了過去，牠的肚子摩擦著水泥地面，張開大嘴想要咬住「罪影」，對著沉重的黑暗猛然甩著尾巴，黑暗立刻化為一股蒸汽，彷彿剛剛的一切都只是幻象。大爬蟲忽然衝向席布，席布按捺不住地驚叫。但鱷魚只是將牠龐大的頭靠在他的腿邊，想要對他撒嬌，席布則驚恐地想把牠推開。我當初看到樹懶時也是同樣的反應，直到我總算了解，牠是我和洶湧黑暗之間唯一的遮蔽物。不過當然了，樹懶的牙齒上並沒有沾滿我哥哥的鮮血。

「遊戲不該這樣發展的。」席布迷惘地啜泣著，僵硬地站在原地，鱷魚還依偎在他腳邊。

「恭喜你，孩子，牠是你的了，」歐狄說，「我很想說祝你好好享受餵食這隻蠢貨吧，但你恐怕活不了那麼久。」

「我——」席布開口，但亞密拉已向前跨了一步，手裡握著一把舊型復古手槍。她把維特手槍的槍口對準他頭部側邊，然後扣下扳機。席布以雙膝著地，身體緩慢地向前傾，最後倒靠在僅存的那半張臉。我移開視線。

飛車，飛車

「罪影」的嚎叫聲消失之後，我又聽得見音樂的聲音了。

「好了，進展不錯，把那噪音關掉，可以嗎？」歐狄說。亞密拉按下一顆鍵，音樂頓時停了下來，只留下凝重的沉默。只有湖水浪花拍打在堤岸上的聲音偶爾打斷這份沉默，以及鱷魚用牠的頭推著席布的悶響，彷彿牠想要他再重新站起來。

「夠順利了。」亞密拉回應，把手槍重新放回交叉綁在她胸前的隱藏式槍套裡。

「祝妳好運，要把這該死的東西弄出去。」

「不用麻煩，我們有個計畫。活著當然比較好，但有什麼就收什麼囉。」她的眼睛打量著鱷魚。

「噓，」歐狄大笑，「牠聽得見妳說話喔。」

我等到他們兩人都上了梯子，之後又數了幾分鐘，兩百八十九隻鱷魚，兩百九十四隻鱷魚，直到我確定他們不會再回來。我盡可能不驚擾鱷魚，躡手躡腳地爬出水面，鱷魚現在仍用牠的頭頂著席布。我曾見過動物在主人死後，還可活上數個月，但牠們會變得跟以往不同。

一切多虧鎖骨上的子彈，現在的我舉不起自己的手臂，每走一步路都如同被玻璃碎片刺到胸口般的疼痛，腦袋裡也會隨之出現烈陽透過雲隙照下般的光塊。但我得走上樓，非得拿到電話不可，我絕不可能憑自己一人的力量把貝瓦拖出去。

我繞過屠夫的砧板邊緣，小心避開眼神，不去看桌上的動物碎屍毛皮，但反而不小心讓鱷魚發現我。牠迅速甩動龐大的身軀擋在我和樓梯之間，以這麼巨大的動物而言，速度之快令人難以想像。牠的嘴巴張開，表達示威之意。我用盡全身力氣舉起一隻手，以示投降。

「他們打算殺了你，把你碎屍萬段，然後賣給別人用來施行巫術。他們已經準備好器具等著了。」牠不帶感情，用牠狹長的金色眼珠打量我。我繼續撐著說下去：「像你這樣的怪獸？應該價值不菲，我可以幫你，我可以試著幫你，但你得先讓我離開這裡。」

牠的頭轉向我，我嚇得一縮，但牠並非打算攻擊，而是指著樓梯，示意要讓我通過。我小心翼翼地經過牠的身邊，多少還是預期牠會撲向前來，預期牠用足以粉身碎骨的下顎，將我的身體咬成兩截，但牠卻沒這麼做。我艱困地用一隻手拖曳自己的身子爬上梯子，痛楚則在我胸膛奮力嘶吼著。

階梯通往錄音室的後面，混音檯後有一道假牆，儘管貼滿隔音泡棉，仍舊抵擋不了臭氣，玻璃門朝著庭院敞開，黎明破曉的晨光，將天空渲染成淺黃和粉紅色。

我沿著山坡而下，慢慢往泳池的方向移動，緊緊依著灌木做掩護。亞密拉和馬克就站在露台上，馬克揉著手腕上電纜帶造成的紅色勒痕，亞密拉撫摸著兔子的頭，躺在她手臂中的兔子劇烈地顫抖著。在反轉的金屬桌底下，貓鼬來回踱步咆哮，然後又憤怒地跳上鐵製桌的鏤空雕紋。亞密拉的手機發出嗶嗶聲，她瞥了一眼，「轉帳已經完成。」她對馬克說。

歐狄從屋內走了出來，他才剛剛沖完澡，穿著一件緞料浴袍。遠處傳來警笛的嚎叫聲。他停下腳步，望著軟綿綿倒臥在血泊和躺椅上的卡門。

「你真的把卡門西塔搞得很慘。」他說，語氣裡僅透露出一絲悔意。

「她對你沒有任何好處，」馬克面露不悅，「而現在我們可以拿她當誘餌。」他半示範地傾斜躺椅的輪子，然後把卡門推向泳池。

「恕我不再參與，今晚這裡已經發生太多事了。」警笛愈來愈大聲，「哨兵保全」總算察覺異狀了。我伏在灌木叢邊，思考著該如何把貓鼬帶走。

「不會太久的，」亞密拉說，馬克則傾斜躺椅，讓卡門滑入水裡。她在水中無力地載浮載沉，背部就像冒出水面的蒼白蘑菇，她的金色鮑伯頭在她頭邊散開成暈圈。「牠應該馬上就會過來——」

鱷魚早就來了，隱身躲藏在樹葉底下的水裡，用鼻子頂著她的屍體。歐狄還是忍不住俯身查看水面。對鱷魚來說，直接跳躍咬住他可說是輕而易舉，這麼一咬還算得上溫和，但接著牠更緊緊鉗住虎倫，尖牙刺穿他的肚子。歐狄就像「善待動物組織」影片裡遭人宰殺的豬隻，痛苦地放聲尖叫。

警笛愈來愈大聲了，燈光在私人車道盡頭的樹叢間閃爍著。歐狄摸索尋找掛在他腋下的手槍，「快過來幫我，你們這兩個笨蛋！」他對亞密拉和馬克大喊，但他們兩人一動也不動。

歐狄低聲咒罵著，終於在鱷魚的齒列間從槍套抽出手槍，他把槍口按在鱷魚的一隻眼睛上開火，槍口噴射出凝膠狀液體，鱷魚的頭震驚地往後仰。利牙撕裂歐狄的腸子，他痛苦地大聲尖叫，一段灰色的肥腸露出傷口，鱷魚撲騰著把暴虐的主人往泳池邊緣猛甩。歐狄掙扎著，手槍換到左手，探入鱷魚的嘴裡，接著是一陣悶響。

鱷魚全身無力癱軟，嘴巴也鬆開了。歐狄開始試著脫身，但這頭怪獸的重量將他們兩人往水底拖曳。

「來幫我啊，老天，真該死，快來幫我！亞密拉！」歐狄伸出一隻肥胖的手。

「妳覺得怎麼樣，親愛的？我們該幫他嗎？」馬克若有所思地說。

「我覺得我們分內的工作已經結束了，」亞密拉說，「再見了，歐狄。」

「拜託，」他乞求著，鱷魚持續滑入池底，牠的肩膀已沉入水裡，「至少別讓我溺斃，幫我這一次就好。」

「很開心能與您合作。」禿鸛女說，向前走去，她舉起穿著靴子的腳，頂在歐狄的胸口，然後用力推他下去。人和鱷魚就這樣糾結地從泳池邊的磁磚滑下，沉入深深的水底。

私人車道末端傳來模糊低沉的吼叫聲：「特警小組！」

「就這麼失去鱷魚還真可惜，但我們別無選擇吧？」禿鸛女如此說道，她看著虎倫一邊嗆咳，一邊漸漸下沉，她的身體邊緣開始變模糊，彷彿她周圍的光線正在消散。

「喔，親愛的，我們還可以接其他採購案。」瑪爾濟斯男說，然後他牽起她的手，兩人就這麼消失了。手電筒光線下只剩一點模糊的波動，私人車道上響起腳步聲，朝我們的方向而來。

特警小組發現我頹然坐在泳池畔，貓鼬豎起背上的毛，在我身邊盯著黑暗池水上的漣漪。

35

「警視檔案」蔓德拉卡茲・馬不索的罪案觀察（《真相日報》二〇一一年三月三十日）

樂音消逝的一天

人們都說，音樂界險惡得有如一排利齒。但又有誰知道這句話竟不只是隱喻！音樂界的傳奇製作人歐德修斯・「嘔狄」・虎倫，昨夜行使驚悚的巫術，謀害旗下年輕雙胞胎流行樂團體「果子雙人組」，隨後並遭到他的祕密動物白色巨鱷當做宵夜吞下肚。沒想到國內傑出天才歌手的幕後推手，竟然也是個不折不扣的惡徒：他經營毒品買賣、為了巫術謀殺無家可歸的動物人士、把其他受害者拿來餵鱷魚，而他培育新進歌手，竟然只是為了進行大屠殺！目前警方已在一個祕密地下湖裡，打撈出約二十多具屍體，其中包括一具女人的屍骨，對此警方拒絕說明，但先讓我們暫且這麼說吧，在下接獲線報得知，莉莉・諾本伏的車禍命案將重啟偵查！哇塞！請翻到第十版，詳讀我們的目擊者特別報導，以及駭人聽聞的內幕細節！

目前警方已經扣押他所有資產，但我聽說有一大筆錢從他的帳戶莫名消失。這個故事告訴你，你永遠也不知道誰才是真正的動物人士。饒舌歌手史鏻哲是偽動物人士，但嘔狄・虎倫卻是貨真價實。到底還有誰的床底下私藏動物呢？

同時，堆積如山的郵件正等待一名英俊記者回覆。《馬赫》男性雜誌的資深人物，日前似乎以公司電子郵件地址收發詐騙信！嘖嘖，親愛的，你難道不知道嗎，不管是色情片或詐騙信，都不能留工作用的郵件地址的！

36

現在是清晨四點三十分，兩國邊境的排隊人龍已超過一千台汽車的長度，而且這還只是南非境內的隊伍，更別說辛巴威那側想進入南非的難民人潮有多可觀了。鐵絲網圍籬堵住河岸上積著塵土的矮樹叢，以預防太愚蠢或太迫切的難民試圖從辛巴威渡河過來，畢竟河裡可是有鱷魚的。

隨著氣溫升高，蟬叫聲也愈來愈響亮，我們在混濁的一氧化碳空氣中，以一次一台車的距離緩慢移動著。我前面兩台車的位置有一輛公車，公車上載滿了行李、雞隻和沙丁魚般的乘客，整輛車都被壓低了。車上乘客們的失物猶如一團義大利麵條簇擁在一起。

即便在這裡，還是見得到動物城市的喧囂熙攘。也許不單是希爾布羅區，而是整個南非的現狀。人們什麼都願意做，有機會就絕對不放過。小販在車陣間來回走動，叫賣著已經溫熱的冷飲和薯片、零售的大麻菸、或整包香菸。兩個女孩穿著短裙、腳上踩著沾滿灰塵的高跟鞋，倚在一輛四輪傳動休旅車的窗口，不斷與乘客調情。這裡是二十四小時開放的邊境站，而人們的需求也是二十四小時不間斷。

樹懶躲藏在一個裝滿衣服的藤包裡，側邊開了一個洞好讓牠呼吸。藤包就擺放在車頂上，跟其他行李一起雜堆著，行李裡頭則裝滿了各式辛巴威人會為家人帶回家鄉的物品：衣服、罐頭食品、毯子、家電、廁紙、衛生棉。我會把這些玩意兒都丟在對岸，這些都不過是我在南非境內用來掩飾身分的東西，也就是查巴拉拉警官的管轄區內，更別說浮尤了。

我的卡布里轎車已經重新上過漆，現在變身為黑色，窗戶也經過整修，連車牌都是嶄新的，正好搭配我嶄新的辛巴威護照。護照上的名字叫做塔恬達・穆拉巴達，現年二十九歲，是全職保姆，現在正在回家鄉度假的路上。文件全靠迪尼士幫我搞定得手；因為他先前向警察告密我公寓的位置，所以這是他為了向我賠罪幫我弄來的文件。話雖如此，我還是得多次向他威脅要把露迪茲奇太太命案賴到他頭上，這才說服他幫我處理。我早已從下水道找回刀子和瓷貓咪，並且交由警方保管，但是這點他大可不必知道。他甚至還幫我把偽造鈔票換到好的匯率價格。鈔票雖說是偽造的，但也不表示就毫無價值，尤其邊境警察並不會太仔細查看真偽。

貝瓦還在醫院休養。就醫生所言，他的情況相當危急。醫生用醫學術語跟我說明，但就我所能理解的，其實就是肋骨斷裂、心臟挫傷、肺部穿孔、脫臼的手臂神經受損。他需要進行為期數個月的物理治療，也許手臂無法完全復原。但最慘的莫過於鱷魚之吻，因為這跟魔力有關，動物造成的傷口要花更長時間痊癒，之後還會出現更奇怪的後遺症。他在高燒無法入眠與幾近昏迷的無意識狀態間來回擺盪，大腦活動反覆無常，彷彿他還在腦中對抗怪獸。貓鼬在走廊上來回踱步，模樣變得削瘦可憐。

待在那兒我是幫不上忙的。

如果我能穩當地在柏油路上駕車，不碰上坑洞或是連賄賂都無法幫我脫困的路障，那麼，抵達基加利需要八天的時間。

第一天：約翰尼斯堡到哈拉雷
第二天：哈拉雷到路沙卡
第三天：路沙卡到木貝雅
第四天：木貝雅到達雷斯薩拉姆
第五天：達雷斯薩拉姆到奈洛比
第六天：奈洛比到金加
第七天：進入烏干達南部
第八天：木巴薩到基加利

這些地名聽起來就像是全新未知的世界。我只到過歐洲旅遊，那是在我十一歲的那年，和父母一起去滑雪度假。那次山多跌斷了腿，不是在山坡上滑雪時摔斷腿，而是在結冰的人行道上滑倒。還有一次是在我十八歲的時候，我到倫敦打工度假，但只維持了一個月，我就決定不要繼續住在破爛公寓、在酒吧裡打工，而選擇回到我父母的房子裡，擁有舒適的物質享受，除了房子還有游泳池、園丁和替我鋪床的女傭。這都是在我遇見喬之前，在我殺了我哥哥之前，也是在樹懶出現之前的事了。

我有個塑膠編織行李袋，裡頭裝滿偽鈔，還有一大疊照片、來自聯合國人道救援人員的電子郵件列印資料。我還有貝瓦家人的名字、身分證編號，以及南非難民身分的申請書。

我所欠缺的，就是離開南非的許可，我還漠視即將接踵而來的連續殺人命案偵辦調查。席爾薇、亞曼、吉內兒和塞雷斯丁，可想而知，我們彼此會感到尷尬萬分，但這會是我可悲的人生中，所做過最了不起的一件事。

在這之後呢？也許我會先消失一陣子吧。

暢小說 # 動物城市 Zoo City
RQ7050

●原著書名：Zoo City●作者：羅倫．布克斯（Lauren Beukes）●譯者：張家綺●特約編輯：聞若婷●封面設計：莊謹銘●主編：巫維珍●責任編輯：徐凡●副總編輯：陳瀅如●編輯總監：劉麗真●總經理：陳逸瑛●發行人：涂玉雲●出版社：麥田出版／10483台北市中山區民生東路二段141號5樓／電話：(02)2500-7696／傳真：(02)2500-1967●發行：英屬蓋曼群島商家庭傳媒股份有限公司城邦分公司／10483台北市中山區民生東路二段141號11樓／網址：http://www.cite.com.tw／客服專線：(02)2500-7718；2500-7719／24小時傳真專線：(02)2500-1990；2500-1991／服務時間：週一至週五09:30-12:00；13:30-17:00／劃撥帳號：19863813戶名：書虫股份有限公司／讀者服務信箱：service@readingclub.com.tw●香港發行所：城邦（香港）出版集團有限公司／香港灣仔駱克道193號東超商業中心1樓／電話：+852-2508-6231／傳真：+852-2578-9337／電郵：hkcite@biznetvigator.com●馬新發行所：城邦（馬新）出版集團【Cite(M) Sdn. Bhd. (458372U)】／11, Jalan 30D/146, Desa Tasik, Sungai Besi, 57000 Kuala Lumpur, Malaysia.／電話：+603-9056-3833／傳真：+603-9056-2833●麥田部落格：http:// ryefield.pixnet.net●印刷：中原造像股份有限公司●初版：2014年10月●售價：340元

國家圖書館出版品預行編目資料

動物城市／羅倫．布克斯（Lauren Beukes）著；張家綺譯. – 初版 – 台北市：麥田出版：家庭傳媒城邦分公司發行，民103.10
面；　公分 --（Hit暢小說；RQ7050）
譯自：Zoo City
ISBN 978-986-344-021-5（平裝）

886.8157　　102023307